KB240979

火魔經

화마경

FANTASTIC ORIENTAL HEROES

허담 新무협 판타지 소설

화마경 2

허담 新무협 판타지 소설

초판 1쇄 찍은 날 § 2010년 8월 18일
초판 1쇄 펴낸 날 § 2010년 8월 26일

지은이 § 허담
펴낸이 § 서경석

편집팀장 § 서지현
편집 § 주소영

펴낸곳 § 도서출판 청어람
등록번호 § 제1081-1-89호
등록일자 § 1999. 5. 31
어람번호 § 제2-1968호

주소 § 경기도 부천시 원미구 심곡2동 163-2 서경B/D 3F (우) 420-822
전화 § 032-656-4452팩스 § 032-656-4453
http://www.chungeoram.com
E-mail § chungeoram@chungeoram.com

ISBN 978-89-251-2265-6 04810
ISBN 978-89-251-2263-2 (세트)

FANTASTIC ORIENTAL HEROES

허담 新무협 판타지 소설

화마경

火魔經

2

고월산장(孤月山莊)

청람
도서출판

目次

第一章

괴거(過去)

화마경

순백색의 대호(大虎)가 귀한 차림의 사내를 덮쳤다. 사내 주위에는 몇몇 사냥꾼들이 서 있었으나 누구도 대호로부터 사내를 구하기 위해 나서지 않았다. 사내가 재빨리 신형을 날렸다. 그러나 대호의 날카로운 앞발은 사내를 아이 다루듯 툭 쳐서 절벽으로 밀어붙였다.

사내는 절벽에 부딪친 충격으로 몸도 제대로 가누지 못했다. 적어도 서너 곳의 뼈가 부러진 것이 분명해 보였다. 대호는 사냥꾼들이 지켜보는 와중에도 여유있게 사내를 향해 다가왔다. 이제 단 한 번의 도약이면 대호는 사내의 목줄을 끊어놓을 것이다.

사내의 눈은 공포와 절망으로 물들었다. 공포는 그의 몸을 통나무처럼 굳게 만들어 자신의 생명을 앗으려 다가오는 대호의 움직임에도 사시나무 떨 듯 몸을 떨 뿐 손 하나 들어 올려 반항하지 못했다.

컹!

대호의 입에서 산을 뒤흔드는 살성이 터져 나왔다. 그리고 그 순간 대호가 땅을 박차고 사내를 향해 날아들었다. 천하를 다 집어삼킬 듯 벌려진 대호의 입에 사내의 한 근 머리가 여지없이 으스러질 듯 보였다. 그런데 그 순간 한줄기 검은 그림자가 대호의 목을 향해 달려들었다.

크엉!

대호가 고통스런 비명을 내질렀다. 동시에 대호의 앞발이 자신의 목에 달라붙은 그림자를 향해 휘둘러졌다.

붉은 피가 솟았다. 그럼에도 검은 그림자는 대호의 목에서 떨어지지 않았다. 그 순간 사방에서 대호를 향해 창검이 떨어져 내렸다.

"헉!"

송추월이 헛바람을 토해내며 눈을 떴다. 어스름한 새벽빛이 낡은 오두막 안으로 비춰들었다. 오두막 이곳저곳에 매달린 오색 천으로 보건대 아마도 산사람들이 복을 비는 사당이 분명했다.

"아버지……."

송추월의 입에서 나직한 목소리가 흘러나왔다. 축축한 땀이 등을 적시고 있었다. 송추월은 한동안 허름하게 지어진 벽 사이로 보이는 사당 밖 숲의 아침을 바라보고 있었다. 그러다가 천천히 가부좌를 틀고 운기를 시작했다. 이젠 바르게 앉아서도 운기할 수 있게 된 화수유천의 구절을 떠올리며……

"후우욱!"

한동안 운기를 하던 송추월이 깊은 숨을 내쉬었다. 반개했던 그의 눈이 본래의 크기로 돌아왔다. 어느새 새벽빛은 물러가고 갈라진 벽 틈으로 햇빛이 쏟아져 들어오고 있었다.

"망할 놈의 꿈 같으니라구."

자리를 털고 일어난 송추월이 불평을 흘려냈다. 대호산을 떠난 지 어느덧 보름. 유람하듯 천천히 걷는 걸음으로도 송추월은 그가 어린 시절을 보낸 고향 노성(老城)에 가까워지고 있었다. 그리고 노성이 가까워질수록 꿈은 더 자주 송추월을 찾아왔다.

꿈속에서 송추월은 백두의 신령스런 백호를 사냥하다 죽은 아버지를 만나기도 하고, 약 한 첩 못 쓰고 병사한 어머니를 떠올리기도 했다. 또한 어머니의 약값을 구하기 위해 열리지 않는 산음장의 대문을 두드리던 어린 시절의 그 자신을 만나기도 했다. 그리고 그 모든 꿈은 송추월에게 있어선 악몽이었다. 아버지와 어머니, 어린 시절 자신의 모습은 결코 아련한 추억이 아니었다. 날이 시퍼렇게 서 있는 악몽의 칼이었다.

"빚이 없다고 생각할지도 몰라."

송추월이 덤덤한 목소리로 중얼거렸다. 오두막의 문을 여니 천지가 찬란한 아침 햇살 속에서 깨어나고 있었다. 송추월이 기지개를 켰다. 악몽으로 굳었던 근육의 긴장이 한 번에 풀리는 듯했다.

"하지만 난 받을 빚이 있다고 생각하니까. 뭐, 서로 얘기를 해봐야겠지. 입으로든 칼로든."

송추월이 녹음 가득한 숲으로 사라졌다.

*   *   *

노성은 남쪽으로는 선양으로, 북으로는 장춘과 흑룡강으로 이어지는 교통의 요지다. 교통의 요충지인만큼 사방에서 찾아드는 수많은 상인들에 의해 큰 장이 서는 곳이기도 했다.

북방에서는 천 리를 달린다는 질 좋은 말들이 내려왔고, 남쪽에서는 곡물이 올라왔다. 또한 장백산을 타는 약초꾼들과 사냥꾼들이 산이 내어준 물건들을 최초로 가져다 파는 곳 또한 이 노성의 시장이었다.

산음장(山陰莊)은 그중 사냥꾼들이 가지고 오는 물건을 사들여 천하 각지에서 온 상인들에게 되파는 것으로 일어선 대상(大商)이었다. 그들은 사냥꾼들에게서 물건을 사들이는 것을 넘어, 스스로 사람을 모아 사냥에 나서 귀한 산짐승을 사냥하기도 했는데, 산음장에 적을 두고 살아가는 사냥꾼만도 근자에 이르러서는 근 오십여 명에 이르렀다. 더군다나 그들은 하나같이 근방에서 가장 뛰어난 사냥꾼들이기도 했다.

산음장은 노성 북쪽 별산(鼈山) 기슭에 자리 잡고 있었다. 송추월은 노성에서 별산으로 이어지는 길 위 커다란 바위에 올라앉아 육포를 뜯으며 산음장을 바라보고 있었다.

"일단 귀궁 어르신을 만나봐야 할 것 같은데… 어디 계실런가? 아직도 산음장에 몸을 의탁하고 계실까?"

세월은 어느새 십 년이 흘러 있었으니 과거의 사람들이 여전히 산음장에 남아 있을 거라고는 확신할 수 없었다.

"그때 귀궁 어르신의 나이가 오십이 넘었으니 지금은 사냥을 그만두셨을지도 모르겠군. 일단 가보자."

송추월이 자리에서 일어났다. 그리고는 훌쩍 바위 위에서 뛰어내려 별산으로 향했다.

별산 기슭에 자리 잡은 산음장 주변에는 크고 작은 오두막이 수십 채 자리 잡고 있었다. 오두막은 산음장에 속해 사냥을 다니는 사냥꾼들이 기거하는 곳인데, 적지 않은 숫자로 작은 마을을 형성하고 있었다. 마을의 중심부에는 술과 밥을 파는 주막까지 들어서 있었다.

"변했군."

송추월이 주막 앞에서 주변을 돌아보며 중얼거렸다. 어린 시절 송추월 역시 이 마을에서 살았다. 그의 아버지가 산음장에 속한 사냥꾼 중 한 명이었으므로 그에게 이 오두막 마을은 무척 친숙한 곳이었다.

그러나 십 년은 강산도 변하게 한다던가. 십 년 만에 찾은 마을은 그가 떠날 때와는 많이 변해 있었다. 변하지 않은 것이라면 오직 마을 중앙에 있는 주막뿐.

"들어올 거야, 말 거야?"

문득 주막 안에서 늙은 여인의 목소리가 들렸다.

'항주 할멈?'

송추월이 재빨리 고개를 돌렸다. 그러자 주막 안에서 때가 누렇게 낀 앞치마를 두른 노파가 송추월을 바라보고 있었다.

"들어오려면 후딱 들어와! 길 막고 서서 손님 쫓지 말고!"

손님을 대하는 말투가 거칠다. 하지만 송추월은 노파의 거친 말투에서 오히려 푸근함을 느꼈다. 노파의 이름을 아는 사람은 근방에서 아무도 없었다. 노파는 그저 사람들에게 항주 할멈이라고 불렸다. 그녀가 이 별산에 찾아들어 주막을 낸 것이 삼십여 년 전임에도 그녀의 이름은 아무도 몰랐다. 당연한 것이, 그녀 스스로 자신의 이름을 말한 적이 단 한 번도 없기 때문이다. 단지 그녀가 자신이 젊은 시절 항주에서 한량들을 상대로 술을 쳤다고 말한 적이 있어 이후 사람들은 그녀를 항주 할멈이라 부를 뿐이었다.

말은 거칠고 행동은 투박해도 마음은 따뜻해서 가끔 굶주린 마을 아이들에게 국밥을 말아주거나 누룽지를 건네기도 했다. 송추월 역시 어린 시절 간혹 그녀에게 국밥을 얻어먹곤 했다.

"여전하시네요."

송추월이 항주 할멈을 보며 아는 척을 했다. 그러자 노파가 눈을 가늘게 뜨고 송추월을 살폈다.

"이곳 사람은 아닌 것 같은데?"

"어려서 떠났지요."

송추월이 주막 안으로 들어서며 대답했다.

"그래? 어디 보자……."

노파가 탁자 하나에 자리를 잡고 앉는 송추월의 얼굴을 지그시 응시했다. 송추월은 노파의 시선을 피하지 않고 오히려 그녀가 좀 더 자신의 얼굴을 잘 볼 수 있게 턱을 들었다. 그렇게 얼마의 시간이 흘렀을까. 문득 노파의 눈 깊숙한 곳에서 한 줄기 빛이 반짝였다.

"송가구나!"

노파가 반가운 기색으로 소리쳤다.

"맞아요, 할머니. 추월입니다."

"맞아. 추월이야. 아, 이 녀석, 살아 있었구나. 난 어디 가서 굶어죽지 않았나 했는데… 어떻게 지냈어?"

항주 할멈이 의자를 끌어와 송추월 앞에 앉으며 물었다.

"그냥 그렇게 살았어요."

"흐음, 얼굴을 보니 굶고 산 건 아닌 것 같구나. 하긴 이젠 청년이 다 되었으니 뭘 해서든 배는 곯지 않겠지."

"그래도 지금은 배가 고픈데요?"

"응? 아직 점심 전이야?"

"네. 국밥 한 그릇 말아주세요."

"아안, 말아주고말고. 잠깐만 기나려. 응."

항주 할멈이 송추월의 손을 한 번 잡았다 놓고는 부리나케 주방으로 달려갔다.

잠시 후, 항주 할멈이 투박한 뚝배기에 고깃점을 듬뿍 얹은 국밥을 내어왔다.

"마침 어제 새로 소를 잡았어. 하루 내내 고왔으니 구수할 거야. 많이 먹어."

항주 할멈이 국밥을 송추월 쪽으로 밀며 수저를 권했다.

"소를 잡다니… 무슨 날인가요?"

송추월이 나무로 만든 수저를 받으며 물었다.

"응, 요 며칠 산음장에 이름난 포수들이 모인다고 해서 장사가 될 것 같아 내 무리를 했지. 이름난 포수들이라면 금자가 두둑할 테니 시래기국밥보다야 쇠고기국밥이 낫지 않겠어?"

"그랬군요. 그런데 산음장에 무슨 일이 있나요? 포수들이 모이게. 포수라면 산음장에 묶인 자들도 많잖아요?"

"백두로 백호 사냥을 나간다지?"

"백호 사냥이요?"

송추월이 국밥을 입에 떠 넣다 말고 되물었다.

"그래. 그래서 백두까지 다녀온 포수들을 모은다고 했어. 백호 말고 다른 사냥도 제법 크게 할 모양이더군. 한두 마리 잡을 생각이 아닌가 봐."

"호피를 쓸 데가 있는 모양이군요."

"나야 그 자세한 사정은 모르지. 어서 먹어."

항주 할멈의 권유에 송추월이 고개를 숙이고 국밥을 먹기 시작했다. 젊은 사내의 먹성에 항주 할멈이 내어온 국밥은 이내 바닥을 드러냈다.

"맛이 하나도 변하지 않았네요?"

"그래? 먹을 만했어?"

"네, 아주 맛있게 먹었습니다."

"그래, 다행이네. 그런데……."

항주 할멈이 말꼬리를 흐렸다.

"말씀하세요."

"혹, 칼질을 하며 사는 거야?"

항주 할멈이 송추월의 허리춤에 달린 검을 보며 물었다. 그녀의 얼굴에 살짝 그늘이 졌다.

"그렇게 됐습니다."

송추월이 미소를 지으며 고개를 끄덕였다.

"좋지 않아. 칼 든 자들의 운명이야 다 거기서 거기야. 차라리 사냥꾼이 낫지."

"다를 게 있나요? 죽어서 제 값 못 받기는 매한가지죠."

"네 아비 얘기를 하는 거냐?"

항주 할멈의 물음에 송추월은 답을 하지 않았다. 그러자 항주 할멈이 한숨을 쉬며 말을 이었다.

"휴, 네 아비를 생각하면 사냥꾼 노릇하라고 할 수도 없지. 백호를 사냥한 목숨 값으로 겨우 은자 다섯 냥을 받았으니……. 은자 다섯 냥이라야 겨우 한 달 양식 값도 안 나오는

데……."

"산음장은 여전한가요?"

송추월이 화제를 돌렸다.

"여전하지, 뭐. 아니, 예전보다 더 번성했어. 이젠 부리는 사냥꾼이 근 칠팔십에 이르지. 마을도 커졌잖아."

"그렇군요. 그런데 할머니, 혹 귀궁 어르신이 아직도 사냥을 하시나요?"

"그 늙은이 손에서 활 놓은 지 한두 해 됐지, 아마?"

"그렇군요. 그분도 활을 놓았군요."

"늙는 거야 피할 수 있나? 요즘은 아마 소일거리로 토끼 사냥이나 하는 것 같아."

"여전히 여기 사시나요?"

"떠날 곳이 있나, 평생 산음장의 사냥꾼으로 살아온 사람인데."

"살던 곳에 계속 계시나요?"

"응. 왜, 만나보려구?"

"왔으니 인사는 드려야지요."

"그래, 한번 가봐. 무척 반가워할 거야. 그 늙은이가 네 아비를 무척 아꼈지. 네가 말없이 이곳을 떠났을 때도 그 늙은이가 한동안 널 찾아다녔어."

"그러셨나요?"

"그래. 그리고 무척 자책했지. 자신이 있었으면 네 어머니가 그렇게 죽지는 않았을 거라면서. 에휴, 그때를 생각하면 나도 널 볼 면목이 안 선다."

"그땐 모두 어려웠지요."

"그래도… 사람이 죽어가는데… 매정한 것이 인사(人事)지. 휴!"

"그만 가볼게요."

송추월이 자리에서 일어났다.

"언제까지 있을 거야?"

"글쎄요……."

"있는 동안은 여기 와서 끼니를 해결해. 내 은자는 안 받을 테니."

"그렇게 할게요. 그리고 밥값은 받으세요. 그 정도 형편은 돼요."

송추월이 탁자에 은자 한 닢을 올려놨다.

"넣어둬. 내가 어떻게 너한테 밥값을 받겠느냐."

항주 할멈이 은자를 들어 송추월의 손에 꼭 쥐어줬다. 송추월은 굳이 항주 할멈의 손길을 거부하지 않았다. 그녀의 마음을 알고 있기 때문이다.

"또 와. 응?"

"인사도 없이 떠나진 않을 겁니다."

"그래, 그래야지. 어서 가봐. 그 늙은이가 널 보면 무척 좋아할 거다."

노인은 자기 한 사람 머물면 딱 좋을 크기의 오두막 앞마당에 허름한 나무 의자를 놓고 그 위에 앉아 오수를 즐기고 있었다. 그 뒤편에 있는 오두막 벽에는 사냥에 쓰이는 각궁이 걸려 있어 그가 활을 쏘는 자임을 말해주고 있었다.

노인의 오후는 평화로워 보였다. 별산을 타고 내려온 바람이 시원하게 초여름의 더위를 식혀주고 있었다. 노인은 지그시 눈을 감고 볕을 이불 삼아 고개를 까딱이고 있었다.

그러던 한순간 갑자기 노인의 눈이 번쩍 뜨였다. 오랜 세월 사냥을 하며 살아온 노인의 본능이 사냥을 그만둔 지금까지도 자신을 향해 다가오는 미세한 기척을 알아챘기 때문이다.

노인의 눈에 멀리서 자신의 오두막을 향해 다가오는 젊은 사내가 들어왔다.

"누구지?"

노인이 고개를 갸웃했다. 옷차림으로 보아서 사냥꾼은 아니었다. 사냥꾼의 마을에 사냥꾼이 아닌 사람이 나타난 것도 이상하고, 그가 늙은 자신을 향해 다가오는 것도 이상했다.

그런데 젊은 사내가 노인의 오두막에 가까워져 그의 얼굴을 볼 수 있게 되자 노인의 표정이 딱딱하게 굳어가기 시작했다. 젊은 사내의 얼굴이 그가 한때 알고 지내던 뛰어난 사냥꾼과 흡사하게 닮아 있었기 때문이다.

그리고 그 사냥꾼과 이렇게까지 닮은 사람이라면 그가 아는 한 세상에 오직 한 명이 있을 뿐이다.

"추월이냐?"

사내가 그림자를 드리우며 노인 앞에 섰을 때 노인이 물었다.

"기억하시는군요."

"어찌 송악 그 사람을 잊을까. 닮았다."

"제가 아버지와 닮았습니까?"

"그럼 빼다 박았구나. 어릴 때는 몰랐는데 지금은 송악 그 사람이 젊었을 때와 똑같구나."

"잘 지내셨지요?"

송추월이 뒤늦게 안부를 물었다.

"후후, 평생을 산을 타고도 아직 살아 있으니 잘 지낸 거겠지?"

"사냥은 그만두셨다고요?"

"이젠 시위 당길 힘이 없어."

"어떻게 사세요?"

"먹고사는 것 말이냐? 젊어서 벌어둔 것도 조금 있고 또 아직은 토끼나 노루 정도는 잡을 수 있다. 물론 멀리는 못 가고 근방에서."

"산음장에선 도움이 없습니까?"

"후후, 쓸모없어진 늙은이에게 재물을 쓸 산음장이 아니지. 이 오두막에서 쫓아내지 않는 것만도 다행이다."

"하지만 어르신은 평생 산음장을 위해 일하지 않았습니까?"

"그걸 알아주길 기대할 순 없지. 우리네 인생이야 팔에 힘이 빠지면 버려지는 연장인 것을. 그나저나 안으로 들어가자."

노인이 낡은 나무 의자에서 일어나 송추월을 오두막으로 이끌었다.

노인의 이름은 길덕이라 했다. 그러나 별산 기슭에서 살아가는 사람들 중에 노인의 이름을 아는 사람은 드물었다. 왜냐하면 그는 길덕이라는 이름보다 귀궁이라는 별호로 이름을 대신했기 때문이다.

귀궁 길덕은 근 수십 년래 별산 사냥꾼 중 최고의 명사수로 꼽히는 인물이었다. 덕분에 그는 산음장에서도 귀한 대접을 받는 사냥꾼이었다. 그러나 세월의 흐름은 어쩔 수 없어서 귀신의 궁술을 지녔다는 그도 팔에 힘이 빠져 더 이상 사냥을 할 수 없게 되자 세 평 작은 오두막에서 인생의 황혼을 보내고 있었다.

"앉거라."

귀궁 길덕이 송추월을 데리고 들어간 오두막은 좁았다. 한 사람이 누울 침상과 요기를 하는 작은 식탁, 그리고 군불을 넣을 수 있는 구석진 부엌이 전부였다.

송추월은 노인이 권하는 대로 식탁을 사이에 두고 노인과 마주 앉았다.

"그대로군요."

송추월은 어렸을 때 귀궁 길덕의 이 작은 오두막을 수시로 드나들었다. 길덕은 송추월의 아비 송악을 무척 아꼈으므로 송추월을 마치 손자처럼 대했었다.

"넌 변했구나."

길덕이 송추월을 살피며 말했다.

"그런가요?"

"아주 사내대장부가 다 됐어. 잘 컸구나."

"모두 걱정해 주신 덕분이지요."

"오냐. 네 걱정을 많이 했다. 왜 날 기다리지 않고 떠났느냐? 내가 돌아올 때까지 기다렸다면 결코 너 혼자 이곳을 떠나게 두지는 않았을 거다."

길덕의 말에 송추월이 고개를 끄덕였다.

"알아요. 그래서 떠났습니다."

"무슨 말이냐?"

"어르신이 사냥에서 돌아오면 절 돌봐주셨을 테고, 그럼 전 영원히 이 별산을 떠나지 못했을 테니까요. 하지만 전 이 별산을 떠나고 싶었습니다. 아니, 정확히는 산음장에서 벗어나고 싶었지요. 그래서 어르신이 돌아오시기 전 별산을 떠난 겁니다."

"후, 네 마음을 모르는 것은 아니다만… 그래도 서운하더구나. 난 자식도 없고 해서… 어쨌든 잘 돌아왔다. 잊지 않고 날 찾아주니 고맙구나."

귀궁 길덕이 손을 뻗어 송추월의 손을 어루만졌다. 그런 길덕을 한동안 응시하던 송추월이 잠시 후 조심스런 목소리로 입을 열었다.

"여쭙고 싶은 것이 있습니다."

"응? 말해보거라."

"아버지가 돌아가시던 때의 일을 자세히 듣고 싶습니다."

"그건 왜?"

귀궁 길덕이 걱정스런 표정으로 되물었다.

"요즘 들어 계속 꿈에 아버지 모습이 보입니다. 대호와 맞서 싸우다가 돌아가시는……."

"음, 그랬느냐? 네가 꿈에서 본 그대로다. 네 아비는 백호와 싸우다 죽었으니까. 그런데 그건 너도 듣지 않았느냐?"

"물론 아버지가 백호를 사냥하다 돌아가셨다는 것은 알고 있습니다. 하지만 그 전후 사정은 자세히 모르지요. 당시 산음장의 소장주가 백호를 사냥한 것에 대한 흥분으로 아버지가 돌아가신 일은 관심 밖이었으니까요. 덕분에 제게 아버지 이야기를 자세히 해주는 사람이 없었지요."

"음, 사실 나도 그것이 안타까웠다. 솔직히 말하자면 당시 백호를 사냥한 것은 소장주가 아니라 네 아비였다."

"알고 있습니다."

순간 길덕이 놀란 표정을 지으며 되물었다.

"알고 있어?"

"네."

"그걸 어떻게……?"

"예전에 호갑 어르신이 산음장을 떠나시기 전 절 찾아와 말씀해 주셨습니다."

"호갑 그 사람이?"

"어르신이 그러더군요. 자신을 위해 죽은 사람에게 은자 닷 냥을 내놓고 마는 산음장에 더 이상 머물러 있고 싶지 않다고."

"어디까지 알고 있느냐?"

"아버지께서 백호의 공격으로 사경에 처한 소장주를 구하기 위해 대호를 막아섰다는 이야기를 들었습니다. 사실입니까?"

송추월의 말에 길덕이 어두운 낯빛으로 잠시 침묵을 지키다가 고개를 끄덕였다.

"사실이다. 네 아비가 소장주를 구한 것, 그리고 아무도 막지 못하는 백호의 목에 검을 꽂아 넣은 것 모두 말이다."

"그런데 왜 당시에는 그런 말을 저나 어머니께 해주시지 않은 겁니까?"

송추월의 질문에 길덕이 괴로운 표정을 지으며 말했다.

"그건… 당시 사냥에 참여했던 사냥꾼들에게 함구의 명이 내려졌기 때문이다. 산음장에서는 백호를 사냥한 사람이 소장주인 것으로 알려지길 바랐다. 산음장에서 밥을 빌어먹고 사는 사냥꾼들이야 입을 닫을 수밖에 없는 상황이었지."

"좋습니다. 그거야 뭐, 이해할 수도 있는 일이지요. 그런데… 왜 아버지의 시신을 산에 놓아두고 온 겁니까?"

"그건… 당시 사냥한 짐승들이 무척 많았다. 그것들을 산음장으로 가지고 오려면 사람 손이 부족했다."

"그렇다고 자신을 위해 죽은 사람의 시신을 산에 놓아두고 옵니까?"

송추월이 차가운 안광을 흘리며 물었다.

"물론 너무한 처사이긴 하다. 우리도 차마 네 아비를 산에 묻고 발걸음이 떨어지지 않았다. 하지만 어쩔 수 없었지. 소장주의 명이 추상같았으니."

"그리고 나서 은자 다섯 냥. 본래 백호를 사냥한 사람에겐 금자 오십 냥을 주기로 했었지요?"

"그랬지."

"만약 금자 오십 냥이 있었다면 어머님은 돌아가시지 않았을 수도 있습니다."

"알고 있다, 네 어미가 약 한 첩 못 쓰고 죽었다는 걸. 내가 당시 산에만 가지 않았어도… 음…….."

"제가 산음장에 찾아갔던 일은 아십니까?"

"그것도 들어 알고 있다."

"울며 매달려도 은자 한 닢 주지 않더군요. 그때 소장주의 얼굴을 보았지요. 마치 절 벌레 보듯 하더군요. 자신을 구해준 사람의 아들을 말입니다."

"산음장의 인심이 박하다는 건 이미 오래전부터 알려진 사실 아니냐? 지난 일에 너무 마음 쓰지 말거라. 몸 상한다."

"인심이 박한 문제가 아니지요. 자신을 구해주고 목숨을 버린 사람에 대한 정당한 대가의 문제지."

차가운 송추월의 말에 귀궁 길덕이 깊은 눈으로 송추월을 살폈다. 어린 시절의 흔적을 찾아볼 수 없을 만큼 장성한 청년의 몸은 강건하기 이를 데 없었다. 맨손으로 호랑이를 때려잡을 듯한 기운이 송추월에게서 묻어났다. 어디 그뿐인가. 젊은

나이답지 않게 깊은 눈은 한편으로 두려움을 느끼게 했다. 더
군다나 그의 허리춤에 매달려 있는 검이 귀궁 길덕의 마음을
무겁게 했다.

"설마… 다른 생각을 갖고 돌아온 것이냐?"

길덕이 조심스레 물었다. 길덕의 물음에 송추월이 대답없이
길덕을 응시했다.

"검을 익혔느냐?"

길덕이 다시 물었다.

"그렇습니다."

"복수… 그런 걸 생각하고 있느냐?"

"사냥꾼이 사냥을 하다 죽었는데 무슨 복수가 필요합니까.
또 병든 어머니께 돈이 없어 약을 못 쓴 것은 산음장의 책임이
아니지요."

"아니, 원망이 없을 수는 없을 것이다. 산음장은 분명 너와
네 부모에게 잘못한 게 있어. 하지만 혹여라도 그 일로 복수
같은 걸 생각하고 있다면 말리고 싶구나."

길덕의 말에 송추월이 왜냐고 눈빛으로 물었다. 그러자 길
덕이 정색을 한 표정으로 입을 열었다.

"산음장은 과거의 산음장이 아니다."

"무슨 말씀이십니까?"

"과거 산음장은 장백 인근 사냥꾼들을 상대하는 상인의 가
문이었다. 그러나 지금은 다르다. 지금의 산음장은 무림에 한
발을 담그고 있다."

"무림 문파가 되었다는 말입니까?"

"그런 것은 아니다. 아직도 산음장은 여전히 장사를 주업으로 하고 있다. 하지만 지난 몇 년간 산음장은 통화의 혁가장과 친밀한 관계를 맺어왔다. 혁가장의 고수 몇은 산음장에 상주하고 있지."

"혁가장과요?"

송추월의 눈빛이 번뜩였다. 혁가장이라면 송추월과 또 다른 은원이 있었다. 대호채를 멸절한 문파가 바로 혁가장이 아니던가.

'묘한 인연이군.'

송추월이 쓸쓸한 미소를 지었다. 그런 송추월의 속내를 아는지 모르는지 길덕의 말이 이어졌다.

"산음장의 위세는 이제 근방에서 따를 가문이 없는 실정이다. 본래부터 위맹한 사냥꾼들을 부리고 있던 데다 서압록의 패자를 노리는 혁가장과 손을 잡았으니 그 위세가 하늘을 찌르고 있는 실정이다. 이번에 백두로 백호 사냥을 나가는 것 역시 혁가장에 선물할 호피를 구하기 위해서란 말이 있더구나."

"백호의 호피를요?"

"오냐. 지난번 혁가장의 소장주가 산음장을 다녀갔는데 그때 산음장주가 쓰는 백호의 호피를 무척 탐냈다고 하더구나. 그래서……."

"그 백호의 호피는 십여 년 전 제 아버지가 사냥한 백호의 것이겠군요."

"그, 그렇지."

길덕이 고개를 끄덕였다.

"산음장주는 아무리 생각해도 뛰어난 장사꾼이군요. 사람 목숨 값과 백호 호피 값으로 겨우 은자 다섯 냥을 내놓다니……"

"추월아, 사람이란 말이다, 가끔 가슴속에 묻어두고 살아가야 하는 일도 있는 법이란다. 그러니 지난 일은 잊어라."

길덕이 위로하듯 말했다. 그러자 송추월이 빙긋 미소를 지으며 대답했다.

"너무 걱정 마세요. 큰일을 벌이자고 온 것은 아니니까."

"그래, 그렇게 생각하고 있다면 다행이고… 여기서 살 생각은 아니겠지?"

"그럼요. 전 단지 어르신이 뵙고 싶었을 뿐입니다."

"오냐. 잘 왔다. 나도 널 보니 무척 반갑구나."

귀궁 길덕이 송추월의 어깨를 부여잡았다.

둥둥둥둥!

거대한 북소리가 거대한 장원을 휘감으며 퍼져 나갔다. 송추월이 산음장이 위치한 별산을 찾아든 지 사흘, 별산 기슭의 산음장은 뜨거운 열기에 휩싸여 있었다. 본래 산음장은 자체적으로 사냥꾼들을 데리고 있기도 하지만 그것보다는 장백과 북방을 무대로 살아가는 엽사들의 사냥물들을 거둬들여 천하에 되파는 곳으로 유명했다. 그래서 산음장은 항상 사방에서 몰려든 사냥꾼들로 북적였다. 그런데 최근 들어 산음장에 돌고 있는 열기는 그런 북적거림과는 다른 것이었다.

"오늘 출발하나 보군요."

산음장 앞 거대한 공터. 평소에는 천하에서 모여든 사냥꾼들이 자신이 사냥한 물건들을 거래하는 장소인 이곳을 오늘은 산음장의 엽사들이 가득 메우고 있었다.

송추월과 귀궁 길덕은 공터에서 조금 떨어진 북쪽 비탈에서 길을 떠나기 위해 공터에 모인 산음장의 사냥꾼들을 바라보고 있었다.

"그렇다고 하더구나."

"대단한 위세군요. 마치 전장에 나가는 사람들 같아요."

"사냥꾼에게 사냥은 곧 전쟁이지."

"그런가요?"

"사냥꾼은 목숨을 걸고 사냥을 한다."

"하긴 그렇군요. 제 아버지도 사냥 중에 목숨을 잃으셨으니……."

"네 아버진 최고 중의 최고였다.

"그래도 목숨을 잃으셨지요."

"그때 소장주가 성급하게 백호를 동요시키지 않았다면 결코 네 아버지가 죽지는 않았을 게다. 소장주가 성급하게 욕심을 내다 백호를 격동시켜 일이 그리된 것이지."

"그런가요?"

"네 아버진 젊었지만 노련한 사냥꾼이었어. 애초에 백호를 잡는 것 자체를 꺼렸었지. 본래 백호는 신령한 동물이라 사냥꾼들 사이에선 사냥을 금기하지."

"그런데 또다시 백호 사냥을 나가는군요."

"산음장은 엽사가 아니라 장사꾼이니까."

"그렇군요. 제가 잠시 잊고 있었습니다, 저들이 장사꾼이란 것을."

송추월이 씁쓸한 미소를 지었다.

"장주가 나왔군."

길덕의 말에 송추월이 산음장 쪽으로 시선을 돌렸다. 그러자 장원의 정문 앞에 비단옷을 차려입은 두 사람이 서 있는 것이 보였다. 한쪽은 백발이 성성한 노인이었고, 다른 한쪽은 귀품있어 보이는 중년 사내였다.

"장주도 나이가 들었군요."

"후후, 장주라고 세월이 비켜갈까. 요즘 들어서는 장원의 일을 대부분 소장주에게 맡기고 있다고 하더군."

송추월과 길덕이 대화를 나누는 사이 산음장의 장주가 공터에 도열한 사냥꾼들에게 몇 마디 말을 건넸다. 그리고 잠시 후 산음장의 장주와 함께 모습을 드러낸 중년 사내가 훌쩍 말에 올라 사냥꾼들을 이끌고 길을 떠나기 시작했다.

"한동안 조용하겠군."

"서른 명쯤 되겠군요."

송추월이 눈을 가늘게 뜨며 말했다.

"백호 사냥은 만만한 일이 아니니까. 듣자 하니 산음장 대엽사(大獵士) 세 명 중 둘이나 따라간다고 하더군."

"지금 누가 대엽사죠?"

"대궁, 주우양, 오사구 그들이지."

"모두 어르신께 사냥을 배운 사람들이군요."

"후후후, 그렇지."

귀궁 길덕이 오랜만에 호기로운 미소를 흘리며 고개를 끄덕였다.

작은 오두막 한쪽에서 잠을 자고 있던 송추월이 조용히 자리에서 일어났다. 반대편 침상에선 귀궁 길덕의 규칙적인 숨소리가 들려왔다. 아마도 깊이 잠이 든 모양이었다.

송추월은 천천히 행장을 꾸렸다. 행장이라야 작은 보따리 하나가 전부였지만.

행장을 꾸린 송추월이 조심스럽게 잠든 귀궁 길덕의 곁으로 다가갔다. 그리고는 한동안 길덕을 내려다보다 신형을 돌렸다.

"다시 오죠."

송추월이 떠난 오두막에 그의 나직한 음성만이 떠돌았다.

귀궁 길덕의 오두막을 나선 송추월을 은은한 달빛이 맞이했다. 아직 보름은 아니었지만 달은 제법 둥근 모양을 뽐내고 있었다.

"그 늙은이는 운이 없는 건가? 마침 보름이 가까워 분기가 강해질 때이니……."

송추월이 휘영청 밝은 달을 흘낏 바라보고는 오두막과 오두막을 잇는 산비탈의 길을 달리기 시작했다.

한동안 길을 달린 송추월의 신형이 산음장의 높다란 담장 아래서 멈췄다.

"지킬 것이 많은 자들이 담을 높게 쌓지."

송추월이 장정 두 명의 키보다 높은 담장을 올려다보며 비릿한 미소를 흘렸다. 그리고 다음 순간 그의 몸이 마치 날개가 달린 새처럼 담장 위로 솟아올랐다.

탁!

송추월의 두 발이 가볍게 담장 위에 내려서는가 싶더니 이내 다시 담장을 차고 어두운 장원 안으로 날아들었다.

스슥!

송추월이 신형을 낮추고 담장 안 장원 외곽을 둘러싸고 서 있는 나무들 사이에 몸을 숨겼다. 십여 채의 건물이 들어서 있는 장원은 깊은 밤 고요에 잠겨 있었다. 송추월의 시선은 그중 건물들 중앙에 위치한 화려한 기와집으로 향했다. 바로 산음장주가 머무는 공간이었다.

'도문강, 그사이 집을 더 늘렸구나.'

산음장주 도문강의 재력은 서압록 일대에선 견줄 자가 드물었다. 장백과 북방은 사냥꾼들에겐 천국과 같은 곳이라 그들에게서 나오는 상질의 상품이 끊임없이 산음장주 도문강의 금고를 채워주고 있었다.

당연히 도문강의 처소 역시 근방에선 찾아보기 힘들 만큼 화려한 건물이었다. 두 개의 층을 쓰는 건물의 모양 또한 서압록 일대에선 찾아보기 힘든 구조였다.

송추월이 한동안 장원의 이곳저곳을 살피다가 은밀하게 걸음을 옮겼다. 산음장 곳곳에는 도둑의 침입을 방비하기 위해 번을 서는 사람들이 여럿 있었다. 그러나 그들 중 누구도 송추월의 움직임을 발견하지 못했다. 송추월이 천재적인 사냥꾼이었던 그의 아버지 송악의 움직임을 물려받았기 때문인지, 아니면 오랫동안 산적질을 하며 자연히 익힌 본능적인 움직임 때문인지, 그도 아니면 괴노 마효에게서 전수받은 무공 때문인지는 알 수 없으나 송추월의 움직임은 산음장에서 부리는 하인들의 눈으로는 발견할 수 없을 만큼 빠르고 은밀했다.

착!

한순간 송추월의 신형이 산음장주 도문강의 처소 벽에 달라붙더니 이내 밖으로 난 창을 통해 처소 안으로 스며들었다.

화려한 장식들로 치장된 대청이 송추월의 눈에 들어왔다.

'천하의 보물들을 다 모아놓은 것 같군.'

산에서만 살아온 송추월에게 산음장주 도문강의 처소를 가득 채운 귀한 물건들은 신기하기만 했다. 그러나 그런 귀한 물건들에 오래 시선을 주고 있을 수는 없었다.

'저긴가?'

송추월이 대청에서 이어진 작은 공간을 지나 화려한 문양으로 장식된 문을 바라봤다. 대청과 이어진 유일한 문이었으므로 아마도 산음장주 도문강의 침실이 분명할 터였다.

송추월이 가볍게 손을 들어 문을 밀었다.

스르륵!

산음장주 도문강의 침실 문이 기름칠을 한 듯 매끄럽게 밀렸다. 그러자 정신을 아득하게 만드는 사향 냄새가 송추월의 콧속으로 밀려들었다.

'계집이 있었던가?'

송추월이 살짝 눈을 찌푸렸다. 오늘 하고자 하는 일에 목격자가 있다는 것은 결코 좋은 일이 아니었다.

'늙은 마누라는 아닐 테고… 하긴, 예전부터 이 늙은이가 호색한이란 것은 유명했지. 첩이 다섯이었던가?'

산음장주에겐 나이가 육십이 넘은 정실부인과 그와 수십 살의 차이가 나는 다섯 명의 첩이 있는 것으로 알려져 있었다. 하지만 도문강의 호색은 여섯 명의 처첩으로도 만족하지 못해 수시로 젊고 아리따운 미녀들을 자신의 침실로 끌어들이는 것으로 유명했다.

송추월이 조용히 걸음을 옮겨 어둠 속에서 반짝이는 화려한 금침이 덮여 있는 침상으로 다가갔다. 매끄러운 여인의 다리가 금침 밖으로 뻗어 나와 있었고, 그 옆엔 나이를 속일 수 없는 주름진 도문강의 발이 나란히 모습을 드러내고 있었다.

'먼저 보는 눈을 없애고.'

송추월이 번개 같은 손놀림으로 잠든 여인의 입을 막았다. 순간 여인이 갑자기 밀어닥친 검은 손길에 놀라 눈을 떴다. 그러나 여인은 아무것도 볼 수 없었다. 어둠 때문만은 아니었다. 송추월의 다른 손이 어느새 검은 천으로 여인의 눈을 가렸기 때문이다.

송추월은 능숙하게 여인의 눈과 입을 천으로 막고 두 팔과 다리를 묶었다. 어린 시절 대호채의 산적들에게 배운 포승법이 오늘 제법 유용하게 쓰이고 있었다.

"으으!"

한밤중에 때 아닌 봉변을 당한 여인이 재갈을 문 채 신음성을 흘려냈다.

"조용히 해. 그러면 아무 일 없을 거야. 난 이 늙은이에게 볼일이 있으니까. 하지만 조금이라도 허튼짓을 한다면 당신 목숨을 보장할 수 없어. 어때, 조용히 할 수 있지?"

송추월의 소리 낮은 협박에 여인이 황급하게 고개를 끄덕였다.

"좋아, 오늘 일은 보고 듣지 않는 게 당신에게도 좋아. 그러니 귀도 막도록 하지."

송추월이 날카로운 검으로 천을 찢어 재빨리 여인의 귀를 막아버렸다. 그렇게 여인을 제압한 송추월이 여전히 꿈나라를 헤매고 있는 산음장주 도문강의 앞으로 다가갔다. 편안한 도문강의 숨소리가 규칙적으로 들려왔다.

"팔자 좋군. 하지만 그 좋은 팔자도 오늘이 끝이야."

송추월이 여인을 묶고 남은 천을 둘둘 말아 자고 있는 도문 강의 입을 벌리고 무지막지하게 밀어 넣었다.

"커컥!"

잠결에 입이 막힌 도문강이 구역질을 해대며 잠에서 깨어났다. 그리곤 어둠 속에서 호랑이 눈으로 자신을 노려보고 있는 송추월의 모습에 놀라 번개처럼 신형을 일으켰다. 그런 도문 강의 눈앞에 차가운 검날이 다가들었다.

"조용히 해, 머리에 구멍 나고 싶지 않으면."

송추월이 어둠 속에서 경고했다.

第二章
유인(誘引)

화마경

송추월이 침상 옆 작은 탁자에 올려 있는 접시에서 사과 하나를 집어 들어 한 입 크게 베어 물었다. 달콤한 과즙이 송추월의 입과 목, 그리고 위장까지 단번에 밀려들어 갔다.

"맛있군."

송추월이 몇 차례 더 사과를 베어 먹고는 천천히 고개를 돌려 도문강을 응시했다. 도문강은 어느새 침착함을 되찾고 있었다. 갑작스레 찾아든 한밤의 불청객은 보통 놈이 아닌 것이 분명했다. 본래 금자를 모으는 일이란 사람들의 원망을 쌓는 일이다. 그것도 작은 돈푼을 만지는 것이 아니라 산음장처럼 거대한 상가를 이루기 위해선 숱한 사람들과 원한을 맺게 마련이다. 해서 금고에 모이는 금자가 많을수록 일신의 위험은

커지게 마련. 도문강 역시 그 이치를 알기에 산음장이 커질수록 주변의 경계를 철저하게 하고 있었다.

더군다나 산음장의 경계를 서는 자들은 무인은 아니지만 산속에서 맹수와 싸워온 노련한 사냥꾼들, 그들의 칼 쓰는 솜씨와 매서운 눈매는 무림고수 못지않았다. 그런데 그런 자들의 눈을 피해 자신의 방에 스며들었다면 이자는 보통 위험한 인물이 아닐 터였다.

"인생이 언제나 당신 곁에 놓여 있는 이 사과처럼 달콤한 것은 아니야."

송추월의 말이 도문강의 생각을 끊었다. 도문강이 얼른 고개를 끄덕였다. 위험한 자일수록 비위를 맞춰줘야 위험이 줄어든다는 이치 또한 오래전부터 알고 있는 도문강이다.

"좋아, 역시 노련한 장사치답게 이해가 빠르군. 얘기가 쉽게 되겠어. 자, 나와 조용히 거래할 준비가 되었다면 고개를 끄덕여. 그럼 입을 열어주지."

송추월의 말에 도문강이 천천히 고개를 끄덕였다.

"잘 생각했어. 사실 내가 하고자 하는 거래에 당신의 입이 꼭 필요한 것은 아니라서 당신의 입을 열어놓을 필요는 없지만 그래도 어디 사람 인심이 그래? 거래는 밀고 당기는 맛이 있어야 하니까. 하지만 조금이라도 허튼짓을 하면 당신 목숨은 없다."

팟!

부지불식간에 송추월의 검이 빛처럼 움직였다.

푸스스!

송추월의 검이 자신의 자리로 돌아간 이후 정수리 쪽으로 틀어 올린 도문강의 상투가 떨어져 내렸다. 그러자 풀려진 그의 머리가 미세한 소리를 내며 도문강의 얼굴을 뒤덮었다. 도문강의 얼굴에 다시금 두려움이 깃들었다.

"만약 허튼짓을 하면 다음번엔 당신 목이야."

송추월의 협박에 도문강이 얼른 고개를 끄덕였다. 그러자 송추월이 손을 뻗어 도문강의 입을 막고 있던 천을 빼냈다.

"커컥!"

갑자기 밀려든 공기의 홍수에 도문강이 헛기침을 했다. 송추월은 그런 도문강을 물끄러미 바라보고 있었다.

"너… 너는 누구냐?"

잠시 후 호흡을 진정시킨 도문강이 눈을 가린 머리를 쓸어 올리며 물었다.

"나? 당신에게 받을 빚이 있는 사람이지."

"이름이 뭐냐?"

"아마 말해줘도 모를걸?"

"원하는 게 뭐냐?"

"얘기했잖아? 받을 빚이 있다고."

"말해봐라. 나와 무슨 원한이 있는지."

도문강은 제법 대범했다. 가히 산음장 정도의 가업을 일으킬 만한 배포였다.

"먼저 묻고 싶은 게 있다."

"말해봐라."

"내가 알고 있는 바에 따르면 당신에게 아주 귀한 호피가 하나 있다던데……"

"호피?"

"그래."

송추월이 고개를 끄덕였다.

"호피야 내 창고에 그득하다. 원한다면 원하는 대로 주지."

"아니, 내가 말하는 건 그런 평범한 호피가 아니야. 눈처럼 하얗고, 백두의 신령스러움이 깃들어 있는… 천하의 거부(巨富)라면 누구라도 탐낼 백호의 호피를 말하는 거야."

순간 도문강의 눈빛이 번쩍였다. 물론 그에게는 백호의 호피가 있다. 십 년이 지난 지금까지도 그 순백의 아름다움이 조금도 가시지 않은 백호의 호피. 한 번 몸에 두르기도 아까워 금고 안에 고이 모셔둔 백호의 호피가 분명 그에겐 있었다.

"있지?"

송추월이 되물었다. 그러자 도문강이 불안한 표정으로 고개를 끄덕였다.

"그게 필요해. 물론 당신 목숨 값으로 말이야."

순간 도문강이 강하게 고개를 가로저었다.

"그건 안 돼!"

거의 무의식중에 흘러나온 도문강의 대답에 송추월이 비릿한 웃음을 흘렸다.

"당신 목숨 값으로도?"

어느새 송추월의 검이 다시 도문강의 목을 겨눴다. 순간 도문강이 흠칫하며 주춤 뒤로 물러났다. 하지만 그러면서도 백호의 호피에 대한 그의 욕망은 결코 사라지지 않았다.

"다른 것을 주겠다. 그것이 아니면 다른 무엇이든 내어주겠다."

"아니. 내가 필요한 건 오직 그 백호의 호피뿐이야."

"그보다 더 귀한 금자를 주겠다."

"금자? 필요없어. 그 물건을 대신할 건 오직 하나 당신 목숨이야. 물론 당신 목숨을 내놓아도 난 이 집을 샅샅이 뒤져 그 물건을 찾아낼 테지만. 그러니 순순히 내놓는 게 좋아. 사실 그 물건이 아니라도 난 당신을 죽이고 싶거든. 특히 이렇게 달빛이 좋은 날에는 더더욱 피를 보고 싶어. 망할 늙은이!"

욕설이 도문강을 향한 것인지 아니면 자신의 몸에 보름이 가까워지면 유달리 강해지는 마기를 심어놓은 괴노 마효를 향한 것인지는 알 수 없었다. 그러나 마효의 존재를 알지 못하는 도문강은 당연히 그 욕설이 자신을 향한 거라 생각할 수밖에 없었다.

"누가… 누가 시켰느냐?"

도문강이 갑자기 표정을 바꾸며 물었다.

"응?"

"누가 내게서 그 백호의 호피를 가져오라 시켰느냔 말이다. 혁가장의 소장주냐?"

순간 송추월의 표정이 묘하게 변했다.

'혁가장의 소장주라……. 이것 봐라?'

뒤이어 도문강의 말이 이어졌다. 송추월이 표정만 변하고 대답이 없자 아마도 자신의 짐작이 맞다고 생각한 모양이었다.

"지금 나의 아들과 본 장의 사냥꾼들이 백두로 떠났다. 백두로 떠난 자들은 하나같이 뛰어난 엽사들이다. 그들은 분명 백호를 잡아올 거야. 곧 혁가장의 소장주께 백호의 호피를 선물하겠다. 그러니 돌아가 소장주께 전해라. 더 좋은 백호의 호피를 선물하겠다고."

도문강이 열심히 송추월을 설득하는 동안 송추월의 머릿속에선 전혀 다른 일들이 계획되고 있었다.

팟!

한순간 송추월의 검이 움직였다.

"큭!"

순간 도문강의 다리가 길게 베어졌다.

"으으……."

도문강의 입에서 고통스런 신음 소리가 흘러나왔다. 그의 침상이 순식간에 피로 물들었다. 도문강이 신음을 흘리면서도 서둘러 피가 철철 넘치는 다리를 부여잡았다.

"이 늙은이야, 내가 혁가장 소장주님의 심부름을 온 걸 알았다면 즉시 백호의 호피를 내놔야지. 우리 공자님께선 인내심이 많지 않단 말씀이야. 그렇게 눈치가 없어? 공자께서 그 호피를 마음에 들어하시는 것을 알면 얼른 갖다 바쳐야지. 뭐?

다시 백호를 사냥해서 가져오겠다고? 백호가 그렇게 쉽게 잡히나? 언제 잡힐 줄 모르는 백호를 기다리라는 것은 우리 공자님을 기만하는 처사야. 더군다나 내 소문에 들으니 십여 년 전 늙은이가 그 백호의 호피를 얻게 된 것도 산음장의 힘이 아닌 한 명의 뛰어난 사냥꾼 덕분이라던데… 누구라더라? 송 씨 성을 쓰는 엽사였다던데. 아, 맞아. 송악이라고 했던가? 그런데 그 사람, 죽었다며?"

"마, 맞소. 송악 그자는 죽었소. 하지만 지금 백두에 간 엽사들 중에는 송악 그자보다 더 뛰어난 자들이 많소."

도문강의 말투가 변했다. 송추월이 혁가장 소장주의 사주를 받은 사람이라는 것을 전혀 의심하지 않는 눈치였다.

"흐흐, 그렇게 뛰어난 자들이라면 벌써 예전에 백호를 사냥했겠지. 하지만 수십 년래 장백에서 백호를 사냥한 건 십여 년 전 그 송악이라는 사람이 유일하잖아. 물론 산음장에선 그 사냥이 당신 아들이 한 일이라고 소문냈지만 아는 사람들은 다 알고 있지. 당시 백호를 사냥한 사람이 송악이라는 그 엽사라는 걸. 송악이란 사람은 당시 그 백호와 함께 죽었다고 하던데… 흐흐, 사실 그렇다면 그 백호의 호피는 당신 것이 아니잖아?"

"그는 우리 산음장에서 고용한 사냥꾼이었소."

"아아, 물론 그랬지. 뭐, 어쨌든 좋아. 예전 일이야 내가 신경 쓸 바가 아니고 난 백호의 호피가 필요한 것뿐이니까. 저런, 조심해야겠어. 그렇게 피를 흘리다간 곧 정신을 잃고 말 것 같은데?"

송추월이 이미 그득하게 피가 고인 침상을 바라보며 말했다. 그러자 도문강이 입술을 깨물며 고개를 끄덕였다.

"좋소. 호피를 내주겠소."

"잘 생각했어. 소장주도 기뻐하실 거야."

"하지만 혁가장의 소장주께서 이런 방식으로 호피를 가져가실 거라곤 예상도 못했소."

"아, 물론 나도 예상 못한 일이야. 솔직히 난 혁가장 사람이 아니거든. 어찌 인연이 닿아 이 일을 맡은 것뿐이지. 내가 듣기로 혁가장과 당신의 산음장은 제법 친밀한 관계라던데 그것도 아닌가 봐? 소장주께서 말씀하시길, 당신이 고집을 피우면 죽여도 좋다고 하더라구. 하긴 뭐 혁가장 같은 무림의 대문파가 당신 같은 상인에게 큰 관심이 있을 리는 없지."

송추월의 말에 도문강의 볼이 씰룩였다.

"그동안 가져다 바친 금자가 얼만데……."

도문강의 불평에 송추월이 측은한 표정으로 말했다.

"이봐, 내가 충고 하나 하지. 세상에서 가장 믿지 못할 것이 사람이야. 더군다나 칼 든 놈들은 더더욱 믿을 수 없지. 하나 더 충고하자면 오늘 일을 결코 밖으로 내색하지 마. 혁가장에 이 일을 따지려 든다면 아마도 그 다음날 산음장은 재만 남을 테니까. 혁가장 소장주님의 성격은 잘 알지?"

"알겠소."

도문강이 고개를 끄덕였다.

"좋아. 그럼 이제 그 유명한 백호의 호피를 볼까?"

송추월의 말에 도문강이 허벅지를 부여잡고 자리에서 일어났다.

"큭!"

하지만 이미 깊게 베인 그의 다리는 몸을 지탱하지 못했다. 도문강의 신형이 한 걸음도 떼지 못하고 침상 위로 쓰러졌다.

"저런, 힘줄이 상한 모양이군. 자칫 치료가 늦으면 한 다리는 영원히 쓰지 못하겠어. 힘들 테니 어디 있는지 말해주면 내가 꺼내지."

송추월의 말에 도문강이 원망 가득한 눈으로 송추월을 노려보다 침실 한쪽에 서 있는 향나무 옷장을 가리키며 말했다.

"옷장 뒤에 금고가 있소."

"오호라, 역시 부자들의 재물 숨기는 솜씨는 고명하군."

송추월이 한줄기 비웃음을 흘리며 옷장 쪽으로 다가가 옷장을 옆으로 밀었다.

드르륵!

옷장은 생각보다 쉽게 옆으로 밀렸다. 그러자 옷장이 밀려난 자리에 어른 주먹만 한 자물쇠가 모습을 드러냈다. 자물쇠를 발견한 송추월이 도문강을 돌아보며 말했다.

"충고 하나 더 하지. 사실 재물을 지키는 데 이런 자물쇠는 필요가 없어. 왜냐하면 나와 같은 사람에겐 아무 쓸모가 없기 때문이지."

삭!

말이 채 끝나기도 전에 송추월의 검이 번개처럼 움직였다. 그러자 미세한 파열음이 일어나며 벽에 걸려 있던 자물쇠가 바닥에 떨어졌다.

쿵!

묵직한 무게의 자물쇠가 제법 큰 소음을 만들었다. 송추월이 자물쇠가 떨어져 나간 벽에 손을 댔다. 그러자 벽이 안쪽으로 가볍게 밀려들었다.

"와! 역시 대단하군. 서압록 최고의 부자라더니……."

열려진 벽 안에서 귀한 보석부터 진귀한 도자기, 전통을 넘쳐나는 금자와 은자가 화려한 빛을 뿜어내고 있었다. 소문대로 산음장의 금고에는 재물이 넘쳐나고 있었다. 놀란 얼굴로 금고 안을 둘러보던 송추월의 시선이 한순간 한곳에 정지했다.

재물들이 흘려내는 화려한 빛을 눈부시게 반사하는 백색의 털, 그 위쪽으로 고개를 떨어뜨리고 있는 대호의 머리. 송추월은 자신이 찾던 물건을 드디어 찾았음을 깨달았다.

"저거군."

송추월이 망설이지 않고 금고 안으로 들어가 가장 안쪽에 걸려 있는 백호의 호피를 집어 들었다. 순백의 호피로부터 흘러나오는 광채가 송추월의 전신을 휘감았다. 송추월이 금고 안에서 백호의 호피를 집어 들고 밖으로 나왔다. 그러자 방 안이 일순 환해지는 느낌이 들었다.

송추월은 백호의 호피를 천천히 살폈다. 그리고 한순간 호피 목덜미 쪽에 난 작은 구멍을 발견했다.

'이곳에 아버지의 칼이 꽂혔던가?'

송추월이 구멍 난 목덜미 부근의 털을 가만히 쓸었다. 그리고는 다시 시선을 돌려 백호의 얼굴을 바라봤다.

'네가… 내 아버지를 죽였느냐?'

거죽만 남은 백호의 입이 열릴 리 없었다. 그러나 송추월은 백호가 자신의 물음에 으르렁대는 환청이 들리는 것 같았다.

"물론 네 잘못은 아니지. 너 또한 살기 위해서 한 일일 테니까. 아무튼… 만나서 반갑다."

송추월이 나직한 목소리로 중얼거렸다. 그리고는 가만히 백호의 호피를 어깨에 둘렀다.

"좋군. 아주 맘에 들어."

송추월이 재차 중얼거렸다. 산음장주 도문강은 자신이 가장 아끼는 보물이 타인의 몸을 감싸는 걸 절망적인 시선으로 지켜보고 있었다. 그런 도문강의 시선을 느꼈는지 송추월이 호피를 걸친 채 도문강에게로 다가왔다.

"이렇게 거래는 성립되었군. 재물은 잃었지만 목숨을 챙겼으니 당신도 손해난 장사는 아닐 거야. 또 혹시 알아? 백두로 간 당신의 아들이 이번에는 정말 자신의 손으로 백호를 잡아올지. 내 마지막으로 충고 하나 더 하지. 괜히 혁가장에 원한을 품지 마. 겨우 사냥꾼들이나 부리는 당신이 감당할 문파가 아니니까. 솔직히 말하면 혁가장의 소장주께서는 내가 호피를 가져옴과 동시에 당신이 죽었다는 소리도 함께 듣기를 원하는 것 같더라고. 그러니 그런 사람에게 함부로 대항하려 하지 마. 나야 뭐 일이 끝나면 금자를 받고 이 요동을 떠날 테지만 그래도 당신에게 칼침을 남긴 빚이 있으니 충고하는 거야. 아, 그리고 한 가지 더. 그 다리… 빨리 치료해야 할 거야. 아니면 목숨이 위험할뿐더러 아주 다리를 못 쓰게 될 수도 있어. 그러니 내가 떠나면 빨리 치료하라구."

송추월이 제법 측은한 시선으로 도문강을 바라보고는 마치 연기 사라지듯 그 자리에서 벗어났다. 송추월이 사라지자 방 안이 한순간에 침묵에 휩싸였다. 도문강은 마치 꿈을 꾼 듯한 표정으로 멍하니 송추월이 사라진 문 쪽을 바라보고 있었다.

"으으……."

한쪽에서 손발이 묶이고 입에 재갈이 물린 여인의 신음 소리가 들리고서야 도문강이 퍼뜩 정신을 차렸다.

"혁지광! 두고 보자. 내가 오늘의 이 빚은 반드시 갚아주겠다."

정신을 차린 도문강의 입에서 섬뜩한 경고가 흘러나왔다.

송추월의 신형이 가볍게 산음장의 높은 담을 넘었다. 그의 몸에 걸쳐진 순백의 호피가 어둠 속에서 그의 존재를 뚜렷하게 나타내고 있었지만 그를 뒤쫓는 사람은 아무도 없었다. 그런데 그를 뒤쫓는 사람은 없었지만 담장 밖에서 그를 기다리는 사람은 있었다.

송추월이 움직임을 멈췄다. 그와 십여 걸음 떨어진 곳에 익숙한 모습의 사람이 서 있었다. 한 손에는 물소 뿔로 만든 각궁을 들고, 허리춤에는 화살을 담은 전통을 차고 있는 노인, 귀궁 길덕이었다.

"어르신."

송추월이 나직한 목소리를 흘려냈다. 이곳에서 귀궁 길덕을 만나는 건 그의 계획에 없는 일이었다.

"그는… 장주는 어찌했느냐?"

길덕이 무거운 목소리로 물었다.

"죽지는 않았습니다. 하지만 다리 한쪽은 못 쓸 겁니다."

송추월의 대답에 귀궁 길덕이 잠시 침묵을 지키다가 손을 들어 송추월을 불렀다.

"이리 오너라."

길덕의 부름에 송추월이 망설이지 않고 길덕 앞으로 다가갔다.

"백호의 호피구나, 십 년 전 네 아비를 죽인."

"맞습니다."

"네가 날 찾아왔을 때부터 그냥 들른 것이 아니라는 생각은 하고 있었다. 하지만 이렇게 대담한 일을 벌일 줄은 몰랐구나."

"어떻게 제 행방을 아셨습니까?"

"후후, 내 비록 큰 사냥을 하지는 않지만 아직 사냥꾼의 본능은 남아 있다. 네가 오두막을 나설 때부터 알고 있었지."

"제 뒤를 따르셨군요."

"오냐. 그리고 혹여라도 네게 위험이 닥칠까 이곳에서 기다리고 있었던 것이다."

"괜한 걱정을 하셨군요."

"지금 보니 그런 것 같구나. 네 실력을 제대로 몰랐던 것 같다. 잠이나 더 잘걸. 후후, 하긴 늙으면 잠이 없어지지."

그때 산음장 안쪽에서 소란한 소리가 들려왔다.

"일단 이곳을 벗어나자."

길덕이 송추월의 소매를 잡아끌었다.

귀궁 길덕은 송추월을 이끌고 능숙하게 산길을 탔다. 우거진 숲이 달빛을 가려 산길을 구분하기 힘들었지만 길덕은 어둠 속에서도 길을 잃지 않았다. 그렇게 반 시진 정도를 이동하자 두 사람은 어느새 산음장과 그 주변의 마을들이 내려다보이는 별산 중턱에 이르렀다. 그리고 그곳에서 길덕이 걸음을 멈췄다.

"이제 추격을 걱정할 필요는 없을 거다. 이 길은 나만 아는 길이니까."

물론 송추월에겐 이런 복잡한 도주는 사실 필요가 없었다. 그러나 자신을 위하는 길덕의 마음을 알고 있는 송추월이었으므로 미소를 지으며 대답했다.

"어르신 덕분에 일이 수월하게 되었네요."

"언젠가 누군가의 손에 산음장주가 곤욕을 치르게 될 거란 생각은 하고 있었다. 원한이 많은 사람이니까. 그런데 그게 네가 될 줄은 몰랐구나."

"그가 쌓아온 업에 비하면 가벼운 대가지요."

"그를 죽이지 않은 건 잘한 일이다. 사람의 생명은 함부로 앗는 것이 아니다. 그게 다 후생의 업으로 돌아오니까."

"이승을 살기도 벅찬데 후생까지 생각할 겨를이 없지요."

"후후, 아직 젊은 녀석이 별말을 다 하는구나. 보자. 이젠 헤어질 때구나."

"계속 산음장에 계실 겁니까?"

"아마도 이곳에서 죽게 될 것이다."

"다른 곳으로 가실 생각은 없으세요?"

"그런 생각을 아주 안 한 것은 아니다. 하지만 그래도 아는 사람이 있는 곳이 좋을 것 같다."

"알겠습니다. 다시 들르지요."

"아니, 오지 마라. 산음장주가 네 얼굴을 알 텐데……."

"제 얼굴을 기억하지 못할 겁니다. 희미한 어둠 속에서 보았으니까요. 더군다나 그는 무척 겁에 질려 있었지요. 지금 옷을 갈아입고 그 앞에 나서도 절 알아보지 못할 겁니다."

"녀석, 말하는 본새가 네 아비보다 더 대담하구나. 사냥꾼이 되었다면 장백 최고의 엽사가 되었을 것이다."

"나중에 어르신을 모시고 사냥 한번 가지요."

"오냐. 그러자. 그런데 어디로 갈 생각이냐?"

"해야 할 일이 있습니다."

"그래? 위험한 일은 아니지?"

"딱히 위험할 것은 없지요."

"오냐. 잘 가거라. 몸조심하고."

"어르신도 건강하세요. 항주 할머니께 안부도 좀 전해주시고요."

"알겠다. 그리하마."

"그럼 다음에 다시 뵐게요."

송추월이 가볍게 고개를 숙여 보인 후 눈부신 백호의 호피를 날리며 숲 사이로 사라졌다.

"녀석, 호피는 좀 감추고 다니지. 저렇게 다니면 금세 사람들 눈에 띌 터인데… 뭐, 아침이 되면 벗겠지."

초여름 숲은 깊었다. 초록은 숲을 출구 없는 미로처럼 만들었다. 더군다나 백두에 이르는 길은 수많은 장백의 고산준령을 넘어야 하기 때문에 더더욱 길고 험했다.

십여 년 소년기를 산에서 보낸 송추월조차 장백의 험한 산령들을 타고 이동하는 산음장의 사냥꾼들을 따라잡는 것은 그래서 그리 쉬운 일이 아니었다. 사냥꾼들의 산타는 솜씨는 비상해서 송추월조차 힘겨워하는 산길을 평지처럼 내달렸다. 만약 산음장의 소장주 도첨기의 게으름이 아니었다면 송추월은 산음장의 사냥꾼들을 따라잡지 못했을지도 몰랐다.

새벽이슬이 나뭇잎 끝에서 생명을 다했다. 송추월은 백호의 호피를 둘둘 말아 어깨에 걸쳐 멘 채 숲 속에서 작은 초지에 세워진 산음장 엽사들의 숙영지를 바라보고 있었다.

"젠장, 사냥꾼들이라 다르긴 하군. 뭐가 이렇게 빠른 거야? 덕분에 잠 한숨 못 자고 달려왔잖아."

송추월이 나뭇잎 사이로 보이는 산음장의 숙영지를 보며 투덜거렸다. 부지런한 사냥꾼들은 벌써 일어나 잦아든 불을 다시 피우고 아침 요기를 할 준비를 하고 있었다.

송추월이 숙영지를 살피며 품속에서 마른 육포를 꺼내 들었다. 육포를 입에 넣자 짭짤한 육포의 맛이 느껴졌다.

"얼른 끝내야겠어. 육포도 이젠 질리는군. 보자, 압록을 건넌 지 사 일이니 이제 곧 향래봉인가? 향래봉 정도면 백호가 나타나도 이상할 것이 없는 곳이지."

송추월이 고개를 들어 산음장의 숙영지 너머로 보이는 하늘 높이 솟은 산봉우리를 바라봤다. 장백의 준령 중 험하고 높기로 유명한 향래봉이다. 송추월은 일을 그 향래봉에서 끝내기로 결심했다.

타탁!

산음장의 숙영지에서 피어오르는 연기를 뒤로하고 송추월이 빠르게 신형을 날렸다. 생각한 대로 일을 끝내기 위해서는 좋은 장소가 필요했다. 산음장의 사냥꾼들은 비록 무공을 익히고 있지는 않다고 해도 금수를 상대로 수십 년간 도검과 창술, 그리고 궁술을 몸으로 체득한 사람들이었다. 그런 자들을 혼자 정면으로 상대하는 것은 어리석은 일이었다.

"아니, 한번 제대로 붙어봐?"

달리는 와중에 송추월이 고개를 갸웃하며 중얼거렸다. 괴노마효에게서 전수받은 무혼검에 대한 자신감은 송추월로 하여금 서른 명에 이르는 산음장 사냥꾼들을 정면으로 상대하고픈 유혹을 일으켰다. 그러나 송추월은 이내 고개를 저었다.

"쓸데없는 피를 흘리는 것은 좋지 않지. 한바탕 살풀이를 하고 싶은 마음이 없는 것도 아니지만 위험하기도 하고 또 사냥꾼들이야 무슨 죄가 있나. 그 도가 놈만 처리하면 그뿐이지."

송추월이 지난겨울 눈의 무게를 이기지 못하고 쓰러진 거대한 소나무를 훌쩍 뛰어넘어 향래봉의 산비탈을 타고 오르기 시작했다. 그러다 한순간 송추월의 눈앞에 깊은 계곡이 펼쳐졌다. 크고 작은 폭포가 이어져 있고 운무가 뿌옇게 시야를 가로막는 계곡, 그 음습함과 서늘함이 송추월의 뼈까지 파고드는 계곡이었다.

"좋군."

송추월이 고개를 끄덕였다.

"좋아, 이곳에서 한다."

송추월의 눈빛이 섬광처럼 번쩍였다.

오랜 산행으로 산음장의 소장주 도첨기는 지쳐 있었다. 물론 몸이 지친 것은 아니었다. 그의 곁에는 서른 명의 일급 사냥꾼이 진을 치고 있었다. 그들은 산을 집 삼아 살아온 사람들이기에 산음장의 소장주 도첨기가 산행을 하는 동안 어떤 불편도 느끼지 않게 만들었다.

그러나 몸이 편하다고 눈에 보이는 끝없는 산들이 아름다운 것은 아니다. 처음 광활한 산야에 혼까지 빼앗긴 듯 감탄하던 사람들도 사나흘 지나면 그 광활함이 오히려 벽처럼 느껴져 가슴 답답함을 느끼게 마련이었다. 더군다나 산음장주 도첨기는 사람 사는 곳의 화려함과 주락의 즐거움을 뼛속까지 체득하고 있는 사람이었다. 그런 그에게 한 달여에 달하는 산행은 곤욕이 아닐 수 없었다.

"망할 놈의 자식!"

도첨기가 막막한 산을 바라보며 욕설을 내뱉었다.

"누굴 두고 말씀하시는 겁니까?"

도첨기 곁에서 움직이고 있던 산음장 대엽사(大獵士) 중 한 명인 주우양이 물었다. 산음장에 기거하는 사냥꾼들의 숫자가 칠팔십 명, 떠나고 오는 자가 수시로 변하기는 하지만 현재의 산음장은 항시 칠팔십 명의 사냥꾼을 데리고 있었다. 그리고 그들 중 가장 뛰어난 자들에게 산음장은 대엽사라는 직책을 내렸다. 대엽사는 산음장에 속한 사냥꾼들을 통솔하는 일을 맡는데 현재 산음장에는 세 명의 대엽사가 있었다. 그리고 그 중 두 명이 이번 백두행에 소장주 도첨기를 수행하고 있었다. 주우양은 바로 그 두 명의 대엽사 중 한 명이었다.

"혁가장의 그 버르장머리없는 놈 말이야."

"혁지광을 말씀하시는 거군요."

"그래, 바로 그놈. 그놈만 아니라면 이 고생을 할 필요가 없었을 텐데……."

"어쩔 수 없지요. 그자가 백호의 호피를 탐한 이상……."

"혁가장… 욕심이 지나쳐. 매년 자신들에게 바치는 금자가 오백 냥에 이르는데 본가의 신물이나 다름없는 백호의 호피를 달라니……."

"그래도 지금으로선 혁가장을 무시할 수 없지요. 최근 들어 고월산장과의 싸움에서도 우위를 점하고 있는 것 같더군요."

"휴, 그러니 문제지. 이 싸움은 결국 혁가장의 승리로 끝날 것 같으니까. 고월산장의 고수들이 뛰어난 무공을 지니고 있다 해도 세력에서 밀리니 장기전으로 가면 결국 혁가장의 승리지."

"산음장이 무림에 발을 들여놓으려면 혁가장의 환심을 사야 합니다."

"나도 알아. 그래서 이 먼 곳까지 오지 않았나. 그나저나 백두까지는 얼마나 남았지?"

"열흘 안쪽이면 도착할 겁니다."

"아직도 열흘이나?"

"어쩌면 그보다 일찍 산행을 끝낼 수도 있을 겁니다."

문득 도첨기와 주우양의 대화를 묵묵히 듣고 있던 또 다른 대엽사 오사구가 입을 열었다.

"무슨 말인가?"

도첨기가 오사구를 보며 물었다.

"저 앞쪽 산은 향래봉이라고 하지요. 장백의 거봉 중에서도 높고 험하기로 유명한 곳입니다."

"그래서?"

"소문에 의하면 간혹 이곳에서도 산왕을 보았다는 사람이 있더군요."

산왕이란 장백에 사는 백호를 일컫는 말이다.

"그래? 그렇다면… 이미 사냥이 시작된 것이군."

"그렇습니다. 해서 앞선 자들에게 단단히 당부를 해두었습니다."

"그래야지. 제발 빨리 모습을 드러냈으면 좋겠군. 모습만 드러낸다면……."

"하지만 백호를 사냥하는 일은 언제나 위험하지요."

주우양이 경계심을 드러냈다.

"모르는 소리. 이번에 동원한 엽사가 서른이야. 백호 아니라 백호 할아비가 와도 잡게 돼 있어. 숨지만 않는다면."

도첨기가 호기로운 목소리로 말했다. 그런데 그때 갑자기 앞서 가던 사냥꾼들 입에서 놀란 목소리가 터져 나왔다.

"백호다!"

순간 뒤따르던 사냥꾼들이 일제히 길잡이 사냥꾼을 바라봤다. 도첨기와 두 명의 대엽사 역시 마찬가지로 시선을 돌렸다. 그때 다시 다른 사냥꾼의 목소리가 들려왔다.

"맞아! 산왕이다! 산왕이 나타났다!"

뒤이어 사냥꾼들이 웅성거리기 시작했다. 도첨기와 두 명의 대엽사가 서둘러 사냥꾼들을 헤집고 앞으로 나섰다.

"어디냐?"

도첨기가 급하게 물었다.

"저기, 절벽 가운데를 보십시오."

사냥꾼 한 명이 손을 들어 수백 장 떨어진 곳의 절벽을 가리켰다. 도첨기와 두 대엽사가 눈을 가늘게 뜨고 안력을 높이자 과연 수십 장에 이르는 험한 절벽에 눈부신 백색의 광채를 드러내는 물체가 보였다.

"정말 산왕이군."

대엽사 오사구가 신음하듯 말했다. 비록 그 자신의 입으로 이 향래봉에서 백호를 발견할 수 있을지도 모른다고 말했지만 정말 백호를 눈으로 보게 될 것이라고는 미처 생각지 못하고 있었던 것이다.

"놈, 이렇게 쉽게 모습을 드러내다니. 이번 산행은 운이 좋을 것 같군."

도첨기가 한껏 욕심을 드러낸 눈빛으로 중얼거렸다.

"모여라!"

백호의 존재를 확인한 주우양이 사냥꾼들을 불러 모았다. 사냥꾼들이 지체없이 도첨기와 두 대엽사 주변으로 모여들었다.

"놈을 발견한 이상 이 향래봉에서 놈을 사냥한다. 일단 이곳에 짐을 풀고 숙영지를 세운다. 인두와 고등은 다섯을 이끌고 앞서 놈을 추격한다."

"알겠습니다, 대엽사."

명을 받은 두 사냥꾼이 자신의 동료 다섯을 이끌고 재빨리 장내를 벗어났다.

"다른 사람들은 서둘러 숙영지를 꾸려라. 짐을 풀고 사냥에 나선다."

재차 이어진 주우양의 명에 사냥꾼들이 서둘러 짐을 풀어 숙영지를 만들기 시작했다. 그사이 도첨기는 절벽이 바라다보이는 초지에 가죽 의자를 놓고 앉아 멀리 절벽 사이에서 여전히 눈부시게 빛나고 있는 산왕 백호를 바라보고 있었다.

송추월은 산음장주로부터 빼앗은 백호의 호피를 뒤집어쓰고 앉아 수백 장 밖에서 분주하게 숙영지를 구축하고 있는 산음장의 사냥꾼들을 바라보고 있었다.

"좋아, 미끼를 물었군."

송추월의 입가에 비릿한 미소가 지어졌다. 그의 눈에 숲을 빠르게 달려오고 있는 일곱 명의 엽사 모습이 들어왔다.

"슬슬 움직여야겠군. 숫자가 많으니 계곡 속에서 흐트러뜨리지 않으면 도가 놈을 상대할 기회가 없을 거다."

송추월이 신형을 일으켰다. 그리고는 비호처럼 절벽을 벗어나 숲으로 이동했다.

파팍!

앞서 백호의 추격에 나선 일곱 명의 산음장 사냥꾼이 가볍게 땅 위에 내려섰다. 빛이 들지 않아 습기가 강한 땅에 선명하게 찍혀 있는 호랑이의 발자국이 사냥꾼들의 걸음을 멈춰

서게 한 것이다.

"얼마 되지 않았군."

백호 추격에 나선 사냥꾼들을 이끌고 있는 노련한 사냥꾼 고등이 나직하게 중얼거렸다.

"제법 크군."

곁에서 고등의 동료 인두가 활을 만지작거리며 대답했다.

"백호치고 작은 놈이 없지."

"그런데 이대로라면 저 계곡으로 들어갔다는 말이 아닌가?"

인두가 손을 들어 운무에 휩싸인 계곡을 가리켰다.

"그렇다고 봐야지."

"이상하군."

"뭐가 말인가?"

"보통 호랑이들의 움직임과는 조금 다르지 않은가? 저런 곳으로 들어가다니……."

"산왕은 다른 놈들과 다르겠지."

"그런가?"

인두가 고개를 갸웃했다. 그러자 고등이 운무에 싸인 계곡을 노려보며 말했다.

"다행인 것도 있네."

"뭐가 말인가?"

"빛이 들지 않아 땅이 무르니 놈의 흔적을 찾기 쉬울 걸세. 놈이 계곡 물을 타고 다니지는 않을 테니까."

"그렇겠군. 그런데 놈의 근거지가 저 계곡일까? 아니면 어쩌다 백두에서 이곳까지 나온 것일까?"

"그건 일단 들어가 봐야 알겠지."

"가볼까?"

"아닐세. 이곳에서 소장주님을 기다리세. 운무가 깊어 자칫
서로 길이 엇갈릴 수 있으니."

"알겠네. 그리하세."

인두가 고개를 끄덕였다.

산음장의 소장주 도첨기와 두 명의 대엽사가 숙영지에 사냥
꾼 십여 명을 남겨두고 나머지 사냥꾼 모두를 이끌고 계곡 앞
에 도착한 것은 그로부터 이각여가 지난 후였다. 도첨기는 인
두와 고등을 보자마자 백호의 행방을 물었다.

"어디로 갔느냐?"

"계곡 안으로 들어갔습니다."

"계곡 안으로?"

대엽사 주우양이 고개를 갸웃했다.

"산을 떠나 계곡이라니 좀 이상하군."

오사구 역시 의혹 어린 눈으로 계곡을 바라보며 중얼거렸
다.

"뭐가 이상하다는 건가?"

도첨기가 두 사람을 보며 물었다.

"보통 호랑이들의 움직임과는 다른 것 같습니다."

"산왕이니 뭔가 달라도 다르겠지. 자자, 서둘러 추적하지.

이러다 놓치면 낭패야."

"일단 흔적을 발견한 이상 놈을 놓칠 일은 없을 겁니다. 놈이 날아가지 않는 이상은."

오사구가 자신있는 말투로 말했다.

"물론 그런 일이 벌어지면 안 되지. 하지만 시간을 오래 끌고 싶지 않아. 이 지겨운 산속에서 얼른 벗어나고 싶으니까."

도첨기의 말에 주우양이 고개를 끄덕이며 대답했다.

"알겠습니다. 그럼 바로 추격에 나서지요. 앞서게!"

주우양이 고등과 인두를 보며 명을 내리자 두 사람이 천천히 백호의 발자국을 따라 계곡 안으로 이동하기 시작했다.

길게 이어진 넝쿨에서 물방울이 떨어져 내렸다. 숲은 깊고 어두웠다. 계곡에서 올라온 수증기가 수림에 맺혀 비처럼 떨어져 내렸다. 도첨기의 얼굴은 순식간에 불쾌한 기운으로 물들었다.

"뭐, 이런 곳이 있어!"

도첨기가 떨어져 내리는 물방울을 연신 마른 천으로 닦아내며 투덜거렸다.

"저도 이런 숲은 처음이군요."

주우양이 날카로운 눈으로 주변을 살피며 대답했다. 언제 어느 때 백호가 모습을 드러내 공격해 올지 알 수 없었다. 예로부터 백호는 영물로 불렸고 사람 이상의 지능을 지닌 것으로 알려져 있었다. 백호 사냥에 나섰다가 죽은 자만도 셀 수 없이 많았다. 근 수십 년래 백호 사냥에 성공한 것은 십여 년 전 도첨기가 이끄는 산음장의 사냥꾼들이 유일했다. 물론 그때도 송악이라는 뛰어난 사냥꾼이 있었기에 가능했지만.

주우양도 당시 도첨기와 함께 백호 사냥에 나섰었다. 물론 그때는 산음장의 대엽사가 아닌 한 명의 사냥꾼에 지나지 않았지만. 그래서 주우양은 백호의 무서움을 누구보다도 잘 알고 있었다.

"이것 좀 보십시오."

문득 앞서 가던 고등이 주우양을 불렀다. 주우양이 훌쩍 신형을 날려 고등 옆에 내려섰다.

"이건……."

주우양의 입에서 낭패한 음성이 흘러나왔다.

"무슨 일인가?"

주우양의 뒤로 다가선 오사구가 물었다.

"발자국이 여러 방향으로 갈라져 있네."

"응?"

오사구가 눈빛을 빛내며 고개를 내밀었다. 그리곤 잠시 후 역시 난처한 음성으로 입을 열었다.

"정말이군. 네 갈래의 길이야. 발자국 자체도 거의 동시에 찍힌 것 같고. 그렇다면 산왕을 따르는 호랑이들이 있다는 말인가?"

"이상하군. 본래 산왕은 홀로 움직이는 것으로 알려지지 않았나?"

"그러게 말일세. 이것 참 기이하군."

두 사람이 곤혹해하는 사이 어느새 다가온 도첨기의 목소리가 들려왔다.

"무슨 일인가?"

"놈의 발자국이 여러 곳으로 갈렸습니다."

"그래? 다른 놈들이 있다는 건가?"

"그런 것 같습니다. 이상한 것은 산왕은 본래 홀로 살아간다는 점이지요."

"후후, 이상할 것 뭐 있나? 산왕이니 거느린 수하들이 있는 거야 당연하겠지. 그리고… 우리야 좋은 일 아닌가? 한 번에 여러 마리의 호랑이를 잡을 수 있으니."

"위험할 수도 있습니다."

"걱정 말게. 우린 스물이야. 그것도 최고의 사냥꾼들이고. 사람을 나눠서 추격하지."

"그건 좋지 않습니다."

오사구가 얼른 고개를 저었다.

"뭐가?"

"계곡이 깊고 험합니다. 인원을 나누는 것은 위험합니다. 특히 백호를 상대하려면 충분한 인원이 있어야 합니다."

"하하! 자네가 이렇게 겁이 많은 줄 몰랐군. 대엽사라는 사람이 말이야. 네 갈래로 사람을 갈라도 각기 다섯씩이야. 뭘 걱정하나. 더군다나 이 발자국 중 어느 것이 백호의 것인지 모르지 않은가? 그러니 사람을 가르지 않고 무슨 수로 백호를 추격하겠나. 걱정 말고 패를 나누게."

"하지만……."

"글쎄, 내 말대로 하게."

도첨기가 고집을 부렸다. 오사구가 주우양을 바라봤다. 그러자 주우양이 가볍게 고개를 저었다. 일단 도첨기가 고집을 부리기 시작하면 꺾을 사람이 없었다. 오사구가 어쩔 수 없다는 듯 사람들을 나누기 시작했다.

그리고 곧이어 네 패로 나뉜 산음장의 사냥꾼들이 네 갈래로 갈라진 호랑이 발자국을 따라 사방으로 흩어지기 시작했다.

第三章
업(業)

화마경

순백의 꼬리가 살짝 모습을 드러냈다 사라졌다. 도첨기의 애가 탔다.

"빨리!"

도첨기의 입에서 급박한 목소리가 흘러나왔다. 그러자 사냥꾼들의 움직임이 빨라졌다. 산음장을 떠난 이후 한껏 게으름을 피우던 도첨기 역시 사냥꾼들 못지않은 움직임으로 음습한 숲을 헤쳐 나갔다.

"조심해야 합니다."

도첨기 옆에서 주우양이 경고했다.

"걱정 마. 놈이 산왕이라 불리고 있지만 그래 봐야 한낱 미물일 뿐이야."

"놈은 영물입니다. 놈에게 죽은 사냥꾼이 한둘이 아닙니다."

주우양이 이번에는 물러서지 않고 재차 주의를 줬다.

"좋아, 뭐, 영물이라고 치지. 하지만 놈이 아무리 대단해도 내 검을 피할 수는 없을 거야."

도첨기의 허리춤에는 사냥꾼답지 않게 화려한 검이 매달려 있었다.

"소장주님의 검술이 뛰어남을 모르는 바는 아닙니다. 정식으로 무공을 익힌 분이니 저희들 같은 사냥꾼들과는 다르시지요. 하지만 저희들은 역시 산왕을 두려워할 수밖에 없습니다. 저희들이야 별수없는 사냥꾼들 아닙니까?"

"그런 생각은 이제 버려야 해. 이번 일이 잘되면 우리 산음장은 혁가장과 돈독한 관계를 맺을 수 있을 거야. 그리되면 우리도 노성에서 벗어나 요동무림에 한 발을 들이밀 수 있게 되는 거지. 그때가 되면 자네들도 더 이상 사냥꾼이 아닌 무인이 되어야 해. 다른 사람은 모르겠지만 자네들 대엽사 삼 인은 충분히 무림인으로 살아갈 수 있을 거야."

"글쎄요. 저희들이야 정식으로 무공을 익히지 않았으니……."

"무공이 별건가? 칼 잘 쓰고 화살 잘 날리면 되지. 자네들이 그동안 잡은 호랑이만 해도 수십 마리 아닌가? 무림인 중 호랑이를 사냥할 수 있는 사람은 그리 많지 않아. 그러니 오히려 삼류무사들보다야 자네들이 낫지. 또한 이번에 백호를 잡아 돌아가면 아버님께서 자네들을 위해 무공 비급을 구해놓았을 걸세. 그것들을 익히면 자네들의 무공은 순식간에 늘어날 거야. 본래 사냥꾼으로 살면서 만들어놓은 몸이 있으니……."

"나이가 많아서……."

"어허! 왜 이렇게 자신없는 소리를 하는 거야. 걱정 말고 백호나 잡자고. 백호만 잡으면 모든 일이 잘될 테니까."

도첨기가 훌쩍 바위 위에 올라섰다. 그러자 다시금 멀리 백색의 털을 자랑하는 백호의 모습이 숲 사이로 보였다.

"놈! 산왕은 산왕인 모양이군. 좀체 거리가 좁혀지지 않으니."

도첨기는 여전히 오십여 장의 거리를 유지하고 있는 백호를 보며 중얼거렸다.

"날이 어두워지고 있습니다."

주우양이 어두워지는 숲을 둘러보며 말했다.

"밤이라고 무슨 상관있나? 오히려 좋지. 저놈의 호피가 오히려 밤에 눈에 더 잘 띌 거야."

"하지만 산중의 밤은 위험한 법이지요."

"후후, 자네가 이렇게 겁이 많은 줄 몰랐어. 미리 알았다면 아마 대엽사가 되지 못했을 거야."

도첨기의 말에 주우양이 얼굴을 붉히며 입을 다물었다.

"뭐, 자네 말이 틀린 것은 아니야. 이런 식으로 밤이 깊도록 쫓을 수는 없으니. 좋은 방법이 없을까?"

"사람이 낳다면 일부가 은밀히 이동해 놈의 앞길을 막는 방법이 있습니다만… 지금 인원으로는……."

"음, 패를 나눈 것이 실수한 것인가?"

"그때야 그럴 수밖에 없었지요."

"그럼 지금으로선 속도를 높여 쫓는 수밖에는 없군."

"그렇습니다."

"어쩔 수 없지. 그럼 서둘자고."

도첨기가 앞으로 나섰다. 도첨기의 움직임은 다른 사냥꾼들과는 달랐다. 땅에 몸을 바싹 붙이고 숲을 헤쳐 나가는 사냥꾼들과 달리 도첨기는 꼿꼿이 상체를 세우고 이동했다. 그럼에도 불구하고 도첨기의 움직임은 사냥꾼들보다 빨랐다. 그건 도첨기가 다른 사냥꾼과 달리 일신에 적지 않은 무공을 지니고 있기 때문이었다.

노성의 상가에서 벗어나 무림 문파로 산음장을 키우려는 산음장주 도문강의 야심은 그의 아들 도첨기를 장사꾼이 아닌 무인으로 키우기에 이르렀다. 근 십여 년 동안 도문강은 천금을 주고 무공 비급을 구하고 정성을 다해 무림고수를 초빙해 도첨기에게 무공을 가르쳤다. 덕분에 도첨기는 강호에 나서면 일류고수 소리를 들을 만한 무공을 지니게 되었던 것이다.

도첨기를 따르는 사냥꾼들의 입에서 단내가 났다. 아무리 산에서 살아온 사람들이라고 하나 무인의 걸음을 따르기는 힘들었다. 대엽사 주우양 정도만이 힘든 기색 없이 도첨기를 따르고 있었다.

도첨기의 움직임을 미처 따르지 못하는 사냥꾼들과 도첨기와의 간격이 자연스럽게 벌어지기 시작했다. 한 무리로 움직이던 도첨기와 산음장의 사냥꾼들이 길게 줄을 짓듯 늘어지더니 한순간 도첨기와 가장 뒤의 사냥꾼 간의 거리가 근 십여 장이 넘게 벌어졌다. 그럼에도 불구하고 도첨기는 뒤를 따르는 사냥꾼들의 사정에 아랑곳없이 진기를 뽑아 올려 백호를 향해 돌진하고 있었다.

"생각보다 멍청한 놈인걸!"

송추월이 들소처럼 숲을 질주해 오는 도첨기를 바라보며 혀를 찼다.

"그래도 소문대로 무공을 좀 익히긴 한 것 같군. 하지만 사냥은 사냥꾼에게 맡겨야 하는 법이거늘, 사냥꾼들을 다 떼어 놓고 무슨 사냥을 하겠다는 말인지……. 나야 좋지."

송추월이 천천히 머리까지 뒤집어썼던 백호의 호피를 벗었다.

"이제… 내가 사냥을 해보도록 하지."

백호의 호피를 둘둘 말아 어깨에 짊어진 송추월이 재빨리 신형을 날려 어둑해진 숲 속 그늘로 사라졌다.

"흡!"

한마디 다급성이 나직하게 흘러나왔다. 그러나 다급성을 흘려낸 자의 동료들은 뒤에서 벌어지는 일을 전혀 눈치채지 못했다. 그래서 어둠 속에서 갑작스레 나타난 검은 물체가 사냥꾼 중 가장 뒤처져 있는 자를 덮친 후 어두운 숲 속으로 끌고 들어갈 때에도 사냥꾼들은 도첨기의 등만을 바라보고 숨을 헐떡이며 숲을 달리고 있었다.

탁!

송추월의 손이 매섭게 휘둘러졌다. 그러자 입을 막힌 채 두려움에 떨고 있던 사냥꾼 하나가 이내 정신을 잃고 쓰러졌다.

"운 좋은 줄 아시오. 죽지는 않았으니. 보름이 가까운지라 나도 살기를 참기가 어려운 시기요. 다행히 아직 달이 뜨지 않았으니 당신에겐 행운인 셈이지."

정신을 잃고 쓰러진 사냥꾼을 보며 나직한 목소리로 중얼거린 송추월이 재차 신형을 날렸다.

추격하는 자와 추격당하는 자의 위치가 변해 있었다. 어느새 송추월은 다시 도첨기를 선두로 한 산음장 사냥꾼들의 후미를 따르고 있었다.

송추월은 무서운 속도로 산길을 달려 한순간에 산음장 사냥꾼들의 뒤로 따라붙었다. 몸을 숨기거나 얼굴을 가리지도 않았다. 그러나 그럼에도 송추월의 앞에서 신형을 날리고 있는 산음장의 사냥꾼들은 누구 하나 송추월의 존재에 대해 신경 쓰지 않았다. 백호는 눈앞에 있고 자신들의 뒤에는 가장 뒤에서 따르는 동료가 있었으므로 송추월을 그 힘 떨어지는 동료로 생각했던 것이다.

틱!

송추월이 가볍게 손을 내밀어 앞서 가는 사냥꾼의 어깨를 낚아챘다.

"왜……?"

송추월에게 어깨를 잡힌 사냥꾼이 신경질을 내며 뒤를 돌아보는 순간 그의 눈에 별이 번쩍였다. 그리곤 미처 입을 열 사이도 없이 의식을 잃은 사냥꾼이 허공을 격해 숲 속으로 나가 떨어졌다.

"살든지 죽든지 그건 당신 운명이야."

한순간에 다시 한 명의 사냥꾼을 제압해 숲 속으로 던져 버린 송추월이 나직한 목소리로 중얼거렸다. 이제 도첩기를 제외하고 남은 사냥꾼은 대엽사 주우양을 포함해 겨우 셋. 이쯤 되면 전부를 한 번에 상대해도 될 것 같은 상황이었다. 그러나 송추월은 함부로 사냥꾼들의 걸음을 멈추게 하지 않았다.

"이제부턴 공포를 맛보게 될 거야."

송추월이 여전히 사냥꾼들의 뒤를 따르면서 재빨리 어깨에 메고 있던 백호의 호피를 풀어 몸에 휘감았다. 그러자 마치 사람이 아닌 한 마리 영험한 백호가 사냥꾼들의 뒤를 쫓는 형상이 만들어졌다. 거기에 더해 송추월은 본격적으로 백호의 흉내를 내기 시작했다.

"컹!"

산야를 뒤흔드는 포효 소리가 산음장 사냥꾼들의 뒤쪽에서 터져 나왔다. 순간 앞을 향해 치달리던 산음장 사냥꾼들이 일제히 신형을 돌려 대호의 포효 소리가 난 곳을 바라봤다.

"악!"

그 순간 한 마리 순백의 대호가 숲에서 나타나더니 번개처럼 사냥꾼 중 한 명을 물고 다시 숲 속으로 사라졌다. 눈 깜짝할 사이에 일어난 백호의 공격에 산음장의 사냥꾼들이 미처 제정신을 차리지 못하는 사이 숲에서 사라진 사냥꾼의 비명 소리가 들려왔다.

"아악!"

처절하기 이를 데 없는 비명 소리가 정신을 빼놓고 있던 산음장 사냥꾼들을 제정신으로 돌려놨다, 그래 봐야 이젠 도첨기를 포함해 세 명만이 남아 있었지만.

"이게 어찌 된 일인가?"

도첨기의 입에서 당혹한 목소리가 흘러나왔다. 그의 뒤를 따르고 있어야 할 사냥꾼들이 어느새 모두 사라지고 겨우 주우양과 다른 한 명의 사냥꾼만이 그의 곁에 남아 있었다.

"놈이… 후미에서 사람들을 해친 모양입니다."

주우양이 검을 들어 사방을 경계하며 대답했다.

"분명 앞에 있지 않았나?"

도첨기가 믿을 수 없다는 듯 물었다.

"놈은 산왕입니다. 사람 못지않은 머리를 지니고 있지요. 조심해야 합니다."

주우양의 경고에 호기롭던 도첨기의 얼굴에 공포가 드리워졌다. 그가 백호를 만나보지 않은 것은 아니었다. 십 년이 지난 일이지만 젊은 시절 그는 백호와 정면으로 맞닥뜨린 적이 있었다. 그 당시 그가 느꼈던 공포는 말로 설명할 수 없는 것이었다. 백호의 그 강렬한 안광에 그의 몸은 모든 기능을 상실했었다. 만약 당시 자신의 목숨을 버리면서 백호를 공격한 송악이라는 사냥꾼이 없었다면 그는 이 자리에서 숨을 쉬고 있지 못할 것이다.

당시의 공포는 도첨기를 변화시켰다. 그전에는 산음장주가 구해오는 무공 비급과 어렵게 초청한 무림고수들의 가르침을 귀찮아했지만 백호로부터 살아난 이후에는 당시의 공포를 이기기 위해 치열하게 무공을 수련했던 것이다.

그렇게 십 년이 지난 오늘날, 도첨기는 더 이상 백호를 두려워하지 않게 되었다. 그는 자신의 검에 자신을 가지고 있었고, 과거 자신을 공포로 몰아넣었던 그 두려움의 순간을 완전히 극복했다고 생각하고 있었다. 해서 이번 사냥은 나름대로 그 자신에게 특별한 의미가 있는 사냥이었다. 자신의 손으로 직접 산왕이라 불리는 백호를 사냥함으로써 자신에게 극렬한 공포심을 안겨주었던 과거의 존재에게 통렬한 복수를 하고 싶었던 것이다. 물론 그가 사냥하고자 하는 백호가 과거의 그 백호는 아닐지라도.

그런데 지금 극복했다고 생각했던 그 공포가 다시금 도첨기를 엄습하고 있었다. 누구도 눈치채지 못하는 사이 세 명의 사냥꾼을 삼켜 버린 산왕 백호의 존재가 아물었던 과거의 상처를 어제 일처럼 들춰내고 있었다.

"놈! 모습을 보여라!"

도첨기가 검을 뽑아 들고 나직이 으르렁거렸다. 가슴속에서 일어나는 두려움이 백호에 대한 분노로 표출되고 있었던 것이다. 그런데 그때 문득 어둠 속에서 순백의 빛이 어른거리더니 한순간 집채만 한 백호가 벼락같은 움직임으로 일행을 덮쳐왔다.

"조심해!"

주우양의 입에서 다급한 목소리가 흘러나왔다.

"이놈!"

도첨기가 분노를 토해내며 백호를 향해 검을 찔러냈다.

"악!"

그러나 도첨기의 검이 미처 백호의 몸에 닿기도 전에 한줄기 비명 소리와 함께 백호와 가장 가까운 거리에 있던 사냥꾼이 속절없이 백호에게 물려 어두운 숲 속으로 사라졌다. 그리고 거짓말처럼 찾아든 침묵.

"피해야 합니다."

침묵을 깨고 주우양이 나직하게 말했다.

"도망을 가자고? 지금 장난해?"

도첨기가 이를 갈며 주우양을 노려봤다.

"놈은 산왕입니다. 우리 둘만으로는 어렵습니다."

"산왕? 그래 봐야 미물일 뿐이야! 반드시 이 검으로 놈의 목에 구멍을 내주겠다!"

도첨기가 명검 소리를 들을 만큼 잘 벼려진 검을 눈앞으로 치켜들며 소리쳤다.

"나중에 사람들을 모아 다시 사냥에 나서도 됩니다."

주우양도 다른 때와 달리 자신의 주장을 굽히지 않았다. 백호를 상대하는 문제는 도첨기의 목숨뿐 아니라 자신의 목숨도 걸려 있는 일이었다. 주우양은 십여 년 전 도첨기를 구하기 위해 목숨을 버린 사냥꾼 송악이 아니었다. 그는 비록 산음장의 대엽사이긴 하지만 목숨을 버리면서까지 도첨기를 지킬 마음은 없었다.

"가려면 혼자 가라. 난 놈을 잡고 말겠다."

도첨기가 고집스런 표정으로 단호하게 대답했다. 주우양의 얼굴빛이 낙담으로 어두워졌다. 나이만 들었지 세상 무서운 줄 모르는 이 소장주를 설득할 방법이 없다는 것은 주우양 스스로가 더 잘 알고 있었다. 주우양이 한숨을 내쉬며 손에 든 검을 힘주어 잡았다. 이젠 다른 모든 것을 제쳐 두고 자신을 지킬 시간이었다.

"놈! 어서 와라!"

마지막 남은 사냥꾼을 물고 사라진 백호는 한동안 모습을 드러내지 않았다. 침묵은 길어졌고, 그 침묵은 도첨기와 주우양의 공포를 극한으로 끌어올렸다.

도첨기와 주우양은 서로 등을 지고 각기 다른 방향의 숲을 노려보고 있었다. 도첨기의 눈에서는 백호에 대한 두려움과 분노가 동시에 흘러나오고 있었지만 주우양의 눈에선 자신을 보호하고자 하는 조심스러움이 묻어났다. 자세도 달랐다. 주우양은 거의 땅에 붙듯 상체를 숙이고 있었으나 도첨기는 마치 비무를 하듯 상체를 꼿꼿이 세우고 검을 들어 자신의 정면을 가리고 있었다.

송추월은 어둠 속에서 도첨기를 노려보고 있었다. 백호의 호피를 뒤집어쓴 그의 눈은 정말 그 자신이 한 마리 호랑이가 된 듯 푸른 섬광으로 이글거렸다. 분노를 쏟아내는 듯한 그의 눈빛이 도첨기에 대한 원한 때문만은 아니었다. 송추월의 머리 위로 달이 뜨고 있었다. 그 달빛은 마효가 남긴 마기를 자극했고, 타오르기 시작하는 마기가 송추월을 야수로 만들고 있었다.

"잘못 걸렸어."

송추월은 굳이 자신의 가슴속에서 일어나는 이 기이한 열기를 억누르지 않았다. 살기와는 조금 다른 이 뜨거운 기운은 그의 감정을 극도로 흥분하게 만들기도 했지만 한편으로는 그의 공력을 평소보다 훨씬 강하게 끌어올리기도 했다. 어떤 면에서 보면 싸움을 하기엔 아주 좋은 상태로 변하는 보름의 송추월이었다. 그러니 이런 시기의 송추월을 만났다는 건 산음장의 소장주 도첨기에겐 정말 운이 없는 일이었다.

삭!

송추월이 조용히 걸음을 옮겼다. 낮게 가라앉은 신형은 백호의 호피를 뒤집어써 어둠을 밝히고 있었으나 도첨기의 시선 앞에 자신을 드러내지는 않았다.

그렇게 송추월은 최대한 가까이 도첨기에게 다가갔다. 등을 돌리고 있는 주우양은 더더욱 송추월의 접근을 알아채지 못했다. 송추월이 작은 바위 뒤에서 움직임을 멈췄다. 바위와 도첨기 사이에는 어떤 방해물도 존재하지 않았다. 바위를 뛰어넘는 순간 송추월은 도첨기의 눈에 띌 것이다. 최대한 빠르고 강력하게 도첨기를 공격하지 않으면 계획대로 일이 진행되지 않을 수 있었다.

'그리되면 어쩔 수 없이 다른 사람의 피도 흘려야겠지.'

송추월이 등을 보이고 있는 주우양을 한차례 바라본 후 천천히 신형을 웅크렸다. 도약을 하기 위해 힘을 모은 송추월의 신형이 다음 순간 허공으로 솟구쳤다.

"크릉!"

송추월은 정말 호랑이가 된 것처럼 포효했다. 그건 상대에게 주는 위압감을 위해서라기보단 거의 본능에서 나온 행동이었다. 그런 송추월을 보는 도첨기의 눈은 당혹과 경악, 그리고 두려움으로 물들었다. 입을 크게 벌린 백호의 머리 아래쪽에서 섬광처럼 번쩍이는 사람의 눈. 백호를 기다리던 도첨기는 갑작스레 나타난 사람의 얼굴에 당황해 들고 있던 검으로 이 기이한 불청객을 쳐내는 것조차 잊었다.

깡!

한순간 여전히 날카로움을 자랑하는 호피에 매달린 백호의 발톱이 얼음처럼 굳어 있는 도첨기의 손에서 검을 쳐냈다. 그리고 그제야 도첨기가 정신을 차렸다.

"누구? 퀵!"

미처 도첨기의 말이 끝나기도 전에 도첨기의 허리가 반으로 꺾였다. 그리고 다음 순간 송추월이 호피 속에서 손을 뻗어 도첨기의 허리를 휘감고는 순식간에 숲으로 사라졌다. 그건 마치 대호가 사람을 물고 사라지는 모습과 같아서 뒤늦게 신형을 돌린 주우양의 눈에는 정말 산왕이 나타나 도첨기를 물고 사라진 것으로 비쳐졌다.

"소장주!"

주우양의 입에서 다급한 목소리가 흘러나왔다. 그러나 입으론 도첨기를 부르고 있었지만 주우양의 발은 땅에 박힌 듯 움직일 줄을 몰랐다. 지금 홀로 소장주 도첨기를 물고 사라진 백호를 쫓는 것은 어리석은 일이었다. 그는 노련한 사냥꾼이다. 그 홀로 백호를 사냥하는 것은 자신의 목숨을 내놓는 일이라는 걸 잘 알고 있었다. 더군다나 그에게는 목숨을 걸 만큼 도첨기에 대한 충성심이 없었다.

도첨기는 기울어진 몸으로 구름에 반쯤 가려 있는 달을 바라보고 있었다. 그의 몸은 허공에 뜬 채 숲을 헤치고 앞으로 나아가고 있었다. 온몸, 손끝 하나 움직일 수 없었다. 무공을 수련한 도첨기는 지금 자신에게 벌어진 일이 어떤 것인지 분명히 알고 있었다. 그의 혈도가 흉수에 의해 막혀 있었던 것이다.

'이자는 누군가?'

두려움보다도 자신을 한순간에 제압한 채 어디론가 데려가

고 있는 이 괴이한 인간에 대한 의문이 도첨기의 머리를 어지럽혔다. 그러나 그는 괴인의 얼굴조차 볼 수 없었다. 그의 얼굴이 백호의 호피에 가려져 있기 때문만은 아니었다. 혈도가 짚여 목조차 돌릴 수 없는 지경이기 때문이었다.

그러던 어느 순간 도첨기의 몸이 허공으로 붕 떠올랐다. 구름에 가려진 달이 조금 더 가까이 도첨기에게 다가왔다. 그러나 잠시 후 도첨기의 신형이 달로부터 급격하게 멀어지더니 그의 어깨와 등에 격렬한 통증이 밀려들었다.

쿵!

송추월은 허공에 떴다 떨어지는 도첨기의 신형을 묵묵히 지켜보고 있었다.

"잘 먹어서 그런지 무겁군."

근수가 제법 나가는 도첨기를 어깨에 들쳐 메고 산속을 달리는 것은 화수유천의 수련으로 공력이 강호 일류고수의 수준을 뛰어넘은 송추월에게도 그리 간단한 일이 아니었다. 다행인 것은 산음장의 대엽사 주우양이 처음부터 추격을 포기했다는 것, 덕분에 송추월은 힘들이지 않고 도첨기를 자신이 원하는 곳까지 데려올 수 있었다.

도첨기는 여전히 사지를 움직이지 못한 채 눈동자만 굴려 백호의 호피를 뒤집어쓰고 있는 송추월을 바라보고 있었다. 그러나 흐릿한 달빛 속에서, 그것도 호피를 뒤집어쓰고 있는 송추월의 얼굴을 정확하게 알아보기는 힘들었다. 그런 도첨기의 콧속으로 가끔 불쾌한 냄새가 흘러들었다. 어쩌면 자신을 납치한 이자는 수개월 동안 목욕을 하지 않았을지도 몰랐다.

'더러운 놈!'

도첨기는 자신이 처해 있는 상황을 잊고 불쾌한 냄새를 풍기는 괴인에게 내심 욕지거리를 쏟아냈다. 그가 송추월의 몸에서 나는 이 기이한 냄새가 괴인 마효가 송추월 등 어린 소년들에게 준 화정 때문이란 것을 알 리 없었다.

송추월은 도첨기에게서 조금 떨어진 곳에 가부좌를 틀고 앉았다. 매월 보름이면 찾아오는 단전의 이 기이한 고통을 다스리기 위함이었다. 화정의 기운은 지난 세월 그의 몸에 쌓인 불순물들을 끊임없이 태웠다. 시간이 오 년이나 지났지만 매월 보름이면 송추월의 몸은 화정의 기운을 북돋아 그의 몸에 아직도 남아 있는 불순물을 태우며 역겨운 냄새를 피워내곤 했다.

물론 그 냄새의 강도가 처음보다 무척 약해지긴 했다. 그리고 송추월 스스로 짐작하기에 아마도 이제 곧 그는 이 냄새의 굴레에서 벗어날 것도 같았다. 어느 순간부터 그는 꼭 화정의 기운이 아니더라도 운기를 통해 수시로 몸속의 불순물들을 털어버릴 수 있었기 때문이다. 물론 여전히 화정의 기운이 마기와 함께 끓어오르는 보름이 그의 몸이 가장 깨끗해지는 시기이기는 했지만.

"후욱!"

단전의 통증은 여전히 남아 있었다. 그러나 무리를 하지 않으면 참을 만한 수준. 보통 보름이면 하룻밤을 온통 운기로 보내야 하지만 오늘은 특별한 날이었다. 오늘만큼은 고통을 참고 해야 할 일이 있었다. 물론 마기까지 참아낼 수 있을지는 모르지만.

"으으……."

도첨기는 가부좌를 틀고 앉아 운기를 하던 송추월이 몸을 일으켜 자신에게 다가오자 낮은 신음성을 흘렸다. 자신을 납치해 온 이 괴인의 모습은 처음 그를 보았을 때와는 확연히 달라져 있었다. 눈에서 흘러나오는 저 은은한 염광은 마치 지옥에서 갓 올라온 염왕의 사자와도 같았다.

"겁나나?"

송추월이 도첨기 앞에 쪼그리고 앉았다.

"으으……."

도첨기가 혈도를 짚여 말은 하지 못하고 신음성만 내뱉었다.

"아, 말을 할 수 없군. 그래도 좋아. 사실 네 말 따위는 듣고 싶지 않아. 넌 내가 하는 말만 들으면 돼. 변명 같은 건 사실 치졸한 거야. 믿을 사람은 변명이 없어도 믿고, 못 믿는 사람은 부모, 할아비가 설득을 해도 못 믿는 법이거든. 에, 어쨌든 궁금증은 풀어줘야겠지."

송추월이 느리게 몸을 일으켜 한쪽에 벗어두었던 백호의 호피를 가져왔다.

"이게 뭔지 알지?"

"으으⋯⋯."

"그래, 맞아. 산음장의 네 아비 금고 깊은 곳에 보관되어 있던 바로 그 백호의 호피야. 네가 십여 년 전 운 좋게 얻은 그 호피지. 이게 왜 내 손에 있냐고?"

송추월이 다시 도첨기의 얼굴맡에 쭈그리고 앉았다.

"제법 긴 이야기야. 하지만 지루해하지 말고 들어. 이건 네 운명과도 밀접한 관계가 있는 이야기니까."

송추월이 호피에 매달려 있는 호랑이의 앞발을 들어 올렸다. 세월이 흘러도 여전히 송곳처럼 날카로운 발톱이 푸른 달빛을 받아 번뜩였다.

"난 송추월이라고 한다. 물론 기억 못하겠지?"

물론 도첨기가 송추월이라는 이름을 기억할 리 없다. 일개 사냥꾼의 자식이었던 그를 어찌 아직 기억하고 있겠는가?

"그럼 이건 어때? 송악이라는 사람은 기억하나?"

"으으⋯⋯."

도첨기가 신음성을 흘려냈다.

"다행이군, 잊지 않아서. 잊었다면 더 힘들었을 거야. 난 바로 그 송악이란 사람의 아들이야. 그러니까⋯ 내가 왜 이 호피를 가지고 있는지 이젠 이해하겠지? 이 호피는 내 아버지의 것이다. 맞지?"

"으으⋯⋯."

"맞다는 건지 아니다는 건지 모르겠군. 하지만 네 의견은 중요치 않아. 내 생각이 중요한 거지. 이 호피는 내 아버지의 것이다. 왜냐하면 내 아버지가 사냥한 거니까. 목숨을 내놓고 말이야. 만약 네가 그 대가로 나와 어머니에게 백호 사냥에 걸렸던 상금 금자 오십 냥을 건넸다면 이 호피는 산음장의 것이 맞겠지. 하지만 너희들은 우리 모자에게 은자 다섯 냥을 건넸다, 이 망할 놈아!"

픽!

송추월의 손이 별안간 도첨기의 명치에 꽂혀들었다.

"커컥!"

도첨기가 고통을 참지 못하고 헛구역질을 해댔다.

"아, 이거 참, 때를 잘못 골랐군. 보름에는 작은 분노도 참기 어렵단 말씀이야."

송추월이 머리를 긁적였다. 잠시 후 도첨기의 고통이 잦아들었다. 그러자 다시 송추월이 입을 열었다.

"네놈의 그 행동이 어떤 결과를 가져왔는지 말해주지. 그 후 얼마나 지났을까? 우리 어머니께서 병에 걸리셨지. 의원이 말하기를, 약 열 첩을 쓰면 살 수 있을 거라 했지. 물론 그 의원 놈이 돌팔이였을 수도 있어. 하지만 어쨌든 약 열 첩이 필요한 상황이었단 말씀이야. 약 열 첩 값은 금자 다섯 냥! 이것 봐. 이 빌어먹을 놈아! 금자 다섯 냥이었다고! 네놈이 이 백호의 호피를 꿀꺽 해 처먹으며 남긴 금자는 얼마일까?"

픽!

"컥!"

다시 도첨기가 고통 속에 빠져들었다. 이번엔 송추월도 어떤 말도 늘어놓지 않았다. 그의 눈에 다시 열기가 오르기 시작했다. 뜨거운 열기 속에 차가운 기운. 살기였다. 그러나 송추월은 들끓는 살기를 참으며 다시 도첨기의 고통이 잦아들기를 기다렸다.

"넌 기억하지 못하겠지만 난 네놈들을 찾아갔었다. 그 비 오는 날! 산음장의 대문 앞에서 널 만났지. 그리고 애원했다. 어머니를 살려달라고. 그런데 네놈은 비 오는 날 땅을 뚫고 나온 지렁이를 보듯 날 바라봤다. 내가 네놈의 목숨을 살려준 사냥꾼 송악의 아들이라는 걸 알면서도 네놈은 날 버러지 취급했지. 그로부터 닷새 뒤에 어머니가 돌아가셨다. 그리고 난 노성을 떠났다. 그때 결심했어, 언젠가는 노성에 돌아올 것이라고. 그리고 그때는 네놈의 제삿날이 될 거라고! 어때, 이제 내가 널 이곳으로 데려온 이유를 알겠어?"

"으으으……."

도첨기가 더 깊은 신음성을 흘려내기 시작했다. 어느새 송추월의 눈은 온통 적염으로 물들어 있었다. 죽음의 사자가 도첨기의 코앞에 다가와 있었다.

"네놈 아비는 무사하다. 물론 한쪽 다리는 못 쓰게 될 거야. 하지만 그는 어쩌면 죽는 것이 더 나았을지도 모른다. 왜냐하면 자식을 잃고 남은 세월을 살아가야 할 테니까. 자, 이제 할 말은 다 했으니 일을 시작하자!"

"으으으……."

도첨기의 신음 소리가 더욱 커졌다. 그러나 송추월은 도첨기의 신음에도 아랑곳하지 않고 계속해서 입을 열었다.

"내일, 혹은 그 다음날이라도 산음장의 사냥꾼들은 널 발견하게 될 것이다. 그리고 네가 백두의 신령한 이물, 산왕 백호에 의해 죽었다는 걸 알게 되겠지. 산왕의 전설이 하나 더 생겨나는 건가? 후후후, 한마디쯤 들어주고 싶지만 그러면 마음이 약해질 것 같아서……."

송추월이 차가운 미소를 지으며 백호의 가죽에 매달린 날카로운 발톱을 들어 올렸다.

송추월은 향래봉 서쪽 기슭에서 멀어지는 산음장 사냥꾼들의 행렬을 바라보고 있었다. 사냥꾼 중 넷이 나무로 만든 들것을 들고 있었는데, 그 위에는 흰 천으로 덮여진 도첨기의 시신이 놓여 있었다.

하루 전 깊은 밤, 송추월의 두 눈에 일렁이던 적염은 사라지고 없었다. 송추월의 시선은 맑았다.

"하필이면 보름날 날 만난 것을 원망하거라."

송추월이 나직하게 중얼거렸다. 수년간의 산적 생활 중에도 누군가를 해한 일은 없었다. 애초에 도첨기를 죽일 것까지는 없었을지도 모른다. 냉정하게 말한다면 아버지 송악을 죽인 것은 백호이고, 어머니가 죽은 것 또한 산음장 부자의 책임이랄 수는 없었다. 하지만 그날은 보름이었고 송추월의 마기가 최고조에 이른 날이었다. 그것이 도첨기에게는 불운이었던 것이다.

"물론 네놈이 벼락 맞아 죽을 만큼 나쁜 놈인 것은 사실이지. 내 부모에게 한 일보다 더한 짓을 다른 사람들에게 했다는 소문이 자자하니까."

송추월이 자리에서 일어나 엉덩이를 툭툭 털었다. 그리고는 천천히 바위 위에서 뛰어내려 향래봉을 내려가기 시작했다.

"어디로 갈까? 장성을 넘어 중원으로 한번 가볼까? 아니면 풍산 녀석이나 찾아가 볼까? 녀석, 용호채는 접수했을까?"

송추월의 신형이 이내 밀림 같은 숲 속으로 사라졌다.

숲과 숲 사이를 거대한 강줄기가 가로질러 흐르고 있었다. 물결은 잦아 배를 띄워 이쪽에서 저쪽으로 건너기가 용이한 곳이었다. 그래서 그런지 서너 척의 돛단배가 양쪽 강가의 나루터를 오가며 사람을 실어 나르고 있었다.

그러나 손님이 그리 많은 것은 아니었다. 서북쪽에서 동쪽으로 흘러 압록으로 접어드는 압록의 지류 혼강이었다.

송추월은 장백의 산령을 벗어나 혼강에 이르러 있었다. 송추월은 혼강을 따라 북쪽으로 이동할 생각이었다. 산을 따라 이동하는 것보다 강줄기를 따라 여행하는 것은 그 나름대로 독특한 멋이 있는 법이다. 가끔은 물고기를 잡아 별미를 즐길 수도 있었고, 간간이 마을들이 퍼져 있어 최대한 노숙을 줄일 수도 있었다.

송추월은 검을 들어 앞을 막는 풀을 툭툭 쳐내며 천천히 강줄기를 따라 걸음을 옮겼다. 시원한 강바람이 가슴속까지 밀고 들어왔다. 서쪽으로 지는 해는 강물을 핏빛으로 물들이고 있었다. 잠자리를 걱정해야 할 시간이라는 의미였다.

"어디서 자나? 마을도 나오지 않고… 오늘은 강변에서 노숙을 해야겠군."

송추월이 저물어가는 해를 보며 중얼거렸다.

"보자. 저 숲에서 자리를 잡아야겠군."

강의 상류, 장백의 한 자락과 이어진 숲이 눈에 들어왔다. 숲이 깊어 아늑한 잠자리를 찾을 수 있을 것 같았다.

"오늘은 고기를 잡아 요기를 해볼까?"

송추월이 흘러가는 강물 속을 들여다보며 중얼거렸다. 해가 지기 시작하자 혼강의 물고기들이 수면 위로 떠올라 은빛 비늘을 번쩍이며 작은 날파리들을 낚아채고 있었다.

송추월이 강가에 늘어져 있는 버들나무 가지를 검으로 베어냈다. 그리고는 그 끝을 다듬어 날카로운 창 모양으로 만들었다.

"보자……."

간단하게 나무창을 만든 송추월이 다시 물속으로 시선을 주었다. 그렇게 한동안 물속을 들여다보고 있던 송추월이 한순간 버드나무 창을 번개처럼 물속으로 찔러 넣었다.

투투툭!

나무창을 잡고 있는 손을 통해 생명의 요동이 느껴졌다. 송추월이 재빨리 물속에서 나무창을 빼냈다. 그러자 나무창끝에 어른 팔뚝만 한 잉어가 매달려 나왔다.

"오늘 저녁은 잉어구이인가?"

송추월이 잉어를 나무창에 매단 채 창을 어깨에 걸쳤다. 그리고는 앞서 눈여겨보아 두었던 혼강 상류의 숲으로 걸음을 옮겼다.

작은 모닥불이 한밤의 한기를 몰아냈다. 송추월은 잉어를 나무창에 꽂은 채 모닥불에 굽고 있었다. 매캐한 연기 속에서 익어가는 잉어 냄새가 묻어났다.

"좋아, 좋아."

송추월이 잘 익어가는 잉어를 보며 품속에서 조심스럽게 소금 주머니를 꺼냈다. 노성에 들렀을 때 준비한 소금은 아직도 제법 많이 남아 있었다.

"후후, 이거 기대되는걸."

송추월이 얼추 다 익은 듯한 잉어를 눈앞으로 가져오며 입맛을 다셨다. 그리곤 한 손으로 잉어의 하얀 살을 발라 소금에 찍은 후 입으로 가져갔다.

"좋구나. 별미야."

송추월이 잉어의 맛을 음미하며 고개를 끄덕였다. 그리곤 본격적으로 잉어구이에 손을 대려는 순간,

차창!

갑자기 숲 안쪽에서 격렬한 충돌 소리가 들려왔다.

"뭐지?"

잉어구이에 손을 대려다 말고 송추월이 고개를 들어 소리가

들려오는 방향을 바라봤다.

차차창!

충돌음은 더욱 격렬해졌다. 더군다나 서서히 송추월이 있는 방향으로 다가오고 있었다.

"하필이면 이때에!"

송추월이 얼른 나무창에 꽂힌 잉어에 소금을 뿌리더니 번개같이 입안으로 쑤셔 넣었다. 그러는 사이 충돌음은 어느새 송추월의 바로 옆까지 다가와 있었다.

"젠장!"

송추월이 얼른 손에 들었던 버드나무 창을 강 쪽으로 던져버리고는 훌쩍 신형을 날려 숲 속으로 몸을 감췄다.

송추월이 숲 속으로 몸을 날린 그 순간 반대편에서 일단의 인물들이 여전히 타오르고 있는 모닥불 주위로 달려나왔다. 얼추 이십여 명에 이르는 불청객들은 저마다 손에 도검을 들고 치열하게 싸움을 벌이고 있었다.

송추월은 커다란 나무 위로 올라 자신이 저녁 식사를 하던 자리에서 벌어지는 싸움을 지켜봤다. 하나같이 고절한 무공을 사용하는 자들의 싸움은 쉽게 승패가 가려질 것 같지 않았다.

"흠, 그래도 사람 수가 많은 쪽이 결국 유리하겠군."

송추월이 낮은 목소리로 중얼거렸다.

싸움의 양상은 일곱 명의 사내를 열서너 명의 적이 공격하는 형태로 진행되고 있었다. 그런데 포위를 당한 채 공격당하

는 적은 숫자의 사내들 무공이 워낙 뛰어나서 숫자가 적음에
도 불구하고 싸움은 팽팽한 균형을 이루고 있었다. 그러나 싸
움이란 결국 숫자가 많은 쪽이 이기게 된다는 것이 산적으로
살아온 송추월의 생각이었다.

"그런데… 저 사람은 어디서 본 것 같은데……."

문득 송추월이 고개를 갸웃거렸다. 적은 숫자의 인물 중 한
사람이 유독 송추월의 눈에 들어왔다. 검을 들고 적과 맞서고
있는 그는 무리 중 가장 무공이 뛰어나 그를 공격하던 적들은
그가 한 번 검을 휘두를 때마다 속절없이 뒤로 물러나고 있었
다.

"어디서 봤더라……?"

송추월이 고개를 갸웃했다. 그러나 쉽게 그에 대한 기억이
떠오르지 않았다. 그러는 사이 싸움의 양상이 조금 변했다. 서
로 오랫동안 싸워온 탓인지 싸움의 거침이 조금씩 잦아들더니
한순간 양쪽 모두 도검을 내린 채 깊은 숨을 몰아쉬며 상대를
노려볼 뿐 더 이상 서로를 향해 도검을 휘두르지 않았다.

"시작했으면 끝을 봐야지! 쯧!"

송추월이 갑자기 멈춰진 싸움에 투덜거렸다. 그러나 싸움을
멈춘 양쪽은 싸움을 다시 시작할 마음이 없는지 누구도 도검
을 들어 올리지 않았다. 대신 그들 중 누군가의 목소리가 들려
왔다.

"고 대협, 이쯤에서 그만 검을 거두는 것이 어떻겠는가?"

제법 진중한 음성이 적은 숫자의 사람들을 포위하고 있는

사람들 사이에서 흘러나왔다. 그러자 송추월의 눈에 익은 듯한 사내가 고개를 저으며 말했다.

"그럴 수는 없지요. 아직 제게는 충분한 힘이 남아 있습니다."

"물론 고 대협의 무공이 서압록제일이란 것은 아니. 아, 어쩌면 요동을 통틀어도 고 대협을 상대할 사람을 찾기 어려울지도 모르지. 하지만 다른 사람들은 그렇지 않을 걸세. 아마 많이들 지쳤을 거야."

"지친 것은 그쪽도 마찬가지지요."

"물론… 우리도 힘이 드는군. 하지만 그래도 우린 그쪽보다 배가 많네. 이 싸움은 결국 승패가 정해진 싸움이란 말일세."

"숫자가 많은 것으로 승패를 가렸다면 수년을 이어온 우리 고월산장과 혁가장의 싸움은 이미 예전에 끝이 났겠지요."

'고월산장!'

순간 송추월은 자신의 눈에 익은 사내의 정체를 깨달았다.

'고무룡! 고월산장의 소장주… 바로 그군.'

오래전, 송추월과 그의 친구들이 첫 번째 산적질에 나섰을 때 마주쳤던 사내, 광명정대하기 이를 데 없을 뿐 아니라 송추월과 곽풍산을 살려 보내줬던 바로 그 고무룡이 눈앞에 있었다. 당시 고무룡은 산적질을 그만두고 고월산장으로 자신을 찾아오라는 당부를 송추월과 곽풍산에게 남겼었다. 물론 이후 괴노 마효를 만나면서 고무룡의 제안은 더 이상 송추월의 머릿속에 남아 있지 않았지만.

'그럼 상대는?'

당금 서압록에서 고월산장의 소장주를 공격할 사람은 오직 한 곳의 고수들밖에 없다. 바로 수년간 서압록의 패권을 놓고 고월산장과 싸우고 있는 혁가장.

"고 대협의 말이 맞을 수도 있소. 싸움은 숫자로 하는 것이 아니란 말에 동의하오. 하지만 오늘 이곳에 온 우리 혁가장의 형제들은 결코 머릿수만 채우려고 온 사람들이 아니오. 계속 싸우게 된다면 고 대협은 물론 고 대협을 따르는 고월산장의 영웅 분들 안전을 더 이상 보장할 수 없소."

고월산장의 소장주 고무룡을 상대하고 있는 초로의 노인이 차가운 음성으로 말했다.

'역시 혁가장인가? 이거 산을 내려오자마자 아주 연달아 빚 잔치를 하게 생겼구나!'

송추월의 입가에 비릿한 미소가 지어졌다. 혁가장이라면 송추월과 대호채 산적들에게 반드시 갚아야 할 빚이 있는 곳이 었다.

第四章
고월산장 1

화마경

"순순히 검을 내려놓는다면 나 혁후상이 고 대협의 안전을
보장하겠소."

사내의 나이는 오십대 중반으로 보였다. 고월산장의 소장주
고무룡이 삼십대임을 생각하면 적을 상대하는 것치고는 무척
예의를 지키고 있는 편이었다. 그러나 사내의 표정과 눈빛이
그의 말투처럼 고무룡에게 호의적으로 보이지는 않았다. 사내
는 냉랭한 표정에 살기를 담은 눈빛을 가지고 있었다.

"미안하지만 혁 대협의 제안은 따를 수가 없군요."

"답답한 일이구려. 내 제안을 순순히 받아들인다면 고월산
장과 혁가장 모두에게 좋은 일일 것이오. 오늘날 요동의 모든
문파가 새로운 요동무림을 만들기 위해 저마다 손을 잡고 세

력을 키우고 있소. 이런 와중에 혁가장과 고월산장은 오 년 넘게 싸움을 하고 있으니 어느 세월에 요동무림의 중심에 들어가겠소. 우리 두 문파가 싸움을 멈추고 힘을 합친다면 요동무림에서도 제법 중요한 위치에 오를 수 있을 것이오."

"화친을 원한다면 지금도 늦지 않았지요."

"호오, 그렇소? 그렇다면 날 따라서 혁가장으로 가십시다."

스스로를 혁후상이라 밝힌 사내가 눈빛을 빛내며 말했다. 그러나 그의 기대와 달리 고무룡은 고개를 저었다.

"그럴 수는 없습니다. 화친을 원한다면 혁가장에서 정식으로 본 산장에 사람을 보내야 할 겁니다. 이 긴 싸움을 시작한 것은 혁가장입니다. 싸움을 끝내려면 역시 매듭을 묶은 사람이 풀어야겠지요."

고무룡의 말에 혁가장의 고수가 비릿한 웃음을 흘렸다.

"사람들이 말하길, 고월산장의 고수들은 하나같이 무공이 뛰어나고 또한 세상의 이치에도 밝다고 하던데 그도 아닌 것 같구려."

"제게 부족한 점이 있다면 가르침을 주시지요."

"고 대협, 물론 지난 오 년간 본 장의 공격을 막아낸 고월산장의 저력은 대단한 것이었소. 솔직히 본 장은 이 싸움이 이렇게 오래 지속될 거라곤 생각지 않았소. 덕분에 본 장의 계획은 큰 좌절을 겪고 있고 말이오. 하지만 고월산장도 더 이상은 버티지 못할 것이오. 최근 들어 고월산장의 영역이 녹산(綠山)으로 한정되었고 본 장에 의해 녹산에 이르는 주변 모든 길이 차단되어 있으니 어찌 더 이상 버틸 수 있겠소. 고월산장의 저력이 대단하다는 것은 알고 있으나 사람이 먹지 않고는 살 수 없는 법 아니오? 오늘 고 대협께서 이렇게 위기에 처한 것도 현상황을 타개하기 위해 다른 곳에 도움을 청하기 위해 녹산을 떠났기 때문에 생긴 일 아니오?"

혁후상이 여유있는 표정을 지으며 고무룡을 다그쳤다.

"물론 혁 대협의 말씀대로 최근 들어 본 장의 사정이 썩 좋지 않은 것은 맞습니다. 또한 제가 녹산을 떠난 것이 강호의 친구들에게 도움을 청하기 위해서임도 맞습니다. 하지만 그렇다고 고월산장이 쉽게 무너지지는 않습니다. 미안하게도 본 산장에는 최소한 일 년은 배불리 먹을 양식이 비치되어 있지요."

"후후, 그 말을 지금 믿으라는 것이오?"

혁후상이 실소를 흘렸다.

"믿고 안 믿고는 혁 대협의 마음이지요. 어쨌든 고월산장은 지금 혁가장에게 무릎을 꿇을 생각이 전혀 없소이다. 물론 나 고무룡 또한 오늘 혁 대협과 함께 혁가장으로 가진 않을 것이고 말입니다."

고무룡의 단호한 말에 혁후상이 살짝 노기를 드러냈다. 혁후상이 들고 있던 검을 조금 치켜들었다. 그리고는 서릿발 같은 안광을 흘려내며 말했다.

"내가 이렇게 그대에게 기회를 주는 것은 그동안 그대가 보인 뛰어난 무위 때문이다. 그대와 같은 인재는 쉽게 얻을 수 없는 법. 본 장이 서압록의 패자를 넘어 요동무림의 중심이 되기 위해선 그대 같은 젊고 뛰어난 인재가 필요하다. 해서 지금까지 그대를 예우하며 기회를 준 것이다. 그러나… 그대가 나의 호의를 거절한다면 더 이상 그대의 사정을 봐줄 수 없다."

혁후상의 말투가 확연하게 변했다. 더 이상 고무룡에 대한 존중을 찾아볼 수 없었다.

"제 사정은 제가 알아서 살피지요."

고무룡이 담담하게 혁후상의 말을 받아 넘겼다.

"글쎄, 과연 그럴 수 있을까? 무공은 뛰어나되 시류를 읽는 눈은 부족한 것 같군. 그렇다면 어쩔 수 없지. 몸으로 시류를 체득하게 하는 수밖에."

혁후상이 좌우를 돌아보며 고개를 끄덕였다. 그러자 일곱 명의 고월산장 고수를 둘러싸고 있던 혁가장 고수들이 일제히 도검을 휘두르기 시작했다.

차차차창!

섬뜩한 불꽃이 튀어 오르며 싸움이 다시 시작됐다. 고무룡과 혁후상이 잠시간 이야기를 나누는 사이 기력을 회복한 양쪽 고수들의 싸움은 더욱 치열해졌다. 고무룡 역시 좌우로 빠르게 움직이며 달려드는 혁가장의 고수들을 상대했다.

군계일학! 고무룡의 무공은 가히 군계일학이라고 할 수 있었다. 그의 검이 번뜩일 때마다 혁가장의 고수들이 화들짝 놀라 개구리처럼 뒤로 물러났다. 수적으로 열세인 고월산장의 고수들이 혁가장 고수들의 공격을 막아내며 싸움의 균형을 맞추는 데는 고무룡의 활약이 가장 큰 힘이 되고 있었다.

그때 고무룡이 있는 한 싸움의 승세를 잡기 어렵다고 판단했을까. 조금 떨어진 곳에서 싸움을 지켜보고 있던 혁후상이 그의 곁에 있는 사내와 눈빛을 교환하더니 이내 고무룡을 향해 날아들었다.

고무룡을 향해 날아드는 혁후상과 그 동료의 무공은 다른 혁가장의 고수들과는 달랐다. 그들은 전혀 다른 경지의 고수들이었다. 혁후상은 검을, 그의 동료는 도를 들고 있었는데 그들이 검초와 도초를 뿌려대면 도검이 지나간 길에 뿌옇게 도검의 잔영이 남았다. 그건 곧 그들의 공력이 무척 뛰어날 뿐 아니라 도검의 속도가 사람의 눈을 속일 정도로 빠르다는 의미였다.

쩌엉!

창!

그러나 고무룡의 무공은 그를 향해 달려드는 두 사람보다도 뛰어나 보였다. 한 자루 날렵한 검을 사용하는 고무룡의 검법은 단순해 보이면서도 오묘한 기운이 서려 있어 곧이라도 목이 베일 것 같은 상황을 거짓말처럼 타개하는 것이었다.

더군다나 단지 방어에만 머무는 것이 아니라 순식간에 상대의 빈틈을 찾아 반격을 하니 혁후상과 그의 동료는 처음 고무룡을 향해 달려들던 기세를 뒤로하고 재빨리 물러날 수밖에 없었다.

그런데 두 사람이 뒤로 물러나자 이번에는 다시 또 한 명의 혁가장 고수가 혁후상을 돕기 위해 나섰다. 혁가장의 세 고수는 고무룡을 사이에 두고 천천히 원을 그리며 기회를 엿보기 시작했다. 고무룡의 무공이 출중하다는 것을 몸으로 경험한 혁가장의 고수들은 성급하게 고무룡을 향해 달려들지 않았다.

고무룡은 마치 참선이라도 하듯 검을 자신의 배꼽 아래로 내려뜨린 후 눈을 반개한 채 한 그루의 나무처럼 서 있었다. 그런 여유로운 자세 어디에서도 그의 허점은 쉽게 발견되지 않았다.

"대단하군. 쩝!"

거대한 전나무 위에 올라 고무룡과 혁가장 고수들의 싸움을 지켜보고 있던 송추월이 입맛을 다시며 중얼거렸다. 오 년간의 수련으로 무공에 어느 정도 자신을 가지고 있던 송추월에게도 혁가장의 세 명 고수를 상대하는 고무룡의 모습은 무척 대단해 보였다.

부드러움 속에 살아 숨 쉬는 강력한 생동감, 멈춰 있으면서도 전신의 털끝 하나하나를 조절하고 있는 것 같은 긴장감이 고무룡에게서 느껴졌다.

"저런 무공도 있었군."

다시금 송추월이 중얼거렸다. 송추월이 익힌 화수유천의 신공과 무혼검의 검초는 무척 강렬한 무공이었다. 애초에 거꾸로 선 채 전신의 기혈을 격동시켜 수련을 시작했던 화수유천은 말할 것도 없고, 무혼검 역시 그 검초에 강렬한 살기가 내포되어 한 초식 한 초식을 전개할 때마다 치열한 생사의 순간을 경험하게 하는 무공이었다.

그런데 고무룡의 무공은 달랐다. 그의 무공은 마치 선비가 글씨를 쓰듯, 아니면 대나무가 바람에 흔들리듯 그렇게 자연스러웠다. 상대의 공격을 맞받아치는 것이 아니라 허공으로 흘려보내고 그 빈틈으로 자신의 검을 찔러 넣는 검법. 더군다나 무공을 펼치는 고무룡의 표정에는 감정이 전혀 드러나지 않았다. 그것이 더욱 고무룡의 검법을 신묘하게 보이게 만들었다.

팟!

한순간 혁후상의 검이 고무룡의 옆구리 쪽을 스치고 지나갔다. 고무룡은 가볍게 한 걸음을 옮겨 혁후상의 검초를 피해내고는 번개처럼 혁후상의 등을 향해 일검을 내리그었다.

삭!

미세한 절단음이 일어나며 혁후상의 옷자락이 잘려 나갔다. 혁후상이 크게 놀라 황급히 신형을 틀었다. 그사이 어느새 다가온 혁가장의 고수 둘이 좌우에서 고무룡의 허리를 잘라갔다. 순간 고무룡의 신형이 가볍게 깃털 날리듯 허공으로 떠올랐다.

팟!

좌우에서 달려들었던 혁가장의 고수들이 서로의 도를 교차하며 고무룡의 발밑을 지나쳤다. 순간 고무룡의 신형이 허공

에 뜬 채 이 장 앞으로 전진했다. 그리곤 가볍게 땅 위에 내려
서며 거의 동시에 혁후상을 향해 일검을 내려쳤다.

웅!

부드러운 검초와 달리 강력한 파공음이 고무룡의 검에서 일
어났다. 순간 혁후상이 황급하게 검을 들어 올렸다.

깡!

검과 검이 충돌하며 불꽃을 일으켰다. 혁후상이 순식간에
대여섯 걸음 뒤로 물러났다. 그러자 고무룡의 발이 땅을 스치
듯 이동하며 재빨리 혁후상을 따라붙었다.

"놈!"

그때 고무룡의 등 뒤에서 차가운 노성이 들려왔다. 어느새
다가온 혁가장의 두 고수가 다시 고무룡의 등을 향해 도를 휘
둘러대고 있었다. 순간 고무룡의 신형이 다시 허공으로 떠올
랐다. 그리고는 두 명의 혁가장 고수를 발아래로 흘려보내며
한 바퀴 제비를 돈 후 혁가장 고수들 뒤쪽으로 가볍게 내려섰
다.

"좋다. 오늘 생사를 가리자!"

고무룡의 공격에 위기에 처했던 혁후상이 이를 갈며 두 명
의 동료와 함께 고무룡을 향해 달려들었다. 고무룡도 뒤로 물
러나지 않고 세 명의 혁가장 고수 속으로 뛰어들었다.

"마음에 들어."

송추월이 중얼거렸다. 두려움없이 세 명의 고수를 향해 뛰

어드는 고무룡의 행동을 보고 하는 말이었다.

"하지만 좀 고지식하군. 한 놈씩 따로 떼어내 상대하면 훨씬 수월할 텐데……. 음, 하긴 오 년 전 만났을 때도 샌님 같은 면이 있긴 했지. 그나저나 이래 가지고서는 오래 버티지 못할 것 같은데……."

고무룡이 혁가장의 세 고수를 상대하는 동안 싸움은 고월산장의 고수들에게 불리하게 돌아가고 있었다. 아무리 뛰어난 고수들이라 한들 두 배에 이르는 적을 맞아 싸우면 급격하게 공력이 소모될 수밖에 없다.

고무룡을 제외한 고월산장의 여섯 고수는 두 배에 이르는 혁가장 고수들의 공격에 서서히 지쳐 가고 있었다. 그리고 개중에는 벌써 피를 흘리는 사람도 보였다. 이대로라면 몇 각 안에 싸움의 승패가 갈릴 듯 보였다.

"이쯤에서 생색을 한번 내볼까?"

송추월이 나뭇가지 위에서 천천히 신형을 일으켰다. 그리곤 한 마리 밤새처럼 훌쩍 허공으로 떠올랐다.

슈우욱!

막 한 명의 고월산장 고수를 향해 협공을 가하려던 혁가장의 고수 둘이 기이한 파공음에 흠칫 놀라 도검의 움직임을 멈췄다. 그리곤 목덜미에 느껴지는 기이한 열기에 고개를 돌렸다.

"헉!"

혁가장 고수들의 입에서 다급성이 터져 나왔다. 동시에 두 사람이 쌍둥이처럼 도검을 휘둘러 자신들의 뒤를 막았다.

차창!

맹렬한 충돌음이 터져 나오며 혁가장의 두 고수가 서너 걸음 뒤로 물러났다. 송추월이 뒤로 물러나는 혁가장의 고수들을 따라붙었다.

송추월의 무공은 괴이하면서도 강력했다. 그의 검은 저자에서 막 배운 솜씨처럼 두서가 없었으나 교묘하게 혁가장 고수들의 빈틈을 파고들었다. 더군다나 송추월의 이 기이한 검초에 실린 살기는 범상치 않아서 혁가장의 고수들은 송추월의 검이 자신들을 향해 다가들 때마다 화들짝 놀라며 다급하게 신형을 뒤로 물렸다.

갑작스런 송추월의 등장은 혁가장의 고수들뿐 아니라 그들을 상대하고 있던 고월산장의 고수까지 일순 당황하게 만들었다. 그러나 그도 잠시, 적의 적은 일단 친구라는 사실을 익히 깨달은 고월산장의 고수가 이내 송추월을 도와 혁가장 고수들을 공격하기 시작했다.

"큭!"

고월산장의 고수까지 다시 싸움에 관여하자 승패는 이내 갈렸다. 송추월의 검이 번개처럼 혁가장 고수의 어깨를 스치고 지나가자 혁가장 고수가 신음성을 흘리며 도주하듯 장내에서 벗어났다.

송추월은 일단 한 명의 적을 패퇴시키자 이내 방향을 틀어 다른 먹잇감을 찾았다. 그리고는 맹수처럼 다른 혁가장의 고수들을 향해 달려들었다.

송추월의 등장은 싸움을 기이한 방향으로 몰아갔다. 송추월은 단 한 명에 지나지 않았지만 그 등장의 갑작스러움과 그가 지닌 일신의 무공은 장내의 상황을 일변하게 만들었다.

싸움은 지금까지와는 전혀 다른 양상으로 변했다. 송추월은 마치 양 떼 속에 떨어진 늑대처럼 이리저리 돌아다니며 혁가장의 고수들을 공격했다. 송추월의 움직임은 지나치게 분망했다. 도움을 받는 고월산장의 고수들조차도 송추월의 움직임에 어리둥절할 정도였다.

이쪽의 싸움에서 한 팔을 거드는가 싶으면 번개처럼 움직여 다른 쪽 싸움에 관여했다. 그러면서도 그 검초가 예리하기 이를 데 없어서 한 번 검을 휘두를 때마다 혁가장 고수들은 큰 곤경에 빠지곤 했다.

그렇게 일각여 동안 송추월이 싸움터를 휘젓고 다니자 싸움은 어느새 서서히 고월산장 쪽의 승세로 기울기 시작했다. 여전히 고무룡은 혁후상 등 세 명의 혁가장 고수를 상대로 대등한 싸움을 벌이고 있었다. 그사이 송추월의 등장으로 다른 혁가장 고수들은 숫자의 우위를 지키지 못한 채 고월산장의 고수들에게 하나둘 패퇴하고 있었다. 그리고 이런 장내의 상황을 고무룡을 상대하고 있는 혁후상이 모를 리 없었다.

"싸움을 멈춰라!"

갑자기 혁후상이 큰 소리를 지르며 고무룡으로부터 멀어졌다. 그러자 그와 함께 고무룡을 상대하던 두 명의 고수 역시 도를 거둬 고무룡을 경계하며 뒤로 물러났다. 혁가장의 다른 고수들도 황급히 신형을 빼 고월산장의 고수들에게서 멀어졌다. 고월산장의 고수들 역시 뒤로 물러나는 혁가장의 고수들을 쫓지 않았다. 그렇게 싸움은 일순간에 중지됐다.

송추월은 뒤로 물러난 혁가장 고수들과 반대편에 서 있는 고월산장의 고수들 사이에서 어정쩡한 자세로 서 있었다.

"네놈은 누구냐?"

혁후상이 송추월을 노려보며 물었다. 유리하던 싸움이 이 허름한 녀석 하나가 끼어들면서 오히려 불리해졌으니 혁후상이 노기를 흘리는 것은 당연한 일이었다.

"송추월이라 하오."

송추월이 무심한 표정으로 대답했다.

"뭘 하는 놈인데 남의 싸움에 끼어드는 거냐? 강호에서 타인의 일에 관심을 보이는 것이 곧 자신의 목숨을 위태롭게 한다는 사실을 모른단 말이냐?"

"내 목숨 걱정하는 거요? 그런 거라면 걱정할 필요 없소. 내 목숨 하나 간수할 능력은 되니까."

"네 목숨 걱정하는 게 아니라 쓸데없이 다른 사람의 싸움에 참견하는 네 철없는 행동을 탓하는 것이다."

혁후상의 냉갈에 송추월이 빙긋 미소를 지었다.

"누가 쓸데없는 참견이라 했소?"

그러자 혁후상의 표정이 살짝 변했다.

"우리가 어느 곳 사람들인지 아느냐?"

"물론 그 유명한 혁가장의 고수 분들 아니오?"

"알고도 우리 일에 관여했다는 말이구나."

"후후, 당신들이 혁가장의 사람들이 아니었다면 나도 이 싸움에 끼어들지 않았을 거요."

송추월의 대답에 혁후상이 눈을 가늘게 뜨고 노려보다 나직한 목소리로 물었다.

"본 장과 은원이 있느냐?"

"물론! 그렇지 않다면 싸움에 끼어들 이유가 없지."

송추월의 대답에 혁후상의 표정에 그늘이 졌다. 이 새파란 녀석은 나이는 젊어도 무공이 보통이 아니다. 이 녀석이 싸움에 끼어든 이후 유리하던 싸움이 금세 불리하게 변한 것만 보아도 무척 위험한 놈이란 걸 알 수 있었다. 그런데 그런 놈이 혁가장과 원한을 맺고 있다니 상황이 썩 좋지 않았다.

"송추월이라는 이름은 익숙지 않은데?"

혁가장과 무슨 은원이 있냐는 질문이었다.

"후후, 물론 대혁가장의 나리들께서 미천한 내 이름을 알 리 없을 거요."

"혁가장과 무슨 원한을 맺었느냐?"

"흐흐, 혁가장이 지난 세월 맺어온 강호의 원한이 워낙 많아서 말해줘도 모를 텐데……."

"말해보라. 혁가장에 잘못이 있다면 바로잡겠다."

"저런… 당신은 다른 혁가장의 고수들과는 조금 다른 모양이구려. 다른 자들은 거두절미하고 칼부터 휘두르는 것 같던데…….."

"본 장과의 원한이 무엇이냐?"

다시 한 번 혁후상이 물었다.

"혹 기억할지 모르겠소? 대호산 대호채라는 곳을 알고 있소?"

순간 혁후상뿐만 아니라 고무룡의 눈빛도 변했다. 고무룡이 새삼스런 눈으로 송추월을 살폈다. 물론 송추월은 그런 고무룡에게는 신경도 쓰지 않고 혁후상의 대답을 기다렸다.

"대호산 대호채라……. 기억이 날 것도 같군."

"후후, 과연 대단한 혁가장이군. 그 사건으로 대호채 수십 명의 목숨이 한순간에 사라졌는데 기억이 날 것 같기도 하다니…….."

차갑게 변한 송추월의 말투, 그에 더해 송추월의 눈에서 적염이 번뜩였다. 혁후상이 강렬한 송추월의 안광에 마치 불에 덴 듯 자신도 모르게 한 걸음 뒤로 물러났다.

"오 년 전 소장주께서 대호산의 산적들을 토벌한 적이 있었지."

"맞아. 바로 그 대호채야."

"넌… 대호채의 잔당이냐? 당시 대호채의 산적 중 어린놈 몇이 살아남았다고 하더니…….."

"맞아. 내가 바로 그중 한 명이지. 이젠 내가 당신들의 일에 관여할 충분한 이유가 있다는 건 알겠지?"

"한낱 산적 나부랭이가 감히 혁가장의 일에 관여하다니…
언제부터 혁가장의 이름이 이렇게 가벼워졌나 모르겠군."

"본래부터 그리 무거운 이름은 아니었어. 대호채가 산속의
산적이라면 혁가장은 잘해야 저자의 화적 정도였지. 화적의
이름이 무게를 지녀봐야 얼마나 되겠어?"

"놈! 감히 본 장을 모욕하는 것이냐?"

"이 양반아! 대호채는 네놈들에게 몰살을 당했다니까! 그에
비하면 이 정도 모욕은 가벼운 것이지."

"네놈이 정녕 본 장을 무시하고도 살아남을 수 있을 것 같으
냐?"

"후후, 내 목숨 걱정보단 당신들 목숨 걱정을 먼저 해야 할
것 같은데? 왜냐하면 잘못하면 오늘 당신들 중 그 누구도 살아
갈 수 없을 테니까 말이야."

송추월의 말에 혁후상이 얼굴을 붉히면서도 재빨리 좌우를
살폈다. 여전히 숫자에서는 혁가장의 고수들이 많았다. 그러
나 이미 혁가장의 고수들은 송추월의 출현에 전의를 크게 상
실한 후였다. 그들의 얼굴에 깃든 두려움이 혁후상에게도 느
껴졌다. 혁후상도 이 상태론 고월산장의 고수들을 상대할 수
없다는 걸 누구보다 잘 알고 있었다. 혁후상이 가볍게 입술을
깨물었다.

"놈, 네 이름을 기억해 두겠다."

"고마운 말씀!"

"물러간다."

혁후상이 송추월의 대답이 끝나자마자 명을 내렸다. 그러자 혁가장의 고수들이 순식간에 장내에서 벗어나 썰물처럼 숲 속으로 사라졌다.

"그냥 보낼 겁니까?"

송추월이 혁가장의 고수들을 추격하지 않는 고무룡을 보며 물었다. 그러자 고무룡이 송추월을 깊은 눈으로 바라보다 고개를 저었다.

"물러갔다 하나 전력으로 보자면 저들이 여전히 강하네. 쫓는 것은 위험한 일일세. 더군다나 우린 급히 가야 할 곳이 있고."

고무룡의 대답에 송추월이 고개를 끄덕였다.

"여전히 신중하시군요."

"대호채의 그 어린 산적이 맞나?"

이미 송추월의 얼굴에서 오 년 전의 기억을 떠올린 고무룡이 확인하듯 물었다.

"맞습니다. 그때의 그 어린놈입니다."

"컸군."

어떤 의민지는 알 수 없었다. 소년이 청년이 되었다는 의미인지 아니면 송추월이 보인 무공에 대한 칭찬인지.

"소장주께서는 강호의 일대 대협이 되셨군요. 소문은 들었습니다."

송추월의 말에 고무룡이 씁쓸한 표정을 지었다.

"소문이라…… 고월산장이 곧 망한다는 소문 말인가?"

"웬걸요. 소장주의 무공이 요동제일일지도 모른다는 소문이지요. 또한 소장주로 인해 고월산장이 혁가장의 공세에도 너끈히 버티고 있다는 소문도 돌고요."

"후후, 그런 헛소문이 돌고 있었군."

"헛소문인가?"

"헛소문일세. 사실 내 능력으론 작금의 정세를 돌릴 수가 없네. 혁가장의 공세는 날로 치열해져서 이제 우리 고월산장은 본가가 있는 녹산에 고립되어 있는 실정일세. 이대로라면 곧 혁가장에 본가를 내주어야 할지도 모르네. 상황이 그리 좋지 않아. 전세가 불리해지니 천금을 준다고 해도 본 장으론 사람이 몰리지 않고 있네. 물론 무사들을 불러들일 금자도 없긴 하지만… 반면 혁가장은 계속해서 세를 불리고 있지. 그들이 서압록의 상인들로부터 거둬들이는 재물이 그들의 세력을 살찌우고 있네."

"상인들에게 약탈한 재물들이지요."

"그야 어쨌든……"

고무룡이 허망한 미소를 지으며 말했다. 송추월은 고무룡의 미소에서 이 젊고 강직한 사내가 많이 지쳐 있다는 것을 깨달았다.

'역시 상황이 썩 좋지 않은 거군.'

고무룡 같은 사람이 엄살을 피울 리는 없다. 전세는 고월산장에 극히 불리한 것이 분명했다.

'훗, 놈이 잘되는 꼴을 볼 수는 없지. 마침 갈 곳도 없고.'

송추월이 내심 결심을 굳혔다.

"사람이 많이 부족하겠군요?"

갑작스런 질문에 고무룡이 의아한 얼굴로 송추월을 바라봤
다.

"무슨 말인가?"

"고수들이 고월산장에 들기를 꺼린다니 드리는 말씀입니
다."

"사람이야 언제나 필요하지. 사실은 우리가 녹산을 은밀히
떠난 것도 다른 사람들의 도움을 구하고자 함이었네."

"그렇군요. 그런데… 혹 산적질하던 사람도 받아줍니까?"

송추월의 물음에 고무룡이 반색을 하며 말했다.

"고월산장을 도와주시겠는가?"

"산적질하던 칼이 더럽지 않다시면 잠시 고월산장에 머물
지요. 산을 내려오니 갈 곳이 마땅치 않군요. 혁가장이라면 갚
아야 할 빚도 있고."

"무슨 그런 말을! 나야 고마울 따름이지. 하지만 본 장에 드
는 것은 극히 위험한 일일세. 말했지만 산장의 사정이 좋지 않
아."

"걱정 마십시오. 저도 목숨을 걸고 고월산장을 돕지는 않을
겁니다. 목숨이 위험해지면 발을 뺄지도 모릅니다."

"하하! 알겠네, 알겠어. 그리하게. 도와주는 것도 고마운데
목숨까지 달랄 수는 없지. 하하하!"

고무룡이 송추월과의 대화가 즐거운지 얼굴에서 그늘을 걷

어내고 호탕하게 웃음을 터뜨렸다.

"그런데 어딜 가시는 길이었습니까?"

송추월의 물음에 고무룡이 웃음을 멈췄다. 그리곤 신중한 목소리로 입을 열었다.

"앞서 말했지만 본 장을 도와줄 사람들을 찾아가는 중이었네."

"그런 사람들이 있습니까?"

"본 장을 도와줄지는 모르겠지만 한번 만나볼 필요가 있는 사람들은 있네. 그들이 본 장을 도와준다면 어쩌면 고월산장은 지금의 어려움에서 벗어날 수 있을 것이네."

"어떤 사람들입니까?"

"그건 나중에 설명하기로 하지. 일단은 이곳을 벗어나는 것이 좋을 것 같네. 그들이 물러갔다고는 하나 언제 또다시 공격해 올지 모르니."

고무룡이 말을 마치고는 시선을 돌려 고월산장의 고수들에게 눈짓을 했다. 그러자 고월산장의 고수 중 두 명이 앞장서서 길을 열기 시작했다.

일은 우연히 이뤄지는 듯하면서도 가만히 생각해 보면 어떤 식으로든 과거의 업이 현재의 인연으로 이어지게 마련인 듯싶었다. 송추월이 고월산장에 몸을 의탁하게 된 것 역시 송추월과 고무룡이 지난날 대호산에서 맺은 작은 인연에 의해 시작된 것이었다. 또한 그 이전에 혁가장의 대호채 토벌 또한 송추월이 고월산장에 머물게 된 이유가 되었으니 결국 송추월과 고월산장의 인연은 정해져 있는 운명이었는지도 몰랐다.

'오늘의 결정이 또 나중에 어떤 결과를 가져올까?'

송추월이 자신의 고월산장행이 앞으로 자신의 인생을 어떻게 이끌어갈지에 생각이 미쳤을 때 문득 어깨를 나란히 하고 걷던 고무룡이 입을 열었다.

"저 두 사람, 기억하겠나?"

고무룡이 손을 들어 일행의 앞쪽에서 움직이는 두 명의 고월산장 고수를 가리켰다.

"오 년 전 대협을 호종하던 사람들이군요."

"눈썰미가 좋군."

"흐흐, 그때 저 양반들에게 목덜미를 잡혔으니까요."

앞서 가는 고월산장의 두 고수는 과거 대호산에서 도주하던 송추월과 곽풍산을 제압했던 이각과 우태였다.

"그랬었지. 그런데… 지금은 저들이 한 수 접어줘야 할 것 같군."

"산적 칼질이 어디 무림고수에 비할 바 있겠습니까?"

"아냐. 자네의 검법은 그저 그런 도적의 칼질이 아니었어. 나조차도 그 실체를 파악하기 어려운 신묘함이 있더군. 도대체 어디서 그런 무공을 배운 건가?"

고무룡의 질문에 송추월이 미소를 지었다.

"웬 노인을 만나 전수받았지요."

"노인? 이름이 뭐라던가?"

"마효라고 하던데 혹시 들어보셨습니까?"

송추월도 기실 괴노 마효의 정체에 대해선 아는 것이 없었다. 스스로 천하제일인이라고 하기는 했지만 그 말이 사실일 리는 없었다. 하지만 그의 무공이 범상치 않으니 어쩌면 강호 사정에 정통한 고무룡이라면 마효에 대해 알고 있을지도 몰랐다.

"마효? 마효라……. 모르는 이름이군."

"그런가요? 스스로 천하제일인이라고 하던데……."

"천하제일인?"

고무룡이 놀란 눈으로 송추월을 돌아봤다.

"뭐, 당연히 허풍이겠지요."

"하긴 강호인 중 스스로의 무공을 과신하는 사람은 여럿 있으니까. 어쨌든 그런 사람을 스승으로 모셨군."

"아뇨. 사부로 모신 것은 아닙니다."

"무공을 배웠다고 하지 않았나?"

"흐흐, 그 노인네가 말하길, 우린 자신의 제자가 될 자격이 없다고 하더군요. 그냥 심부름이나 시키는 값으로 무공을 전수해 준다고 했습니다."

"음… 자존심이 무척 강한 사람인가 보군. 그래, 그는 어디 있나?"

"오래전에 떠났습니다. 함께 있었던 시간이 채 반년이 안 되지요."

"그래? 그럼 그 이후로는 홀로 무공을 수련했겠군."

"뭐, 그렇지요."

"후후, 그 마효라는 노인, 사람을 잘못 봤군."

고무룡이 나직한 실소를 흘렸다.

"무슨 말씀이십니까?"

"자네의 재질은 결코 나쁘지 않아. 아니, 오히려 무척 뛰어나다고 할 수 있지. 강호의 누구도 단 육 개월간의 가르침만으로 고수의 반열에 오르는 것은 쉽지 않네. 그런데 자네는 그 마효라는 노인에게 육 개월의 가르침을 받은 후 홀로 수련에 정진해 오늘의 경지에 이르렀어. 그런 사람이 어찌 자질이 없다고 할 수 있겠나."

"모르지요. 그 노인네의 눈에는 보잘것없었는지……."

"나라면 아주 좋은 제자를 얻었다고 기뻐했을 것이네."

"흐흐, 제가 고월산장에 몸을 의탁했다고 너무 칭찬이 과하신 것 아닙니까?"

"고마운 건 고마운 거고 사실은 사실이지. 난 빈말을 하는 사람이 아닐세."

"물론 처음부터 대협의 고지식함은 알고 있었지요."

"내가 고지식하다고?"

"모르셨습니까?"

"하하, 그런 말은 또 처음 들어보는군."

"제가 말실수를 한 건가요?"

"아닐세. 어쩌면 사실일지도 모르지. 내가 생각해도 난 융통성이 별로 없는 것 같으니까. 아버님도 마찬가지고. 그게 오늘날 혁가장과의 싸움을 어렵게 만든 이유 중 하나일 걸세."

"너무 걱정 마십시오. 결국 고월산장이 이 싸움에서 이길 거니까요."

"하하, 어찌 그리 확신하나?"

"그야 당연히 제가 고월산장에 있으니까요."

"오호, 자신의 실력에 대해 그렇게 대단한 자신감이 있는 줄 몰랐는걸."

"제 무공에 대한 자신감이라기보단 그저 제 운을 믿는 거죠."

"그래… 가끔은 운이라도 믿고 싶을 때가 있는 법이지."

고무룡이 쓸쓸한 어투로 말했다. 어느새 그의 얼굴에 다시 그늘이 지고 있었다.

타탁타탁!

마른 나뭇가지들이 소리를 내며 타올랐다. 삽시간에 불길이 장내를 뜨겁게 달궜다.

이름을 알 수 없는 산속에서 송추월과 고무룡이 이끄는 고월산장의 고수들이 노숙을 하고 있었다. 좌중의 분위기는 무척 가라앉아 있었다. 아마도 수세에 몰린 혁가장과의 싸움이 고월산장 고수들의 마음을 무겁게 만들고 있는 듯 보였다.

"그런데 어떤 사람들을 만나러 가시는 겁니까?"

무거운 침묵이 부담스러웠던 송추월이 고무룡에게 물었다.

"응? 그러고 보니 아직 말해주지 않았군."

"대단한 사람들입니까?"

"뛰어난 사람들이지."

"혁가장과의 싸움을 변화시킬 정도로 말입니까?"

"아마도 그들이 도와준다면 혁가장과의 싸움이 지금처럼 어렵지는 않을 걸세."

"꼭 데려와야겠군요."

"그런데 그게 쉽지 않을 걸세."

"비싼 자들인가 보군요."

"후후, 금자로 움직일 수 있는 사람들이 아닐세."

"그렇군요. 재물에 움직이지 않는 사람들을 움직이는 일은 더 어렵지요."

"맞네. 더군다나 그들은 본 장에 좋은 감정을 가지고 있지 않아. 아니, 정확히는 본 장이 아니라 내 아버님께 대해서지."

고무룡의 말에 송추월이 의아한 표정을 지었다.

"그런 사람들에게 도움을 청하러 간단 말씀입니까?"

"그렇다네. 그래서 쉽지 않다는 거지."

"오히려 혁가장 편에 서지 않는 게 다행이겠군요."

"아니, 그들은 절대 다른 편에 서서 고월산장에 검을 들이밀지는 않을 사람들이네. 하지만 우릴 도울 마음도 없는 사람들이지."

"그 말은 그들이 고월산장과 아주 인연이 없는 사람들은 아니란 말이군요."

"맞네. 그들은 고월산장과 무척 인연이 깊은 사람들이지."

"그렇다면 도움을 받을 수도 있겠군요."

"하지만 문제는 그 인연이 상당히 오래전에 끊겼다는 것일세. 인연의 끝도 그리 좋았던 것이 아니고."

송추월은 더 이상 자세한 것을 묻기 어렵다는 것을 깨달았다. 고무룡의 태도로 보아 지금 찾아가는 사람들과 고월산장 사이에는 제법 어두운 은원이 숨어 있는 것이 분명했다. 한 문파의 어두운 면을 들춰보는 것은 그리 간단한 문제가 아니다. 간혹 그런 일 때문에 혈사가 벌어질 만큼.

*　　　*　　　*

며칠 산길을 따라 이동한 고월산장의 고수들은 요양성 인근의 산속에서 걸음을 멈췄다. 잠시 쉬어가는 것으로 생각한 송추월의 예상과는 달리 고월산장의 고수들은 세 개의 천막을 치고 산속에서 노숙할 준비를 했다. 해는 아직 일행의 머리 위에 있었다.

"무슨 일이 있는 겁니까?"

송추월이 그새 말을 트게 된 이각에게 물었다. 고무룡은 고월산장의 고수들이 숙영지를 만드는 사이 산의 중턱으로 올라가 있었다.

"다 왔네."

"이곳에서 그들을 만난다고요?"

송추월이 의아한 눈으로 사방을 둘러봤다. 그러나 보이는 것은 이어진 산과 들, 어디에서도 사람의 그림자를 찾을 수 없었다.

"그렇다네."

뒤늦게 이각의 대답이 들려왔다.

"사람이 있을 것 같지는 않은데요?"

"그들이 이곳에서 사는 것은 아닐세. 단지 오 년에 한 번 이곳에 모일 뿐이지."

그제야 송추월이 고개를 끄덕였다.

"한곳에 모여 사는 사람들이 아니었군요."

"그렇다네. 아주 오래전부터 이어진 인연으로 오 년에 한 번 회합을 하는 사람들이지."

"고월산장도 그들 중 하나군요."

"예전엔 그랬지."

"무슨 말씀이십니까?"

"장주께선 이십 년 전부터 이 모임에 참석하지 않으셨다네."

"그렇다면……."

"그들이 우릴 반기지 않을 수도 있다는 말이지. 아니, 분명히 반기지 않을 걸세."

"장주께 문제가 있었던 건가요?"

"글쎄… 나도 저간 사정은 모르네. 아니, 고월산장의 누구도 장주께서 왜 이 모임에 더 이상 참석하지 않으셨는지는 정확히 알고 있지 못하네. 이곳으로 출발하기 전까지는 아마 소장주께서도 그 이유를 몰랐을 거네. 물론 이젠 알고 계시겠지만……."

"휴, 어떤 일이 있었기에……."

송추월이 한숨을 내쉬었다. 아무래도 이번 일이 결코 만만해 보이지는 않았다. 은원이란 풀려면 한 칼에도 풀리지만 어렵게 꼬이면 수백 년이 지나도 풀리지 않는 법이 아니던가.

초승달이 떠올랐다. 희미한 달빛이 숲의 그림자를 만들었다. 그 늦은 시간에 고무룡은 산을 오를 준비를 했다.

"함께 가겠나?"

문득 고무룡이 송추월에게 물었다. 고무룡을 수행할 준비를 하는 사람들은 이각과 우태 두 사람이 전부였다. 그러니 고월산장의 사람이 아닌 송추월에게 건넨 고무룡의 제안은 의외였다.

"제가 가도 되는 자립니까?"

"자네가 고월산장의 사람인 척만 한다면."

"뭐, 지금은 고월산장의 사람이지요."

"후후, 솔직히 말하자면 그들에겐 지금 나나 자네나 별반 다를 게 없는 사람일 걸세. 다시 말해 모두 불청객이란 말이지."

"그런가요? 그럼 가지요."

"좋아, 출발하세."

어느새 준비를 끝낸 이각과 우태가 고무룡에 앞서 길을 열기 시작했다. 그 뒤를 따라 송추월과 고무룡이 어두운 숲 속으로 걸음을 옮겼다. 그러면서 고무룡이 다시 입을 열었다.

"그들을 만나면 행동을 조심해야 하네. 내가 듣기로 그들은 무척 까다로운 성정을 지닌 사람들이라고 하더군."

"대협께서도 한 번도 그들을 만나보지 않으셨군요."

"그렇다네. 그들을 만날 기회가 없었지."

"어떤 사람들입니까?"

이번에는 어쩌면 고무룡의 대답을 들을 수도 있을 것 같다는 생각에 송추월이 조심스레 물었다. 그러자 고무룡이 잠시 침묵을 지켰다가 입을 열었다.

"이들은 모두 한 뿌리를 가진 사람들일세. 아버지와 나 또한 그 뿌리와 연결되어 있지. 물론 그렇다고 이들이 한 문파를 이루고 사는 것은 아닐세. 각자 강호에서 제각기 살다가 오 년에 한 번 모여 자신들의 뿌리를 확인하는 것이 전부지."

송추월은 아무런 대답 없이 고무룡의 말을 듣고 있었다.

"한 뿌리에서 시작되었으되 이제는 각자의 나무를 가진 사람들이라고 할 수 있지. 물론 간혹 강호에서 서로 돕기도 하고. 이들은 스스로를 양산종이라 부르네."

"양산종이라…… 특이한 명칭이군요."

"우리가 뿌리라고 생각하는 분은 삼백 년 전의 고수였는데 그분이 기거하던 곳이 바로 이곳 양산(陽山)이었다네. 해서 매오 년 이곳에서 회합을 하는 것일세. 양산에서 시작되었다 해서 우리 스스로 양산종이라 부르는 것이고. 양산종에 속한 고수들의 무공은 모두 그분 양산거사 북명으로부터 시작된 것이라네."

"양산거사 북명이라······. 제가 무식해서 그런지 누군지 모르겠군요."

"하하, 자네가 무식한 것이 아닐세. 양산거사 북명 조사를 아는 사람은 당금 강호에 우리 양산종을 제외하곤 열 명도 되지 않을 걸세. 그분은 생전에 강호와 담을 쌓고 살았으니까 말일세. 더군다나 삼백 년 전 분이고. 당시 유일하게 교분을 튼 사람이라곤 해동 선문의 선사 몇 분이었지."

"그렇군요."

송추월이 고개를 끄덕였다.

"어쨌든 우리 양산종의 사람들은 그분을 뿌리로 해서 세상에 나온 사람들일세. 당시 그분은 비천한 고아들을 모아 제자로 거뒀는데 그 제자들의 후손이 오늘날에 이른 것이지."

"그런데 무슨 일로 장주께선 이 모임에 더 이상 나오지 않으시게 된 건가요?"

"그건··· 나중에 알게 될 걸세."

고무룡이 말을 끊었다. 이각과 우태가 걸음을 멈추고 고무룡을 돌아봤다. 일행 앞 이십여 장 전방에 거대한 횃불이 타오르고 있었다.

第五章

양산종(陽山宗)

화마경

하늘에 닿을 듯한 불길의 기세와 달리 좌중은 조용했다. 십여 명의 사람이 불길을 사이에 두고 두런두런 이야기를 나누고 있었는데, 그들은 모두 머리에 검은색 두건을 쓰고 있었다. 고무룡 역시 횃불이 타오르는 곳으로 다가서며 품속에서 검은색 두건을 꺼내 머리에 썼다.

고무룡과 고월산장의 고수들이 다가서자 이야기를 나누던 사람들의 시선이 일행에게로 향했다. 그들의 눈에 자연스럽게 경계의 빛이 서렸다.

"누구신가?"

십여 명의 인물 중 초로의 노인이 고무룡을 보며 물었다.

"양산종의 형제 분들을 만나뵙게 되어 영광입니다. 전 고무룡이라고 합니다."

순간 사람들의 눈빛이 변했다. 개중에는 차가운 적의를 가지고 고무룡을 노려보는 사람도 있었다.

"고무룡이라……. 고모수, 고월산장주의 아드님이신가?"

처음 입을 열었던 노인이 다시 물었다.

"그렇습니다."

"허허, 기이한 일이군. 고월산장주는 양산종을 떠난 줄 알았는데 그 아들이 양산종의 회합에 나타나다니……."

"아버님께서 말씀하시길, 한시도 양산종의 뿌리를 잊은 적이 없다고 하셨습니다. 다만 아버님께서는 형제들을 볼 낯이 없으니 저더러 대신 양산종의 회합에 다녀오라 하셨습니다."

"그래? 그렇게 말했다고?"

"그렇습니다."

그러자 다른 노인 한 명이 불쑥 입을 열었다.

"흥, 그가 양심은 있나 보군요. 그러나 그런 생각이 있었다면 자신의 아들을 이곳에 보내지 말았어야지."

그러자 또 다른 사람이 말을 꺼냈다.

"근자에 들어 고월산장이 혁가장의 위세에 밀려 곤경에 처해 있다더니 혹 그 일 때문에 자신의 아들을 보낸 것일지도 모르지요."

'이자들의 심기가 보통이 아닌데?'

단번에 고무룡이 이곳에 온 이유를 짐작해 내는 양산종 고수들을 보며 송추월이 내심 감탄했다. 송추월의 눈에 양산종의 고수들은 자못 신비한 구석이 있었다. 그들의 차림새는 화려하지도 추레하지도 않았지만 한 사람 한 사람의 기도가 범상치 않아 보였다.

"우리의 짐작이 맞는가?"

처음 입을 열었던 노인이 다시 고무룡에게 물었다. 그러자 고무룡이 고개를 숙이며 대답했다.

"그렇습니다. 아버님께선 산장의 일로 양산종의 형제 분들을 찾아뵈라 하셨습니다."

"흠, 사람이 변한 것인가? 고월산장주는 자신이 위급하다고 다른 사람에게 허리를 굽힐 사람이 아닌데……"

"물론 그 이유보다는 아버님께서 과거 양산종의 형제 분들을 떠난 일을 크게 안타까워하고 계시기에 이 기회에 과거의 오해를 풀기를 원하고 계십니다."

"음… 오해라……. 자네는 고월산장주가 왜 양산종을 떠났는지 그 연유에 대해 알고 있는가?"

"아버님께 전해 들었습니다."

"그래? 그렇다면 그는 당시의 주장을 버렸다고 하던가?"

"조사의 유훈을 받들 것이라 전해달라고 하셨습니다."

"좋아, 그가 생각을 바꿨다니 다행이군."

"홍, 그가 이제 철이 들었나 봅니다."

다시 다른 이가 중간에 끼어들었다. 그러자 중년 여인 한 명이 입을 열었다.

"고 사형의 생각이 전혀 틀린 것은 아니었지요. 당시 양산종의 형제들이 죽임을 당했으니 양산종이 강호에 나서는 것이 조사의 유훈을 어기는 것은 아니었어요."

"하지만 당시 그는 형제들의 죽음보다 양산종을 자신의 손에 넣기 위해 그런 제안을 했던 것 아니오. 또한 자신의 말을 형제들이 따르지 않자 양산종을 떠난 것이고."

"그건 오해라고 아버님께서 말씀하셨습니다."

고무룡이 두 사람의 대화에 끼어들었다.

"오해?"

"그렇습니다. 아버님께선 자신이 양산종을 떠난 데에는 다른 이유가 있다고 하셨습니다. 결코 당시 양산종의 행보에 대한 이견 때문이 아니라고 하셨습니다."

"다른 이유라……. 그게 뭔가?"

이유를 묻는 노인의 눈초리가 매서웠다. 그러자 고무룡이 난감한 표정을 짓다가 문득 고개를 저었다.

"그 이유는 제가 말씀드리기 어렵습니다."

"이유를 말하기 어렵다? 그렇다면 다른 이유가 없는 것과 같네."

"그렇게 생각하신다 하더라도 그 이유를 말씀드리긴 어려울 것 같습니다."

고무룡이 굳은 표정으로 말했다. 그런데 그때 문득 중년여고수가 차가운 목소리로 입을 열었다.

"난 자후라 한다. 네가 말하고자 하는 그 이유에 내 이름이 들어 있느냐?"

차갑기가 얼음 같은 여인의 물음에 고무룡이 잠시 망설이다 천천히 고개를 끄덕였다.

"홍, 그가 나 때문에 양산종을 떠났다고 하더냐?"

순간 장내의 사람들이 놀란 얼굴로 여인을 바라봤다.

"사매, 도대체 무슨 얘기야?"

고무룡을 몰아치던 노인이 자후라고 이름을 밝힌 여인을 보며 물었다. 그러자 여인이 차갑게 대꾸했다.

"황 사형께서는 잠시 기다려 주세요. 먼저 저 아이와 할 말이 있어요."

여고수 자후의 말에 노인이 흠칫하며 입을 닫았다. 아마도 노인은 여인의 심기를 건드리고 싶지 않은 모양이었다.

"말해보거라. 그가 나 때문에 양산종을 떠났다고 하더냐?"

자후의 추궁에 고무룡이 잠시 침묵을 지키다가 고개를 저었다.

"말씀드릴 수 없습니다."

"홍, 네 아비와 성정이 닮았구나. 남을 위하는 척하는 그 가식을 그대로 물려받았어."

"아버님은 결코 그런 분이 아닙니다."

"홍, 네 눈에는 그렇게 보일지 몰라도 내 눈에는 그렇게 보인다."

"사매, 진정하시게."

여고수 자후의 말이 거칠어지자 가장 먼저 고무룡에게 말을 건넸던 노인이 만류했다. 그리고는 고무룡을 보며 말했다.

"난 흠무라는 사람이네. 내 이름은 부친께 전해 들었는가?"

"종성 어르신에 대한 말씀 많이 들었습니다. 특별히 안부를 전하라는 당부가 계셨습니다."

"그래, 그가 나를 잊지 않았군."

"항상 종성 어른에 대한 존경의 뜻을 나타내셨습니다."

"후후, 존경으로 말한다면 내가 고월산장주를 존경했지. 내가 양산종의 종성을 맡은 것도 기실 그 때문이야. 그가 양산종을 떠나지 않았다면 종성의 자리는 그의 차지가 되었을 걸세. 결국 그는 나에게 큰 짐을 맡기고 떠난 거지."

"아버님께선 어른께서야말로 양산종의 종성에 가장 어울리는 분이라 말씀하셨습니다."

"그랬는가? 후후, 그가 날 좋게 보아주니 다행이군."

"그것만 보아도 그에게 양산종의 우두머리가 되겠다는 야심이 없었다는 말은 믿어도 될 것 같군요."

지금까지 침묵을 지키고 있던 중년 사내 한 명이 입을 열었다. 그러자 고무룡을 거칠게 대했던 노인이 반박했다.

"지금이야 자신의 사정이 급박하니 그런 말을 하는 거겠지."

"황 사형은 왜 고 사형 이야기만 나오면 그렇게 화를 내세요? 과거 황 사형은 고 사형과 가장 가까운 사이였잖아요?"

"흥, 과거는 과거일 뿐이야!"

황 사형이라 불린 노인이 투박하게 말을 내뱉었다. 그러자 고무룡이 재빨리 입을 열었다.

"황 숙부셨군요. 아버님께서 특별히 황 숙부께 인사를 전하라고 하셨습니다. 그리고……."

고무룡이 말을 멈추더니 손을 목덜미에 넣어 목걸이 하나를 꺼내 들었다.

"황 숙부께서 주신 선물은 잘 간직하고 있습니다."

순간 노인의 얼굴색이 변했다. 그가 멋쩍은 표정을 짓더니 퉁명스럽게 말을 뱉어냈다.

"그까짓 것 버려 버리지 뭐 하러 지금까지 가지고 있느냐?"

"언제나 이 목걸이를 통해 황 숙부님의 정을 느끼고 있었습니다."

"흥, 그런 놈이 이십 년 동안 코빼기도 비추지 않아?"

"죄송합니다."

"아니다. 네가 죄송할 거야 없지. 다 고집 센 네 아비 탓이지."

노인이 조금 누그러진 목소리로 말했다. 그러자 고무룡이 잠시 장내의 사정을 살피다가 조심스럽게 입을 열었다.

"아버님께서는 양산종의 형제 분들을 산장으로 모시고 싶어하십니다."

순간 장내의 분위기가 다시 차갑게 변했다.

"그가 우리를 고월산장으로 부르는 이유가 뭔가?"

지금까지 말이 없던 중년 사내 한 명이 물었다. 그러자 고무룡이 침착한 목소리로 대답했다.

"염치없는 말이지만 고월산장은 양산종의 도움을 바라고

있습니다.”

“역시 혁가장과의 싸움 때문인가?”

“그렇습니다.”

“사정이 좋지 않다는 말은 들었지. 그런데 양산종의 도움을 바랄 정도인 줄은 몰랐군.”

“고월산장은 현재 녹산에 고립되어 있습니다. 장원 내에 양식은 충분하지만 이대로라면 녹산을 버려야 할지도 모릅니다.”

“어쩌다가 그가 그 지경까지 처했던고?”

흠무가 고개를 갸웃하며 물었다.

“혁가장이 강호에서 끌어들인 고수들이 적지 않습니다.”

“그래? 그래서 우리의 도움을 필요로 한다는 말이지?”

“그렇습니다.”

“어려운 문제군.”

양산종의 종성 흠무가 난감한 표정을 지으며 턱을 괬다. 그러자 고무룡이 황 숙부라 불렀던 노인이 넌지시 입을 열었다.

“물론 그가 양산종을 떠나 이십 년 동안 회합에 나오지 않은 것은 사실이나 그가 양산종의 형제임은 분명하니 고월산장이 패망하는 것은 막아야지 않겠습니까? 과거 고월산장은 형제들을 위해 많은 도움을 주지 않았습니까?”

“전 반댑니다. 일단 그가 양산종을 떠난 이상 그를 위해 형제들이, 양산종이 나설 이유는 없다고 봅니다. 떠난 사람은 떠난 사람이지요.”

중년 사내가 차갑게 말했다.

"임천, 그에게는 그럴 만한 이유가 있다 하지 않나?"

"황 사형께선 그와 친분이 워낙 돈독하셨으니 그리 말씀하시겠지만 제 생각은 다릅니다. 더군다나 그 이유라는 것도 속시원히 드러난 것이 아니니……."

그때 문득 여고수 자후가 대화에 끼어들었다.

"그가 양산종을 떠난 것은 사실 나 때문이에요."

"왜 자꾸 그런 말을 하는 겁니까? 사저 때문이라니요? 도대체 사저와 그 사이에 무슨 일이 있었던 겁니까?"

임천이라 불린 중년 사내가 물었다.

"그건… 지금 말해줄 수 없어. 이건 양산종이 아니라, 고월산장과 나의 일이지. 하지만 그가 단지 양산종의 행보에 대한 불만으로 떠난 것이 아니란 것은 확실해. 그건 내가 보증하지. 그가 양산종을 떠난 것은 나와 고월산장의 문제 때문이야."

"음……."

자후의 말에 종성 흠무가 침음성을 흘렸다. 그리고는 조용히 눈을 감았다. 장내에 잠시 침묵이 흘렀다. 사람들은 저마다 각자의 생각에 잠겨 있었다. 그렇게 얼마나 지났을까. 종성 흠무가 눈을 뜨며 입을 열었다.

"그가 양산종을 떠난 이유가 무엇이든 그가 우리를 떠난 것은 사실이다. 그러니 지금 양산종의 이름으로 그를 돕는 것은 어려운 일이다."

흠무의 말에 고무룡의 표정이 어두워졌다.

"하지만… 형제들의 동의를 얻는다면 가능한 일이겠지."

흠무가 좌중의 양산종 고수들을 돌아보며 말했다. 그러자 지금까지 말을 하고 있지 않던 삼십대 중반의 젊은 고수가 입을 열었다.

"지금까지 여러 어르신들의 말을 죽 듣고 있었습니다만 저희 후배들은 어르신들의 결정에 따를 뿐 다른 의견이 있을 수 없습니다. 다만…….'

"다만 무엇인가?"

"사부께 듣기로 고월산장의 장주께서 양산종을 떠난 이후 양산종의 형제들 간의 우애가 예전 같지 않다 하시더군요. 그러면서도 이 일을 무척 안타깝게 생각하셨습니다. 그런데 오늘 과거의 우애를 회복할 수 있는 기회가 생겼으니 고월산장을 돕는 일에 이 후배는 개인적으로는 찬성합니다."

"석정, 자네의 의견은 잘 들었네. 자네가 양산종의 우애를 걱정해 주니 고맙군. 그래, 다른 사람들의 의견은 어떠신가?"

장내에는 이십대에서 삼십대에 이르는 젊은이들이 다섯 명 있었다. 이들은 앞서 고월산장을 두고 이야기를 나누던 사람들과는 그 세대가 확연히 달라서 아마도 양산종의 사람들 중 후기지수에 해당하는 사람들인 듯싶었다. 그중 석정이란 불린 자를 포함해 세 명이 남자고 나머지 두 명은 여인이었다. 그 젊은 여인 중 한 명이 입을 열었다.

"저 또한 이 기회에 잠시 흐트러졌던 양산종의 관계를 다시 회복하는 것이 좋을 것 같습니다."

"아란, 너는 네 사부에게 이 일에 대해 들은 적이 있느냐?"

문득 중년 여고수 자후가 고개를 돌려 말을 꺼낸 젊은 여인을 보며 물었다.

"자세히는 듣지 못했습니다만 듣기는 했습니다."

"그런데도 고월산장의 장주와 관계를 회복하길 원하느냐?"

"그렇습니다."

"네 사부가 과연 그걸 원했을까?"

"사실은 사부님께서 돌아가시기 전 이에 대한 유언을 남기셨습니다."

"유언을 남겼다고?"

"네. 때가 되면 고월산장을 한번 찾아가 보라는 유언이셨습니다. 그리고 과거의 일에 대해 사과하라고 하셨지요."

순간 여고수 자후가 놀란 표정을 지었다.

"사과를 하라고 했다고?"

"네."

"진정 네 사부가 그리 말했단 말이냐?"

"그렇습니다."

그러자 자후의 표정이 심하게 일그러졌다.

"사매, 뭐가 잘못된 건가?"

종성 흠무가 의아한 얼굴로 물었다. 그러자 자후가 고개를 저으며 중얼거리듯 말했다.

"아니요. 아니에요. 죽은 언니까지도 그때의 일을 후회하고 있다면 결국 모든 일은 제 잘못이라는 말이군요. 아란, 네 사부가 날 원망치는 않더냐?"

그러자 젊은 여인이 고개를 저었다.

"그런 말씀은 없으셨어요. 단지……."

"단지 뭐냐?"

"그저 잘 모시라는 말씀만 남기셨어요."

"휴… 그 말은 언니가 측은하게 생각하고 있었단 말이군."

"무슨 일인지 모르겠지만 자네도 고월산장으로 가는 것을 원한다니 대충 의견은 정리된 것 같군. 혹, 고월산장으로 가는 것을 반대하는 사람이 있는가?"

흠무가 좌중을 돌아보며 물었다. 그러자 노고수 한 명이 입을 열었다.

"고 사형이 다시 양산종으로 돌아오는 것과 양산종이 고월산장의 일에 관여하는 것에는 반대하지 않습니다. 하지만 전 함께 가지 못할 것 같습니다."

"다른 볼일이 있으신가?"

"화산에 다녀올 일이 있어서……."

"화산엘? 자네가 화산파의 도사들과 친분이 있는 줄은 알고 있었네만 화산에 무슨 일이 있는가?"

"모르겠습니다. 일단 친우가 오기를 청하니 가봐야 할 것 같습니다."

"알겠네."

그러자 이번에는 젊은 사내 한 명이 조심스럽게 입을 열었다.

"저 또한 동행은 어려울 것 같습니다."

"그래, 자넨 돌아가 봐야겠지. 부디 부친께 쾌차하시라 전하게."

"알겠습니다, 어르신."

"다른 사람들은 어떠신가? 함께 동행하지 못할 사람이 더 있는가?"

흠무가 좌중을 돌아보며 물었다. 그러나 더 이상 누구도 입을 열지 않았다.

"좋네. 하면 오늘 밤 조사께 제를 올린 후 내일 아침 고월산장으로 떠나기로 하지. 모두 제를 올릴 준비들을 하시게."

시원한 강바람이 송추월의 얼굴을 때렸다. 양산종에 속한 고수 여덟 명과 고무룡을 포함한 고월산장의 고수 일곱, 이렇게 열다섯의 무리 속에서 이동을 하고 있던 송추월은 다시 혼강을 바라보고 있었다. 혼강을 넘으면 고월산장이 있는 장백산까지는 닷새길이라고 했으니 이제 여정은 거의 끝나가고 있었다.

송추월은 양산종의 고수들과 고월산장의 고수들 사이에서 이방인 같은 존재였다. 해서 한동안 불편한 동행을 하던 송추월이었으나 시간이 지나면서 하나둘 말을 트기 시작해 이제는 모든 사람들과 그런대로 친숙하게 지낼 만했다.

서먹함이 사라지자 송추월은 양산종 사람들에 대해 좀 더 많은 것을 알게 되었다. 양산종은 고무룡이 말했듯이 양산거사 북명이 거둬들인 고아들로부터 시작된 종파였다. 양산거사는 은거기인이기는 했으나 무공에 조예가 높아 자신이 거둬들인 고아들을 제자로 받아들여 무공을 가르쳤다.

하지만 또한 그는 자신의 제자들이 자신의 이름을 받들어 무림 문파를 세우기를 원하지 않았다. 해서 양산거사 북명의 제자들은 그가 죽은 후 뿔뿔이 흩어져 강호로 나갔다. 단, 오년마다 한 번 양산거사의 기일에 맞춰 양산에 모이는 것을 약속하고, 그 약속은 양산거사가 죽은 후 삼백 년을 이어 오늘에 이르고 있었다.

어떤 약속이 삼백 년을 이어진다는 것은 그 약속에 관여한 사람들의 심성이 무척 강직하다는 것을 의미한다. 보통 사람이라면 혈육이라도 삼백 년 동안 하나의 약속을 지켜오기 힘들다. 그런데 양산종의 맥을 이은 후손들은 지금까지도 오 년의 약속을 꼬박꼬박 지키고 있었다. 적어도 이십 년 전 고월산장의 장주 고모수가 스스로 양산종을 떠나기 전까지는 단 한 명의 이탈자도 없었다고 한다.

양산종의 후예 중 문파를 이룬 사람은 고월산장주 고모수가 유일했다. 나머지 사람들은 문파를 이루지 않고 거의 일인전승으로 양산종의 무공을 이어가고 있었다. 해서 양산종을 잇는 고수의 숫자는 그리 많지 않았다. 하지만 양산종의 무공은 신묘한 면이 있어서 강호에 나가면 능히 일류고수의 대접을 받을 만하다고 했다.

"예전에 조사이신 양산거사께서는 구산선문의 대선사들

과도 능히 자웅을 겨뤘다고 전해지네. 구산선문의 대선사들은 무공을 넘어 선의 경지에 이른 사람들인데, 그런 대선사들과 어깨를 나란히 했다고 하니 조사의 무공은 감히 우리가 가늠하지 못하는 경지에 이르렀다고 할 수 있지. 양산종의 후예가 많지는 않지만 적지도 않네. 그런데 그중 구산선문의 대선사 근처에라도 가는 사람이 없으니 우리 양산종의 후예들은 조사의 가르침을 제대로 승계하지 못하고 있다고 할 수 있지."

오늘날의 양산종에 대해 고무룡이 평한 말이었다. 고무룡이 과거 구산선문 중 하나인 수미산문에 들어 무공을 수련한 것도 기실 고월산장주가 양산종의 조사인 북명의 무공을 고무룡이 현세에 재현하길 기대했기 때문이었다고 했다.

고월산장으로 가는 양산종의 고수들은 모두 여덟이었다. 그중 윗대의 고수들은 종성 흠무를 비롯해 황종보, 임천의 세 노고수와 중년 여고수 자후 등이었고 나머지 이남이녀는 후대의 고수들이었다. 그들 중 두 사내의 이름은 각기 석정과 공공, 그리고 나머지 두 여인은 묘아란, 서연이란 이름을 가지고 있었다.

젊은 이남이녀는 하나같이 출중한 기도를 지니고 있어서 양산종의 무공이 결코 범부에게 전해지는 것이 아님을 말해주고 있었다.

"그런데 자넨 고월산장에 언제부터 있었나?"

혼강을 앞에 두고 문득 양산종의 고수 황종보가 송추월에게
물었다.

"얼마 되지 않았습니다."

"내 그럴 줄 알았네."

황종보가 짐작했던 일이라는 듯 고개를 끄덕였다. 그리고는
재차 물었다.

"그럼 고월산장에 고용된 것인가?"

"뭐, 그렇다고 할 수 있지요."

"음… 금자는 많이 받나? 혁가장과의 싸움에서 고월산장이
불리한 것을 모르는 사람이 없는데 그런 고월산장에 고용됐다
면 금자깨나 챙겼겠군."

황종보가 은근한 어조로 물었다. 그러자 송추월이 실소를
흘리며 말했다.

"흐흐, 듣고 보니 그렇군요. 본래는 주는 대로 받으려고 했
는데 어르신의 말씀을 듣고 보니 흥정이 필요하겠는데요?"

"저런, 거래가 끝난 것이 아니었나?"

"거래는 고월산장에 도착해서 할 생각이었지요."

"보자. 자넨 스스로 자네의 가치를 어떻게 생각하고 있는
가?"

"어르신이 보기엔 어떻습니까? 제가 쓸모가 있어 보이십니
까?"

송추월이 되물었다. 그러나 황종보가 한줄기 미소를 지으며
대답했다.

"역시 노련해. 나이답지 않아. 사람 대하는 솜씨도 좋고. 그런데 왠지 고월산장과는 어울리지 않는 느낌이란 말이야."

"그런가요?"

"고월산장은 조금 고지식한 면이 있는 문파지. 그것이 고월산장의 장점이자 단점인데, 어쨌든 고월산장은 정파 중의 정파라고 할 수 있거든? 그런데 자네에게선 왠지 야성(野性)의 냄새가 난단 말씀이야. 거칠어 보이기도 하고."

황종보가 눈을 가늘게 뜨고 송추월을 보며 말했다. 그러자 송추월이 고개를 끄덕였다.

"잘 보셨습니다. 애초에 성정대로라면 전 고월산장과 어울리는 놈이 아니지요. 오히려 혁가장에 어울릴 겁니다."

"그래? 스스로도 그렇게 생각하는 건가?"

"제가 본래 산적이었거든요."

"뭐? 그게 정말인가?"

황종보가 놀란 얼굴로 되물었다.

"그렇습니다. 고 대협도 아는 사실이니 숨길 것도 없지요."

"산적이었다. 그런 사람이 고월산장을 돕는다?"

"제가 혁가장과 은원이 좀 있어서요."

"그런가? 그렇다면 말이 되는군. 적의 적은 친구라⋯⋯. 그나저나 이상하군, 이상해."

황종보가 고개를 갸웃했다.

"뭐가 말입니까?"

"자네의 기도 말일세. 산적질하던 사람이 지닐 기도가 아닌데……."

황종보가 의구심 가득한 눈으로 송추월을 살피며 말했다.

"산적질할 사람이 어디 정해져 있습니까? 산에 들어가 살면 산적이지. 그나저나 배에 오르시지요."

송추월의 말에 황종보가 시선을 돌렸다. 그러자 고월산장의 고수들이 어디서 구해왔는지 세 척의 배를 혼강에 띄우고 있었다. 일행은 서둘러 배에 올랐다. 그리곤 동쪽으로 부는 바람을 타고 서둘러 혼강을 건너기 시작했다.

"큰 길로 가지."

문득 양산종의 종성 흠무가 말했다. 그러자 고무룡이 난감한 표정을 지으며 말했다.

"그게… 간단치가 않습니다, 어르신."

"간단치가 않다니?"

"현재 녹산으로 들어가는 모든 길은 막혀 있습니다. 산중으로 은밀히 이동해도 저들의 눈을 피할 수 있을 거라 자신할 수 없습니다."

"그러니 대로(大路)로 가자는 말 아닌가?"

"무슨 말씀이신지……?"

"어차피 숲으로 이동해도 저들을 만날 가능성이 많다면 뭣하러 고양이처럼 샛길을 따라가려는가? 편하게 대로로 가면 돼지."

"하면 필히 저들과 부딪치게 될 겁니다."

"알고 있네."

흠무가 담담하게 대답했다.

"저희들만의 힘으로는 길을 열 수 없을지도 모릅니다."

고무룡이 고월산장의 고수들을 가리키며 말했다. 다시 말해 대로로 이어진 길을 열자면 양산종 고수들의 힘이 필요하단 말이었다.

"싸우려고 온 길이니 싸움을 두려워할 필요는 없지. 이 기회에 고월산장에 쓸 만한 조력자들이 왔다는 것을 알릴 필요도 있고."

"그런 생각이시라면……."

고무룡이 고개를 끄덕였다.

"가세."

흠무의 말에 고무룡이 서둘러 일행을 녹산으로 이어지는 관도로 이끌기 시작했다.

관도를 따라 이틀을 이동한 일행 앞에 멀리 한 채의 객잔이 모습을 드러냈다. 그러자 고무룡이 일행의 걸음을 멈춰 세웠다.

"저곳에 혁가장의 고수들이 있을 겁니다."

"대놓고 객잔에 자리를 잡았단 말인가?"

흠무가 의아한 표정으로 물었다.

"그만큼 자신이 있다는 뜻이지요. 물론 객잔뿐 아니라 녹산으로 들어가는 모든 길에는 혁가장의 고수들이 나와 있습니다. 추측건대 동원된 자만도 근 이백에 달할 거라 보고 있습니다."

"이백이라……. 적지 않군."

"녹산으로 길은 관도와 산도를 포함해 모두 다섯인데 그 모두를 혁가장이 장악하고 있습니다. 그중 혁가장의 고수들을 움직이는 자들이 자리를 잡고 있는 곳이 저 객잔입니다. 객잔을 통째로 사용하고 있다고 하더군요."

"음, 그런가? 어디, 혁가장 고수들의 얼굴 좀 볼까?"

"가시지요."

고무룡이 고개를 숙여 보이고는 일행 앞으로 나와 객잔을 향해 다가가기 시작했다.

"멈춰라!"

고월산장의 고수들이 객잔으로부터 이십여 장 안쪽에 다가섰을 때 문득 객잔으로부터 다섯 명의 중년 사내가 달려나오더니 일행의 앞을 막아섰다. 그리곤 고월산장 고수들을 찬찬히 살펴보더니 한순간 화들짝 놀라며 서너 걸음 뒤로 물러섰다.

"너… 너는?"

혁가장의 고수 한 명이 말을 더듬으며 고무룡을 노려봤다.

"내 얼굴을 아는가 보군."

고무룡이 침착한 목소리로 말했다. 혁가장의 무사가 재빨리 곁에 있는 동료에게 눈짓을 했다. 그러자 그의 동료가 나는 듯이 객잔을 향해 달려갔다.

창!

동료가 객잔을 향해 달려가자 혁가장 무사들이 재빨리 도검을 빼 들었다.

"고무룡! 네가 제 발로 우리 앞에 나타나다니 과연 배포가 대단하구나!"

혁가장의 무사가 일전을 각오한 눈빛으로 고무룡을 보며 소리쳤다.

"난 녹산으로 가고 있다. 길을 열어라."

"홍, 이미 녹산으로 이어지는 모든 길을 우리 혁가장이 장악했다는 것을 모르지 않을 텐데?"

"그대들이 날 막을 수 있을 것 같은가?"

고무룡의 말에 혁가장 무사들 얼굴에 두려움이 깃들었다. 비록 지금 자신들이 전세를 장악하고 있다고는 하지만 혁가장 고수들에게 고무룡이란 이름은 저승사자와 같은 의미였다. 그간 고무룡의 검에 상한 혁가장의 무사가 한둘이 아니었다.

"홍, 네가 아무리 대단하다 해도 이곳을 통과할 순 없을 것이다."

혁가장의 무사가 용기를 내어 대꾸를 하면서 흘깃 객잔 쪽을 바라봤다. 그러자 객잔에서 수십에 이르는 사람들이 우르르 몰려나와 바람처럼 고월산장의 고수들이 멈춰 선 곳으로 달려왔다. 그들 가장 앞쪽에는 송추월의 눈에도 익숙한 자가

서 있었다.

'혁후상이라고 했던가?'

지난번 혼강 근처의 숲에서 고무룡 일행을 막아섰던 혁가장의 고수 중 우두머리 혁후상이었다.

"물러나라!"

바람처럼 장내에 도착한 혁후상이 차가운 명으로 고월산장 고수들의 앞을 막고 있는 혁가장 무사들을 뒤로 물렸다. 그리고는 고무룡을 노려보며 말했다.

"대범하군."

"내 집으로 돌아가는데 용기가 필요하니 참으로 안타까운 일이지요."

"하지만 가끔 그 용기가 큰 화를 부르는 법이네."

"길을 열어주지 않겠다는 말입니까?"

"후후, 당연한 말을! 한 번은 모를까 두 번 놓아줄 수는 없지."

"그럼 어쩔 수 없지요, 뚫고 가는 수밖에."

"그게 가능할 것 같나?"

"지난번 녹산을 떠날 때도 길을 열었으나 이번에도 길을 열 수 있지 않겠습니까? 하지만 그리되면 서로 피를 보게 되겠지요. 차라리 그냥 길을 열어주시는 게 낫지 않겠습니까?"

고무룡의 말에 혁후상의 얼굴이 붉어졌다. 지난번 혼강 근처에서 고무룡 등에게 패퇴한 일을 떠올린 것이다.

"이번에도 빠져나갈 수 있다고 생각하는 건가?"

"빠져나가는 것이 아니지요. 지나가는 것이지요. 또한 지난번에도 길을 열어준 것은 혁 노사 쪽이셨지요."

"오늘은 지난번과는 다를 걸세."

"물론 이곳에 혁가장의 고수들이 많다는 것은 알고 있습니다. 하지만 우리도 지난번과는 조금 다르지요."

고무룡의 말에 혁후상이 시선을 돌려 양산종의 고수들을 살폈다. 수수한 차림들이었지만 하나같이 그 기도가 대단해서 혁후상의 얼굴에 이내 그늘이 졌다.

"강호에서 조력자를 구한 모양이군."

"다행히 갔던 일이 잘되었습니다."

"의외군. 지금 이 서압록 일대의 모든 문파가 우리 혁가장에게 힘을 보태고 있는데 기울어져 가는 고월산장을 돕겠다는 자들이 있다니. 정세를 읽지 못하는 것인가, 무모한 것인가?"

혁후상이 양산종 고수들이 들으라는 듯 큰 소리로 말했다. 그러자 뒤에서 고무룡과 혁후상의 대화를 듣고 있던 양산종 고수 중 황종보가 앞으로 나서며 입을 열었다.

"우리 정신은 똑바로 박혀 있소. 혁가장의 패악이 강호에 널리 퍼져 있다는 것도 잘 알고 있고."

순간 혁후상의 눈에 노기가 서렸다.

"말을 조심하라."

"훗, 어차피 한판 드잡이를 해야 할 것 같은데 말조심해서 뭘 할 것이오. 더군다나 앞으로도 계속 좋은 관계가 될 건 아니고."

"이자가 세상 무서운 줄 모르는구나!"

혁후상이 곧이라도 검을 빼 들고 달려들 것 같은 얼굴을 하며 노성을 흘렸다. 그런데 그때 문득 혁가장의 무사들 사이에서 담담한 목소리가 들려왔다.

"아우, 잠시 흥분을 가라앉히시게."

목소리가 들려오자 혁후상의 표정이 이내 변했다. 그리고는 재빨리 신형을 돌려 목소리의 주인을 바라봤다.

"형님께선 객잔에 계시라니까."

혁후상이 그와 비슷해 보이는 연배의 노고수를 바라보며 공손하게 말했다. 그러자 노고수가 고개를 저었다.

"아니, 요동무림 후기지수 중 제일이라는 고월산장의 소장주가 왔다는데 나오지 않을 수 없지. 그런데 나와보니 아니 나왔으면 큰 후회를 할 뻔했군."

"그게 무슨 말씀이십니까?"

혁후상이 의아한 얼굴로 물었다. 그러자 노고수가 황종보를 바라보며 말을 건넸다.

"황 노사, 오랜만이오. 이 사람을 기억하시겠소?"

그러자 황종보가 잠시 노고수를 바라보다 고개를 갸웃했다.

"본 것도 같고……."

"이거 서운하구려. 이 혁후량을 기억하지 못하시다니……."

"혁후량. 아, 그대는……!"

"이제야 기억하시는가 보구려."

"그렇군. 그래, 그대의 성씨가 혁 씨였지. 그대가 혁가장의 사람이었구려."

"그렇소이다. 그런데 의외구려. 이곳에서 황 노사를 뵐 줄
은 몰랐소이다."

"후후, 나도 마찬가지요."

"고월산장으로 가시는 길이외까?"

"그렇소이다."

"휴… 이것 참 곤란하게 되었소이다."

"뭐가 말이오?"

"혁가장과 고월산장의 관계를 아시지 않소이까?"

"그래서 지금 길을 막겠다는 말이오? 이 황종보가 있는데도
말이오?"

황종보가 낯빛을 굳히며 말했다. 그러자 혁후량이 난감한
표정을 지으며 말했다.

"황 노사께는 무례일 줄 알지만 우리로서는 길을 열 수 없소
이다."

"그렇소? 그대가 나를 무시할 줄은 몰랐구려."

황종보가 혁후량을 넌지시 건너다보며 말했다. 그건 너 따
위가 감히 나를 막느냐는 추궁 같았다.

"혹 걸음을 돌려 우리 혁가장으로 가실 수는 없겠소이까?
황 노사께서 혁가장으로 걸음을 옮기신다면 본 장의 장주께서
버선발로 뛰어나오실 겁니다."

혁후량이 은근한 어조로 말했다. 그러자 황종보가 큰 웃음
을 터뜨렸다.

"하하하, 이 황종보를 잘 모르시는 모양이구려. 하긴 우리가 안면이 있기는 하나 서로 가까운 사이는 아니었으니 그럴 수도 있겠구려. 하지만 혁 노사, 난 이익을 따라 행보를 바꾸는 사람이 아니외다. 그만 길을 열어주시오."

"안타까운 일이군요. 황 노사와 낯을 붉히고 싶지는 않았는데……."

"길을 못 열겠다는 말이오?"

"미안하오."

"헛! 그대의 배짱이 그렇게 대단한 줄 몰랐는걸. 이 황종보를 무시할 정도로 말이야."

황종보가 아니꼽다는 듯 말했다.

"내가 어찌 황 노사를 무시할 수 있겠소. 하지만 역시 길은 열어줄 수 없소."

"그럼 어쩔 수 없구려, 거래가 안 되면 서로의 힘에 답을 물어보는 수밖에."

그러자 혁후량이 재빨리 손을 들어 황종보의 행동을 막았다.

"황 노사, 그전에 소개해 주고 싶은 분들이 있소. 두 분 노사께선 잠시 앞으로 나와주시겠소이까?"

혁후량의 말에 혁가장의 무사들 사이에서 두 명의 노고수가 앞으로 걸어나왔다. 순간 황종보의 표정이 살짝 변했다. 그런 황종보의 표정을 살피고 있던 혁후량이 득의한 표정을 지으며 말을 이었다.

"황 노사께선 혹 이분들을 알고 계십니까?"

"물론 알고 있소. 오랜만이오, 두 분!"

황종보가 혁후량 곁에 다가서는 두 노고수를 보며 말했다. 그러자 그중 한 명이 입을 열었다.

"반갑소. 이곳에서 황 노사를 뵐 줄은 몰랐구려."

"나 또한 이곳에서 막북이흉 두 분을 뵐 줄은 몰랐소."

"후후, 이거 술이라도 한잔해야 하는 것 아닌지 모르겠소. 마침 객잔도 옆에 있고."

"우리가 술잔까지 기울일 사이는 아닌 것 같고……."

"그것참 아쉽구려. 나 조동산은 황 노사와 깊은 인연을 맺고 싶었는데……."

막북이흉은 요동을 넘어 전 무림에 그 명호가 알려진 자들이었다. 막북이흉 조동산과 도불귀의 무공은 기괴하고 거칠어서 강호인들이 그들과 마주치는 것을 극히 꺼려했다. 성정도 난폭해서 그들의 손에 걸려 팔다리를 못 쓰게 된 자가 한둘이 아니었다.

"더 불러올 사람 없소?"

황종보가 혁후량을 보며 물었다. 막북이흉의 등장에도 황종보는 전혀 경계하는 빛이 보이지 않았다. 그러자 혁후량의 눈빛이 살짝 변했다.

"여전히 본 장의 초대에 응할 생각이 없으시오?"

"그렇소. 여전히 길을 열 생각이 없소?"

황종보가 지지 않고 되물었다. 그러자 혁후량이 빠르게 눈동자를 움직이더니 마치 큰 인심을 쓰는 것처럼 입을 열었다.

"난 장주의 명을 받고 고월산장으로 가는 길을 막고 있소. 그러니 아무리 황 노사께서 왕림하셨다 해도 함부로 길을 열어드릴 수는 없소."

"하면 싸울밖에!"

황종보가 주먹을 움켜쥐었다. 그러자 혁후량이 재빨리 입을 열어 황종보의 행동을 막았다.

"잠깐 기다려 주시오."

"달리 무슨 할 말이 있소?"

"한 가지 제안을 하고 싶소."

"제안이라……. 뭐요?"

"이 혁 모는 황 노사와 결코 원한을 맺고 싶지 않소. 해서 이 일을 좀 더 부드럽게 처리할 수 있는 방법을 생각해 보았소."

"말해보시구려."

황종보가 팔짱을 끼며 말했다.

"내 입장에서는 장주님의 명을 받았으니 길을 열어줄 수도 없고 그렇다고 황 노사의 친구 분들과 목숨을 걸고 싸워 원한을 맺고 싶지도 않소. 그래서 말인데, 각기 세 명씩 사람을 내어 비무를 하는 것이 어떻겠소?"

"비무?"

"그렇소. 만약 우리가 비무에서 패한다면 순순히 길을 열어드리겠소. 대신 다행히 우리가 비무에서 승리를 한다면 황 노사와 친구 분들께서는 발걸음을 돌려주시기 바라오."

"흠…그럴듯한 제안이기는 한데……."

황종보가 고개를 돌려 양산종 종성 흠무를 바라봤다. 그러자 흠무는 고무룡에게 시선을 돌렸다. 일행의 행보를 결정하는 것은 고무룡이었기 때문이다. 흠무의 시선을 받은 고무룡이 고개를 끄덕였다. 그 모습을 보고 있던 황종보가 혁후량을 보며 말했다.

"좋소. 그 제안을 받아들이겠소."

"다행이구려. 서로 피를 보는 일이 없게 되었으니. 그럼 바로 비무를 시작하도록 합시다. 이쪽에선 먼저 내가 나서겠소. 주인 된 자로 손님을 초대했으니 먼저 인사를 드리는 것이 마땅한 일 같으니."

혁후량이 말은 황종보에게 하면서 시선은 고무룡을 응시했다. 그건 곧 자신의 상대로 고무룡을 지목하는 것이었다. 그러자 고무룡도 망설이지 않고 앞으로 나섰다.

"이분들을 초대한 것은 이 고무룡이니 제가 혁 노사를 상대해 드리지요. 버릇없다 허물치 말아주십시오."

"하하하! 어찌 고 대협의 허물을 논할 수 있겠는가? 근 몇 년 사이 고 대협의 무공은 요동무림에 큰 파랑을 일으키고 있으니 나의 상대로 오히려 넘친다고 할 수 있을 것이네."

"그리 말씀해 주시니 고맙습니다. 저 또한 그동안 혁 노사의 명성은 많이 들었습니다. 언제 한번 뵙고 싶었지요."

"그러고 보니 초면이군. 오 년이나 싸웠으니 한 번쯤은 마주칠 만도 했는데. 자, 그럼 시작해 볼까?"

혁후량이 가볍게 손을 들어 올렸다. 그러자 혁가장의 고수들이 일제히 뒤로 물러났다. 그에 맞춰 고월산장의 고수들과 양산종의 고수들도 십여 장 뒤로 물러났다. 그렇게 만들어진 공터에서 고무룡과 혁후량이 서로를 응시하며 천천히 검에 손을 대기 시작했다.

第六章
양산종의 무공

화마경

“그대가 아우를 곤란하게 만들었다는 이야기는 들었네. 그래서 꼭 한번 그대의 검을 상대하고 싶었지.”

혁후량이 천천히 검을 빼 고무룡을 겨누며 말했다.

“저 또한 혁가장의 고수 중 노사의 무공이 제일이라는 말을 여러 차례 들었습니다. 한 수 가르침을 받지요.”

“후후, 가르침씩이야. 이미 그대의 무공이 서압록을 넘어 요동제일일지도 모른다는 소문이 돌고 있는 마당에…….”

“소문이란 항상 과장되게 마련이지요.”

“수미산문에서 수련을 했다고 들었네만, 구산선문의 무공을 얻은 것인가?”

혁후량의 물음에 고무룡이 고개를 저었다.

"그건 아닙니다. 고월산장에는 가문의 비전이 있으니까요. 단지 수련의 장소로 수미산문을 택한 것뿐이지요. 물론 수미산문의 선사들께서 부족한 제 무공을 돌봐주시기는 했습니다만."

"그것으로도 큰 복이지. 구산선문 선사들의 눈이 어디 보통이던가? 좋은 스승의 한마디 가르침이 백 권의 비급보다 낫다는 말이 있지 않은가?"

"저 또한 제가 좋은 기회를 잡았었다고 생각하고 있습니다. 수련을 온전히 끝내지 못하고 돌아온 것이 아쉽기는 하지만……."

"본가를 원망하겠군. 그대가 수미산문에서 수련 도중에 돌아온 것은 본가와의 일 때문이니."

"굳이 고월산장을 도발할 이유가 있었을까 하는 생각은 하고 있습니다."

"음… 물론 혁가장의 입장에서도 고월산장에 도전하는 것은 쉬운 결정이 아니었네, 고월산장의 저력을 누구보다 잘 아니까. 해서 처음엔 화해의 손을 내밀지 않았던가?"

"그건 화해의 손길이 아니라 굴복하라는 협박이었지요."

"지광 그 아이가 말이 거칠긴 하지."

"더군다나 상대는 제 아버님이셨지요."

"고월산장주께서 노한 것은 충분히 이해하네. 소장주를 보낸 것은 분명 우리 쪽의 실수였어. 하지만 소장주가 아니었다고 해도 이 싸움은 시작됐을 거네. 한 산에 두 마리의 호랑이가 공존할 수는 없으니까."

"못 살 것도 없지요. 오 년 전까지만 해도 잘살아왔고."

"그러기에는 본가의 야망이 너무 크다네."

"알고 있습니다."

"좋아, 구구절절한 푸념들 늘어놓을 때는 아니지. 시작하세."

혁후량이 검을 어깨 위쪽 사선으로 들어 올렸다. 무척 도발적인 기수식, 일검에 상대의 가슴을 그어버릴 듯한 자세로 상대로 하여금 감히 범접할 엄두를 내지 못하게 하는 위압감이 있었다. 그에 맞서 고무룡은 허리 아래로 검끝을 내리는 수비적인 기수식을 취했다. 잔잔한 호수 같은 고요함이 고무룡의 자세에서 느껴졌다.

"나이가 뒤바뀐 것 같군."

송추월이 나직한 목소리로 중얼거렸다. 나이로 보자면 고무룡과 혁후량의 기도가 뒤바뀌어 있는 듯 느껴졌던 것이다.

"양산종의 무공은 본래 온유하다네. 특히 고월산장에 전해지는 월검(月劍)은 더욱 부드럽지."

송추월의 말을 듣고 있던 황종보가 조용하게 말했다.

"양산종의 사람들은 모두 같은 무공을 익히고 있습니까?"

송추월의 물음에 황종보가 고개를 저었다.

"심법이야 같지만 무공은 제각기 다르지. 본래 조사께선 여러 병기에 두루 통달하셨거든. 권각술에도 일가견이 있으셨고."

'그 노인네와 비슷하군.'

송추월이 문득 괴노 마효를 떠올렸다. 괴노 마효 역시 스스로 수백 가지 무공을 알고 있다고 했다.

"조사의 후예들이 하나의 문파를 형성하지 않고 뿔뿔이 흩어져 살게 된 것도 어찌 보면 조사께서 그 제자들에게 서로 다른 무공을 전수했기 때문일 것이네. 그중 고월산장의 월검은 가장 뛰어난 무공 중 하나로 알려져 있지. 수십 년 동안 월검의 정수를 견식하지 못했는데 오늘 볼 수 있겠군."

황종보가 호기심이 잔뜩 묻어나는 눈으로 고무룡을 바라봤다.

번쩍!

한줄기 빛이 허공에서 생겨나더니 일순간에 고무룡의 몸을 사선으로 그어 내렸다.

"앗!"

비무를 지켜보고 있던 고월산장 고수들 입에서 놀란 소리가 튀어나왔다. 그러나 그들의 놀람은 곧 감탄으로 변했다.

"아!"

어느새 혁후량의 검을 피해낸 고무룡이 신룡처럼 푸른 창공으로 치솟아올랐다. 더불어 그의 검이 발아래를 훑었다.

"음!"

혁후량의 입에서 나직한 신음성이 흘렀다. 전력을 다한 회심의 일 초를 교묘한 신법으로 피해내고 연이어 반격을 가하는 고무룡의 무공은 그가 생각했던 이상의 경지를 보여주고 있었다.

고무룡은 마치 솜털을 밟듯 가볍게 발을 움직여 허공을 이동했다. 그사이 고무룡의 검을 가까스로 피해낸 혁후량이 재빨리 신형을 틀어 재차 고무룡을 향해 몸을 날렸다.

차차창!

뒤로 물러나는 고무룡과 전진하는 혁후량 사이에서 순식간에 십여 번의 충돌음이 일어났다. 눈부신 햇살을 받아 번쩍이는 도검이 수많은 불꽃을 만들었다.

혁후량의 검은 광풍처럼 격렬했고, 고무룡의 검은 산들바람처럼 부드러웠다. 두 사람의 기품 차이는 싸움의 양상으로 나타났다. 혁후량의 공격은 매서웠다. 제법 더운 날씨에도 한풍이 부는 듯한 반면 고무룡의 검은 나이답지 않은 노련함으로 폭풍처럼 몰아치는 혁후량의 공세를 모두 받아내고 있었다. 말썽 피우는 아이를 너그러이 품는 어미처럼 고무룡의 검은 대해처럼 넓었다.

"대단하군."

황종보의 입에서 감탄사가 흘러나왔다. 비록 같은 양산종의 무공을 익혔지만 고무룡이 보여주는 무공에는 황종보 또한 놀라지 않을 수 없는 모양이었다.

'요동 최고가 될지도 모른다더니 정말 대단한데? 내가 상대할 수 있을까?'

송추월이 내심 자신의 무공과 고무룡의 무공을 견주어보았다. 단순히 생각하자면 산적질이나 하던 자신이 정통 무가의 후손인 고무룡을 상대하는 것은 어불성설이었다. 하지만,

'난 자칭 천하제일인의 가르침을 받았거든!'

송추월이 한줄기 미소를 보였다.

고무룡과 혁후량의 비무는 대단했다. 그들이 펼치는 일수일수는 보는 사람으로 하여금 쉬지 않고 감탄사를 흘리게 만들었다. 송추월 역시 두 사람의 무공에 감탄하고 있었다. 그러나 한편으로 송추월은 두 사람의 비무에서 자신의 무공에 대한 자신감을 얻고 있었다.

두 사람의 움직임은 그 하나에서 열까지 모두 송추월의 시야에 잡혔다. 그건 곧 두 사람의 무공이 송추월의 눈에 들어온다는 말이었고, 송추월이 능히 두 사람을 상대할 수 있다는 의미기도 했다.

'그 노인네가 정말 천하제일인인지도 모르겠어.'

송추월이 다시금 엷은 미소를 지었다. 그러면서 한편으로는 당장에라도 두 사람의 비무에 뛰어들고 싶은 충동을 느꼈다. 검과 검이 치열하게 부딪치는 순간과 그사이에 오고 가는 생사의 치열함이 송추월의 피를 끓게 만들었다.

'젠장, 다음 비무엔 내가 한번 나가볼까?'

송추월은 갑작스레 이런 생각을 떠올렸다가 이내 고개를 저었다. 자신이 생각하기에도 그가 나설 비무는 아니었던 것이다.

'한바탕 난전이라도 벌였으면 좋겠구만!'

갑자기 일어난 호승심에 송추월의 손이 부들거리고 가슴이 뛰었다. 그러다 갑자기 번쩍 정신이 들었다.

'이거 오늘이 며칠이지?'

날짜를 헤아려 보니 어느덧 보름이 다가오고 있었다.

'제길, 이제 보니 이놈의 마기가 또 고개를 들고 있었군. 조심해야겠어. 산에서는 몰라도 고월산장에서 함부로 마기를 드러낼 수는 없으니까.'

송추월이 애써 들끓는 심장을 달랬다. 대신 그는 서둘러 고무룡과 혁후량의 비무로 관심을 돌렸다.

고무룡과 혁후량의 검은 그들 주위에 화려한 무지개 빗살을 만들어냈다. 수없이 만들어지는 검영이 하나하나 제각기 다른 빛을 만들어내며 그들이 존재하는 공간을 화려하게 물들였다. 생사를 건 싸움이 아니라면 칼이 칼로서만 존재 가치가 있는 것은 아니라는 것을 증명하듯이.

그러나 이 비무는 승패를 가려야 하는 승부였다. 검이 만들어내는 아름다운 빛 속에는 상대의 사혈을 노리는 비정함이 내포되어 있었다. 그리고 그 비정함은 언젠가 모든 사람들에게 자신의 말을 하게 될 터였다. 검을 통해서.

파파팟!

두 사람의 신형이 뒤엉켜 사방으로 움직였다. 길 위에 무수히 많은 발자국이 생겨났다. 혁후량의 광풍 같은 검이 일으키는 먼지가 안개처럼 떠올랐다. 그러나 그 속에서 고무룡은 한

겨울 소나무처럼 꼿꼿이 자신의 색을 드러내며 혁후량을 상대하고 있었다.

파르릉!

한순간 혁후량의 검이 맑은 울음을 터뜨렸다. 그러자 그의 검이 무섭게 회전하기 시작했다. 그 속도로 혁후량의 검은 바위라도 뚫을 듯 고무룡의 심장을 파고들었다.

순간 고무룡이 한 발로 땅을 차더니 살짝 몸을 숙이며 허공으로 떠올라 무서운 속도로 파고드는 혁후량의 검을 감싸 안듯 가슴 아래로 통과시켰다. 더불어 허공에 뜬 상태 그대로 쾌속하게 검을 횡으로 휘둘렀다.

팟!

고무룡의 검이 혁후량의 귀밑 머리칼을 잘랐다.

"음!"

혁후량이 재빨리 고개를 틀지 않았다면 아마도 머리칼이 아니라 귀가 잘려져 나갔을 터였다. 혁후량이 짧은 침음성을 흘려내며 세 걸음 뒤로 물러났다. 그 순간 고무룡의 움직임이 변했다.

지금까지 혁후량의 공세에 맞서 부드러운 움직임으로 방어에 치중하던 고무룡이 한순간 팔방으로 검을 뿌리며 혁후량을 향해 뛰어들었다.

"엇!"

갑작스런 고무룡의 변화에 혁가장의 고수들이 놀란 음성을 흘렸다. 그래도 그중 가장 놀란 사람은 혁후량 자신이었다.

일단 공세로 전환된 고무룡의 검은 무섭기 이를 데 없었다. 팔방을 모두 검초로 물들이며 다가드는 고무룡의 검은 도저히 피해낼 길이 없어 보였다.

혁후량이 급히 검을 휘두르며 뒤로 물러났다. 뒤로 물러나는 것 말고는 고무룡의 검을 막아낼 방법을 찾을 수 없었기 때문이다. 고무룡이 그런 혁후량의 뒤를 바람처럼 따라붙었다.

"끝났군."

황종보가 중얼거렸다.

"끝났다뇨?"

송추월이 의아한 얼굴로 황종보를 바라봤다.

"지금 무룡 저 아이가 펼치는 초식은 고월산장의 월검 중 월하뢰우(月下雷雨)라는 초식일세. 월검의 초식 중 가장 강력한 초식이지. 음… 고월산장주도 저 초식을 익힌 것은 사십대 이후라고 했는데 저 아이가 월하뢰우를 완성했을 줄은 몰랐군."

"그렇게 대단한 초식인가요?"

"한 번 시작되면 그 누구도 빠져나갈 수 없다는 초식이지. 보게. 승부가 갈리지 않는가?"

황종보의 말에 송추월이 급히 고개를 돌렸다. 그러자 과연 고무룡의 검에 밀린 혁후량이 어느새 한쪽 무릎을 꿇고 있었고, 그 위로 고룡의 검이 폭포처럼 떨어져 내리고 있었다.

"앗!"

혁가장 고수들 사이에서 비명 소리가 터져 나왔다. 누가 보아도 고무룡의 검이 혁후량의 몸을 관통할 것처럼 보였기 때문이다. 그리고 양쪽 가문의 관계로 보건대 비록 비무라도 고무룡이 혁후량의 목을 베는 것은 크게 이상할 것이 없었다. 그러나 모두의 예상과 달리 고무룡의 검은 혁후량의 머리 바로 위에서 멈춰 섰다.

"첫 번째 비무는 우리 고월산장이 이긴 것 같군요."

고무룡이 자신의 검을 노려보고 있는 혁후량을 보며 말했다. 그러자 혁후량이 시선을 돌려 고무룡을 노려보며 대꾸했다.

"패배를 인정하지. 그런데 마음이 약하군."

"무슨 말씀이신지?"

"나였다면 그대를 베었을 것이네."

"비무는 비무지요."

"후후, 강호에서 그 일 푼의 아량이 패배를 부른다는 사실을 모르시나? 지금 고월산장이 우리 혁가장에 밀리는 이유는 바로 그 알량한 일 푼의 아량 때문일 것이네."

"그게 고월산장과 혁가장의 차이지요. 그래서 두 문파는 친구가 될 수 없었을 겁니다."

"언제까지 고월산장의 그 고고함이 유지되나 보겠네."

혁후량의 말에 고무룡이 가볍게 고개를 숙여 보이는 것으로 대답을 대신하고는 훌쩍 뒤로 물러나 고월산장의 고수들이 머물고 있는 곳으로 돌아왔다.

"망할 놈의 종자가 지고도 큰소리군."

고무룡이 돌아오자 황종보가 투덜거렸다.

"본래 그런 자들이지요."

고무룡이 아무렇지도 않다는 듯 대답했다. 그때 혁가장의 고수들 중에서 또 한 명의 고수가 혁후량을 뒤로하고 앞으로 나섰다.

"드디어 저 노마가 나설 모양이군."

황종보의 말에 고무룡이 고개를 돌려 비무가 끝난 공터로 나서는 인물을 바라봤다.

"조동산이라고 했었나요?"

"맞네. 막북이흉의 소문은 자네도 들었지?"

"그럼요. 저들의 손에 상한 본가의 고수들이 한둘이 아니지요."

고무룡이 대답했다. 그때 막북이흉 조동산이 고월산장 고수들 쪽을 바라보며 소리쳤다.

"누가 이 조동산에게 한 수 가르침을 주시겠소!"

숨길 수 없는 자신감이 묻어나는 목소리. 아마도 장내에 자신의 적수가 없을 거란 자신감을 가지고 있는 듯 보였다.

"아우, 자네가 나서 보겠나?"

양산종 종성 흠무가 황종보를 보며 물었다. 그러자 황종보가 고개를 끄덕였다.

"그러지요."

"조심하게. 저자의 실력이 보통이 아니니."

"저자의 도법은 예전에 본 적이 있습니다. 걱정 마십시오."

황종보가 자신있게 대답을 하고는 훌쩍 신형을 날려 조동산

앞에 내려섰다.

"역시 황 노사 그대가 나오셨구려."

"조 노사의 고절한 도법은 천하가 아는 바이니 손속에 사정을 두시기 바라오."

황종보가 능글맞은 목소리로 말했다.

"하하, 예전에 보았던 황 노사의 권각술 또한 강호 일절이었소. 우리 한번 신명나게 어울려 봅시다."

"아무리 그래도 맨손으로 어디 흉험한 도를 감당할 수 있겠소이까?"

"하하, 너무 엄살을 피우시는구려. 하지만 도가 흉험한 물건인 것은 맞소이다. 그러니 조심하시구려. 칼에는 눈이 없소이다."

조동산이 음산한 웃음을 흘리며 말했다.

"몇 수 받아보다 힘에 부치면 물러나겠소."

황종보가 말은 그렇게 하면서도 전혀 두려운 기색을 보이지 않고 손을 들어 올렸다. 그러자 조동산이 자신의 도를 머리 위로 들어 올렸다.

웅!

한순간 조동산의 도가 거칠게 황종보를 향해 떨어져 내렸다. 그러자 황종보가 재빨리 신형을 뒤로 물려 조동산과의 거리를 벌렸다. 조동산의 도는 황종보가 있던 자리를 매섭게 할퀴더니 이내 다시 횡으로 그어지며 뒤로 물러나는 황종보를 따라붙었다.

팟!

황종보가 조동산의 두 번째 공격을 맞아 허공으로 솟구쳤다. 그러자 조동산의 도가 황종보의 발아래를 스치고 지나갔다. 순간 황종보의 신형이 허공에서 재빨리 제비를 돌더니 일순간에 조동산의 뒤쪽으로 떨어져 내렸다.

웅!

그리고 다음 순간 황종보의 주먹이 매서운 파공음을 일으키며 조동산의 요추를 때려갔다. 조동산이 급하게 몸을 틀었다. 그러자 황종보의 주먹이 아슬아슬하게 조동산의 몸을 스치고 지나갔다. 그런데 비록 황종보의 일권이 조동산에게 격중된 것은 아니지만 그 주먹에 실려 있는 힘이 범상치 않았는지 단지 스친 것만으로도 조동산의 신형이 순간 중심을 잃었다.

"음!"

조동산의 입에서 침음성이 흘러나왔다. 동시에 그가 중심이 무너진 신형을 급하게 뒤로 물렸다. 그러자 황종보가 번개처럼 떠오르며 조동산의 가슴을 오른발 뒤꿈치로 내리찍었다.

팟!

조동산이 재차 몸을 틀었다. 황종보의 발이 조동산의 가슴을 한 치 차이로 스치고 지나갔다.

"핫!"

조동산의 입에서 맹렬한 기합성이 터져 나왔다. 맨손의 권각술에 밀린 것에 분노했는지 자신의 신형을 스치고 지나가는 황종보를 향해 거칠게 도를 밀어 올렸다.

쿠우웅!

조동산의 도에는 얼핏 서릿발 같은 기운이 어른거렸다. 도에서 흘러나오는 강렬한 파공음도 예사롭지가 않았다.

'저게 뭐지?'

송추월이 조동산의 검에 어리는 기운을 의아한 눈으로 바라봤다. 그때 비무를 지켜보고 있던 고월산장의 고수들 사이에서 탄성이 흘러나왔다.

"도기(刀氣)다!"

'도기!'

송추월의 눈이 번쩍였다. 일류의 경지를 넘어서야만 만들어낼 수 있다는 도기가 등장한 것이다.

'막북이흉이라는 저자들의 무공이 정말 대단한가 보군. 도기까지 만들어내다니. 과연 황 노사께서 감당할 수 있을까?'

송추월의 손에 자신도 모르게 땀이 맺혔다. 이 비무에서 도기까지 등장할 줄은 꿈에도 생각지 못한 송추월이다.

부왕!

완성된 도기는 아닐지라도 일단 도기가 형성되었다는 것은 그 도에 실린 공력이 극강하다는 것을 의미한다. 조동산의 도가 공기를 찢는 파공음을 만들어내며 황종보의 옆구리를 갈랐다.

그러나 황종보의 움직임은 신묘하기 이를 데 없었다. 황종보는 자신의 옆구리를 향해 닥쳐드는 무지막지한 조동산의 도를 훌쩍 뛰어오르며 발아래로 흘렸다. 그리고는 마치 잠시 조동산의 도 위에 올라선 듯한 자세를 취하더니 이내 허공에서 제비를 돌아 번개처럼 조동산의 머리를 향해 왼발을 쳐 내렸다.

"헛!"

회심의 일격이 실패한 뒤에 급작스럽게 닥쳐드는 황종보의 반격에 조동산의 입에서 헛바람이 새어 나왔다. 조동산이 재빨리 머리를 틀어 황종보의 발을 피했다.

칫!

황종보의 발이 조동산의 머리를 지나쳐 그의 어깨를 스쳤다. 황종보의 발에 스친 조동산의 오른팔이 크게 흔들렸다. 순간 황종보가 조동산의 품속으로 밀어닥치며 번개처럼 두 팔을 휘둘렀다.

퍼퍼펑!

황종보의 두 손이 수많은 수영을 만들어내며 조동산의 가슴을 타격했다.

"크큭!"

조동산이 황종보의 수공을 미처 피해내지 못하고 온몸을 떨며 뒤로 물러났다.

황종보는 그런 조동산을 무서운 기세로 쫓아가더니 한순간 오른발을 휘둘러 뒤로 물러나는 조동산의 오금을 정확하게 가격했다.

"억!"

오금을 격중당한 조동산의 입에서 신음성이 터져 나왔다. 동시에 그의 신형이 허공으로 붕 떠오르더니 이내 땅바닥에 떨어져 내렸다.

쿵!

조동산이 땅에 떨어지며 만들어낸 충격이 송추월의 발끝까지 전해졌다.

'끝났군.'

송추월의 생각대로 싸움은 끝이 났다. 조동산의 오금을 쳐 땅 위에 쓰러뜨린 황종보가 조동산의 가슴을 밟으려는 듯한 자세를 취하다가 훌쩍 몸을 날려 조동산의 신형을 지나쳤다. 만약 황종보의 발이 조동산의 가슴을 밟았다면 조동산의 생명은 그 순간 끊어졌을 터이다.

탁!

조동산이 황종보가 자신을 지나쳐 간 이후 번개처럼 손으로 땅을 치며 몸을 일으켜 세웠다. 그의 신형이 풍선처럼 떠오르더니 재빨리 회전해 황종보를 향해 도를 겨누고 섰다. 그러나 황종보는 더 이상 싸울 생각이 없는지 팔짱을 낀 채 여유있는 시선으로 조동산을 바라보고 있을 뿐이었다.

조동산의 눈동자가 빠르게 움직였다. 두 사람을 둘러싸고 있는 고수들의 눈치를 살핀 조동산이 이내 입술을 깨물며 도를 내려놓았다. 그리고는 조금 억울하다는 표정으로 입을 열었다.

"내가 조금 방심한 것 같구려. 어쨌든 황 노사께서 한 수 양보를 해주셨으니 내가 진 것으로 하겠소."

조동산의 억지에 황종보가 한줄기 미소로 응대했다. 그러자 조동산이 재차 주위의 반응을 살피다가 재빨리 포권을 하고는 뒤로 물러났다.

"다음에 다시 한 번 겨룹시다."

뒤로 물러나면서도 조동산은 후일을 기약하는 한마디 말을 잊지 않았다.

"좋소이다. 다음번엔 조 노사의 제대로 된 실력을 기대하겠소."

물러가는 조동산을 향해 황종보가 기분 좋게 한마디 덕담을 던지고는 천천히 고월산장의 고수들이 있는 곳으로 걸어왔다.

"수고하셨습니다."

황종보가 돌아오자 고무룡이 가볍게 고개를 숙여 보였다.

"수고는, 놈의 운이 좋았지. 막북이흉의 악명을 생각하면 단단히 버릇을 고쳐 주고 싶었지만 괜한 분란 만들면 안 될 것 같아 사정을 봐준 걸세."

황종보의 말에 곁에 있던 흠무가 고개를 끄덕였다.

"잘했네. 이곳에서 피를 보는 것은 좋지 않아. 일단 산장으로 가서 고 사형을 만나보는 것이 중요하니까."

"그러게 말입니다. 하지만 또 나중을 생각하면 이 기회에 저놈의 숨을 끊어놓는 게 좋았을지도 모른다는 생각이 드는군요."

"양산종은 비무에서 살수를 쓰지 않네."

"물론 그야 그렇지요. 하지만 이게 어디 보통 비뭅니까? 생사결이지."

"어쨌든 끝난 일, 더 마음에 두지 마시게."

"알겠습니다, 종성."

황종보가 대답을 하고는 뒤쪽으로 물러나 송추월 곁에 섰다. 그러자 고무룡이 다시 앞으로 나섰다. 그리고는 맞은편에서 자신을 노려보고 있는 혁후량에게 담담한 목소리로 말을 건넸다.

"세 번째 비무는 할 필요가 없어졌군요."

"그렇군. 역시 고월산장의 무공은 뛰어나. 더군다나 황 노사처럼 훌륭한 조력자를 얻었으니 앞으로 우리 혁가장은 무척 조심해야겠군."

"이미 본 산장은 녹산에 고립되어 있으니 혁가장의 양보를 바랄 뿐이지요."

"글쎄, 그건 내가 답할 문제가 아닌 것 같군."

"알겠습니다. 이제 길을 열어주시겠습니까?"

고무룡의 질문에 혁후량이 고개를 들어 고월산장 고수들을 주욱 둘러본 후 큰 목소리로 명을 내렸다.

"길을 열어라!"

혁후량의 명이 떨어지자 길을 막고 있던 혁가장 고수들이 일제히 좌우로 물러나 막혔던 관도를 열었다.

"가시지요."

길이 열리자 고무룡이 흠무를 보며 말했다. 그리고는 자신이 먼저 걸음을 옮겨 혁가장 고수들 사이로 난 길을 따라 움직이기 시작했다.

고월산장의 고수들이 멀어지자 혁후량이 낮은 목소리로 명을 내렸다.

"본가에 소식을 전하라, 새로운 자들이 나타났다고!"

혁후량의 명에 혁가장의 고수 하나가 재빨리 자리를 벗어났다.

한바탕 소동을 끝내고 녹산을 향해 길을 떠난 고월산장 일행은 한결 여유있게 걸음을 옮기고 있었다. 비록 비무였지만 혁가장과의 대결에서 승리한 여운이 고월산장 고수들을 의기충천하게 만들었다.

"괜찮았나?"

길을 가다 문득 황종보가 송추월에게 물었다.

"뭐가 말입니까?"

"이 늙은이의 무공 말일세."

"아, 정말 대단하셨습니다. 제 친구 중에도 수공을 익힌 놈이 한 명 있기는 한데 어르신처럼 맨손으로 도기를 만드는 고수의 도를 상대할 정도는 아니거든요."

"오? 그런 친구가 있어? 어딨나?"

"지금 어디에 있는지는 저도 모릅니다. 하지만 아마 잘살고 있을 겁니다. 영악한 놈이거든요."

"그런 친구가 여럿 있는가?"

"본래 저를 포함해 다섯이 함께 살았는데 지금은 뿔뿔이 흩어졌지요."

"왜 헤어졌나?"

"머리가 커지니 서로 갈 길이 달랐던 거지요."

"후후, 우리 양산종과 비슷하군. 양산종도 북명 조사님을 시조로 시작되었지만 이렇게 뿔뿔이 흩어져 살고 있으니까."

"하지만 때가 되면 모이지 않습니까?"

"그렇긴 하지. 하지만 이 전통이 얼마나 지속될지는 모르네. 세월은 흐르고 후인은 선대의 언약을 제대로 기억하지 못하는 법이니."

"이번 고월산장의 일을 통해 양산종이 다시 한 번 과거의 우의를 되찾을 수 있지 않겠습니까?"

"그렇긴 하네. 불행 중 다행이랄까. 하지만 여전히 문제는 남아 있어."

"어떤 문제 말입니까?"

"고월산장주, 그러니까 고 사형이 왜 양산종을 떠났는지는 아직도 명확한 이유가 밝혀지지 않았으니까."

황종보가 말을 하면서 앞서 가고 있는 양산종의 여고수 자후를 바라봤다. 고월산장주 고모수가 양산종을 떠난 이유에 대해 그녀는 자신의 탓이라 했으니 그녀 스스로가 입을 열기 전에는 이 일의 전말을 알 수 없었다. 그런 이유로 그녀가 고월산장에 도착해 고모수와 어떤 관계를 맺느냐는 것이 아마도 양산종의 후예들과 고월산장과의 관계를 결정짓게 될 터였다.

"악의를 가지고 있는 것 같지는 않은데요?"

송추월이 황종보의 내심을 짐작하고는 자후를 살피며 말했다.

"모르지. 본래부터 자후 사매는 본심을 절대 얼굴에 드러내는 사람이 아니었거든. 더군다나 자존심도 무척 강해서……."

황종보가 말꼬리를 흐렸다. 아마도 여고수 자후의 행동이 계속 걱정되는 모양이었다.

"잘되겠지요."

송추월이 기분을 전환하듯 활기차게 말했다.

"그렇게 생각해야지!"

황종보도 금세 얼굴에 미소를 떠올렸다.

*　　　*　　　*

고월산장이 보이기 시작한 것은 일행이 혁가장의 관문을 뚫은 후 이틀이 지난 후였다. 녹산은 이름 그대로 녹음에 묻혀 있었다. 전나무와 잣나무, 그리고 소나무들이 서로 경계를 지어 녹산을 뒤덮고 있었는데, 아마도 눈 내리는 겨울이 와도 이 녹산의 녹음은 변하지 않을 터였다. 그러니 산 이름이 녹산인 것은 당연한 일이라고 할 수 있었다.

"산세 좋고! 언제 봐도 좋은 산이란 말이야!"

녹산이 바라다보이는 언덕에 서서 황종보가 탄성을 흘렸다. 그러자 양산종의 노고수 중 한 명인 임천이 입을 열었다.

"조금 변한 것 같군요."

"그런가?"

"예전에는 동북쪽에 장원의 중심이 있지 않았나?"

임천이 고무룡을 보며 물었다. 그러자 고무룡이 고개를 끄덕였다.

"맞습니다. 그런데 아버님께서 십여 년 전부터 남쪽으로 장원의 중심을 옮기셨지요."

"무슨 특별한 이유라도?"

"돌아가신 어머님 때문이지요."

"뭣? 자네 어머님이 돌아가셨다고?"

임천이 화들짝 놀라며 물었다. 그러자 다른 양산종의 고수들 역시 놀란 기색이 역력한 표정으로 고무룡을 바라봤다. 특히 여고수 자후는 가늘게 손을 떨기까지 했다.

"그렇습니다."

"아니… 어떻게?"

"어머님께선 예전부터 건강이 좋지 않으셨지요."

"음, 그건 알고 있네. 하지만 그렇다고 이렇게 일찍 돌아가실 줄은 미처 몰랐군."

"어머님은 녹산의 동쪽보다는 남쪽을 좋아하셨지요. 해서 아버님께선 장원을 녹산 남쪽 기슭으로 넓혀 어머님을 위한 공간을 마련하셨던 겁니다. 어머님이 남쪽에 머무시게 되니 자연히 고월산장의 중심도 남쪽으로 이동하게 되었고 말입니다."

"아, 그렇게 된 일이군."

임천이 탄식을 자아냈다.

"어머님께선 언제 돌아가셨는가?"

이번엔 흠무가 물었다.

"삼 년 정도 되었습니다."

"삼 년이라……. 사형의 상심이 크셨겠군."

"그렇습니다. 그 일이 혁가장과의 다툼에도 영향을 미쳤지요."

"음, 그렇겠지. 아, 서로 보지 않고 지내는 사이에 세월은 쉬지 않고 흘렀군. 가세. 어서 사형을 만나봐야겠어."

흠무가 급한 목소리로 말했다. 그러자 고무룡이 서둘러 걸음을 옮기기 시작했다.

'이름에 어울리는 장원이군.'

고월산장의 문을 들어서면서 송추월이 속으로 생각했다. 화려한 치장은 없었으나 나무 하나하나의 쓰임새가 균형이 잡혀 있었고, 어딘지 모르게 선기가 흐르는 고월산장이었다. 장원 안에는 커다란 기목들도 많아서 만약 밤에 달이라도 뜨면 이름 그대로 한 편의 그림 같은 풍경이 펼쳐질 것 같았다.

'나완 어울리지 않아.'

송추월이 씁쓸한 미소를 지었다. 산적으로 살아온 자신에게 고월산장은 지나치게 고고해 보였다.

"이쪽으로!"

고무룡의 목소리에 송추월이 정신을 차렸다. 고무룡은 일행을 장원의 중심에서 약간 동쪽으로 치우쳐 있는 건물로 안내했다. 일행이 건물 앞쪽으로 다가가자 십여 명의 인물이 건물 앞에 나와 일행을 맞이했다.

"종성, 오랜만이구려. 떠난 사람의 부탁을 받고 이렇게 달려와 주니 못난 사형은 부끄러울 따름이오."

초로의 인물은 검객이라기보다는 고고한 학인에 가까웠다. 깊고 맑은 눈과 갸름한 얼굴 생김은 초로의 나이에도 불구하고 여인의 마음을 흔들 만큼 기품이 있었다. 바로 고월산장주 고모수였다.

"사형, 오랜만입니다. 사형이 양산종을 떠난 후 항상 마음 한곳이 빈 듯 허전했는데 오늘 이렇게 뵙게 되니 무척 기쁘군요."

홈무가 가볍게 포권을 해 보이며 말했다.

"그렇게 말해주니 고맙소이다. 난… 양산종에 얼굴을 들 면목이 없는 사람인데……."

"세상에 풀리지 않는 매듭은 없는 법이지요. 과거의 일은 차차 이야기하도록 하지요."

"아, 그러세. 자자, 안으로 들어가세. 이런, 모르는 얼굴도 많군."

"이십 년이 지났습니다."

흠무가 미소를 지었다.

"그렇군. 이십 년이라…… . 아!"

잠시 탄식을 흘리던 고모수가 문득 일행의 뒤에 처져 있던 여고수 자후를 발견하고는 낮은 탄성을 흘렸다.

"이렇게 뵙게 되는군요, 사형."

자후가 냉랭한 목소리로 말을 건넸다. 그러자 고모수 역시 낯빛을 굳히며 대답했다.

"사매까지 볼 줄은 몰랐군."

"제가 오면 안 되는 곳인가요?"

자후가 고모수를 쏘아보며 말했다. 한편으로 그녀는 고모수에게서 어떤 두려움 같은 것을 느끼는 것 같기도 했다.

"아니, 사매가 오지 못할 곳은 아니지. 더군다나 난 양산종 형제들에게 도움을 청한 입장이니 사람을 가려 받을 처지가 아니야."

"그 말은 제 방문이 반갑지는 않다는 말이군요."

"우리 이야기는 나중에 하도록 하지."

"언니가 돌아가셨다는 말은 들었어요."

자후가 말을 끊으려는 고모수를 향해 재빨리 말을 건넸다. 그러자 고모수의 안광이 한순간 번쩍였다. 그러나 이내 고개를 저으며 침울한 목소리로 응대했다.

"그래. 그 사람은 죽었지, 삼 년 전에."

"유감이군요. 고월산장에 오면 언니를 볼 줄 알았는데."

"그런가? 유감인가?"

"마치 제가 언니가 죽기를 바란 것처럼 말씀하시는군요."

자후의 말에 고모수가 자후를 잠시 바라보다 이내 고개를 저었다.

"역시 그 이야기는 나중에 하는 게 좋겠어. 종성, 들어가십시다."

고모수가 양산종의 종성 흠무를 건물 안으로 이끌었다. 고모수와 자후의 날카로운 대화를 지켜보고 있던 양산종의 사람들은 두 사람의 관계에 의구심을 품으면서도 누구 하나 입을 열어 두 사람의 일에 대해 묻지 않았다. 양산종의 후예 중에서 이 두 사람의 성정이 가장 까다로운 것을 익히 알고 있기 때문이었다.

"양산종의 형제가 아니시라고?"

양산종의 후예 중 고무룡이 양산종의 회합에 참석하지 않은 이후 회합에 나오게 된 아래 세대들이 스스로 자신을 소개한 뒤 고무룡은 가장 늦게 송추월을 고모수에게 소개했다. 고모수는 송추월 또한 양산종의 후예로 알고 있다가 뜻밖의 소개를 받고는 깊은 눈으로 송추월을 보며 반문했다.

"그렇습니다. 송 소협은 몇 년 전 저와 잠깐 인연이 있었던 사람인데 이번에 양산으로 가는 도중 제가 큰 도움을 받았습니다."

"도움을 받았다고?"

고모수는 고무룡의 실력을 알고 있으므로 그가 누군가의 도움을 받았다는 것에 의아함을 드러내며 물었다. 더군다나 도움을 주었다는 송추월이 그리 대단해 보이지도 않았다.

"그렇습니다. 혼강 인근에서 혁후상이 이끄는 혁가장의 고수들에게 길이 막혔는데 그때 송 소협의 도움으로 혁가장의 고수들을 물리칠 수 있었습니다."

고무룡의 말에 고모수의 눈빛이 변했다. 그 또한 아들 고무룡의 성정을 잘 알고 있었다. 고무룡은 없는 말을 지어내거나 사실을 과장해서 말할 사람이 아니었다.

"본가의 일에 도움을 주었다니 고맙소이다, 송 소협."

고모수가 송추월에게 가볍게 고개를 숙여 보였다. 송추월은 그런 고모수의 인사를 어색하게 받아들였다. 비록 송추월이 고무룡의 일을 도왔다고는 하나 고모수는 고월산장의 장주일 뿐 아니라 송추월에 비하면 몇 대 위의 고수라고 할 수 있었다. 그런 사람의 인사는 산적으로 살아온 송추월에겐 어색하기 이를 데 없었다.

"별로 크게 도와드린 것도 없습니다."

송추월이 머리를 긁적이며 대답하자 고무룡이 재빨리 입을 열었다.

"그렇지가 않습니다. 송 소협이 아니었다면 전 양산에 가지 못했을 테니까요. 송 소협은 나이는 어리지만 대단한 무공을 지니고 있습니다. 해서 제가 송 소협께 산장에 머물러 달라고 부탁을 했던 것입니다. 다행히 송 소협이 제 청을 거절하지 않왔으니 고마운 일이지요."

고무룡이 미소를 지으며 말했다. 송추월은 이런 식의 환대가 익숙하지 않았으므로 뜨거운 부뚜막에 올라앉은 사람처럼 좌불안석이 되어 어색한 웃음만 흘릴 뿐이었다.

"최근 들어 강호의 고수들은 혁가장의 위세를 두려워해 우리 고월산장을 돕는 걸 꺼려하는데 그럼에도 소협은 협의를 발휘해 우리 고월산장을 돕고자 하니 진정으로 감복하지 않을 수 없소. 이 고모수는 은혜를 잊지 않는 사람이니 후일 반드시 오늘의 은혜에 보답할 날이 있을 것이오."

"은혜랄 것 없습니다. 저 또한 혁가장과 풀어야 할 은원이 있으니 꼭 고월산장을 돕는 일이라고만 할 수는 없지요."

"오, 그러시오? 혁가장과 무슨 은원을 맺으셨기에……?"

고모수가 호기심을 드러내며 물었다. 순간 송추월이 난감한 표정을 지었다. 송추월의 성정상 자신이 산적으로 살아왔다는 것을 숨길 생각은 없었지만 그것을 말하면 이 고고한 고월산 장주가 어떻게 생각할지 한순간 걱정이 되었기 때문이다. 그런 눈치를 챈 것일까. 고무룡이 재빨리 두 사람 사이의 대화에 끼어들었다.

"아버님, 송 소협과는 차차 이야기를 나누시지요. 그것보단 역시 양산종의 일을 먼저 논의하시는 것이……."

고무룡의 말과 송추월의 표정에서 난감함을 읽은 고모수가 이내 고개를 끄덕이며 화제를 돌렸다.

"그렇게 하지. 송 소협, 우리의 이야기는 나중에 차차 나누도록 합시다."

고모수의 말에 송추월이 내심 안도의 숨을 내쉬며 가볍게
고개를 숙여 보였다.

그렇게 한동안 송추월에게 쏠렸던 관심이 사라졌다. 그러자
송추월은 이제 이방인의 입장에서 고월산장과 양산종 후인들
을 살피기 시작했다.

第七章
고월산장 2

화마경

"종성, 오늘 이렇게 이 사람의 어려움을 듣고 찾아와 주신 점 깊이 감사드리오. 내 일순간의 감정으로 형제들을 떠난 일을 항상 후회하고 있었소이다. 그 일에 대한 잘못은 추후 종성의 처분에 맡기겠소이다."

고월산장주 고모수가 좌중의 시선을 한 몸에 받으며 앞으로 걸어나와 양산종의 종성 흠무 앞에 섰다. 고모수의 말에 흠무가 잠시 생각에 잠겼다가 입을 열었다.

"사형께서 우리를 떠난 이유가 무엇입니까?"

"그것은……."

고모수가 쉽게 입을 열지 못하고 말꼬리를 흐렸다. 그러자 흠무가 다시 입을 열었다.

"지금까지 우리는 사형이 떠난 이유가 양산종의 이름으로 강호에 나가 당시 장성 부근에서 횡액을 당한 형제들의 사인을 밝히고 천하에 양산종이 있음을 알리자는 사형의 의견을 받아들이지 않았기 때문이라고 생각하고 있었습니다. 특히 우리 중 일부는 양산종의 형제 중 유일하게 큰 문파를 이룬 사형이 양산종의 형제들을 불러 모아 자신의 야망을 실현하려 한다고 생각했지요. 그것이 거부되자 양산종을 떠난 것이고……."

"그렇게들 생각하고 있을 거라 생각했소이다. 물론 그런 오해를 받을 만한 상황이었고."

"그런데… 자 사매가 다른 이야기를 하더군요."

흠무가 한쪽에 어둠처럼 서 있는 여고수 자후를 바라봤다. 그러자 고모수가 시선을 자후에게로 주었다. 자후는 물러서지 않고 시선을 받았다.

"어디까지 이야기한 것이오?"

고모수가 자후에게 물었다. 그러자 자후가 여전히 도도한 얼굴을 한 채 대답했다.

"단지 저 때문에 사형이 양산종을 떠났다고만 말했어요."

"왜 그런 말을 했소?"

"나 때문에 사형이 양산종에 발길을 끊은 것은 사실이니까요."

자후의 말에 고모수가 아무런 대답도 하지 않은 채 자후를 바라보기만 했다. 그러자 흠무가 입을 열었다.

"이젠 저간의 사정을 말해줄 수 있지 않겠습니까? 이미 이십 년이 지난 일이고, 오늘 양산종의 후예들이 모두 모였으니 과거의 오해를 풀면 우리가 고월산장의 일을 돕는 것이 한결 수월할 것입니다."

그러나 흠무의 말에도 고모수는 입을 열지 않았다. 그리곤 잠시 후 고개를 저었다.

"제가 양산종을 떠난 이유가 형제들이 제 의견을 거부했기 때문은 아니외다. 하지만 그 진실한 이유를 내 입으로 이야기할 수도 없소이다."

고모수의 대답이 단호했다.

"혼자 오해를 뒤집어쓰고 사시겠다는 겁니까?"

"오해는 이미 풀리지 않았소이까? 내가 내 욕심으로 양산종을 떠난 것이 아니라는 오해만 풀리면 나야 만족하오, 종성."

그러자 흠무가 고모수와 자후를 번갈아 바라보다 이내 고개를 끄덕였다.

"알겠습니다. 양산종은 모두가 알다시피 하나의 문파로 묶인 사이도 아니고 종성이라도 그저 조사께 제를 올리는 일을 주관할 뿐 양산종 후예들의 행동을 속박할 수 있는 위치는 아니지요. 더군다나 사형과 사매가 과거의 일을 입에 올리길 꺼려하니 더 이상 그 일에 대해서는 묻지 않겠습니다. 자, 이제 형제들의 의견을 들어야겠소. 고월산장의 일에 양산종이 관여해도 되겠소?"

흠무가 일곱 명의 양산종 후인을 돌아보며 물었다. 그러자 황종보가 얼른 입을 열었다.

"뭐, 오는 길에 혁가장 놈들과 한차례 비무를 벌였으니 이미 고 사형의 일을 돕기로 한 것 아닙니까? 전 찬성입니다."

그러자 이번에는 임천이 입을 열었다.

"저도 찬성입니다. 그간 고 사형을 오해하고 있었던 것 같습니다. 고 사형을 돕도록 하지요."

"저도 찬성이에요."

자후가 임천의 말이 끝나자 짧게 덧붙였다.

"젊은 사람들의 의견은?"

흠무가 양산종의 젊은 후예들을 보며 물었다. 그러자 젊은 후예 중 가장 나이가 많은 석정이 조용한 어조로 대답했다.

"어르신들께서 결정하신 일이니 저희는 따르겠습니다."

"좋소. 모두가 고월산장을 돕는 일에 찬성을 했으니 이 일은 결정된 것으로 하겠소."

흠무의 선언이 있자 고모수가 양산종의 후예들을 돌아보며 포권을 해 보였다.

"오늘 과거의 허물을 덮고 이 고모수를 도와주시기로 한 여러 형제들께 진심으로 감사드리오. 후일 이 고모수가 반드시 오늘의 은혜를 갚겠소이다."

고모수의 말이 끝나자 황종보가 호탕한 목소리로 입을 열었다.

"그런데 사정이 어떻게 이렇게 어렵게 된 거요, 사형? 녹산에 고립되다니… 비록 혁가장 놈들이 제법 대단한 세력을 지

넜다고는 하나 사형답지 않수."

황종보의 질문에 고모수가 어두운 표정을 지으며 말했다.

"고월산장이 오늘날 이런 궁지에 몰린 것은 처음에 내가 판단을 잘못했기 때문인 것 같네."

"그게 무슨 말이우?"

"난 처음 혁가장과의 싸움이 이렇게 커질 줄 몰랐네. 단지 작은 분란으로만 생각했던 거지. 처음부터 혁가장이 우리 고월산장을 자신들의 손에 넣을 생각이었던 걸 몰랐던 거지. 그래서 그에 대한 대비가 늦었네. 그사이 혁가장은 만금을 들여 강호의 고수들을 불러 모아 만반의 준비를 했던 것이네. 그리고 일단 전세가 기울기 시작하자 그때는 사람들을 불러 모으려 해도 쉽지가 않았네. 누구나 지는 쪽에 패를 거는 사람은 없으니까."

"음… 혁가장 놈들이 오래전부터 준비를 한 싸움이란 말이구려."

"그렇다네."

"지금 양쪽의 사정은 어떻습니까?"

양산종의 종성 흠무가 차분한 목소리로 물었다.

"지금까지 파악한 바로는 혁가장이 외부에서 끌어들인 고수의 숫자가 근 오십에 이르는 것 같소. 혁가장 내에도 제법 뛰어난 이백여 무사가 있으니 도합 이백오십여 명 정도의 고수가 있는 셈이오. 반면 우리 고월산장은 본래부터 싸움에 나설 문도 수가 오십이 되지 않았던 데다 강호에서 우릴 돕기 위해 달려온 친구들도 스무 명이 채 되지 않으니 전력으로는 혁가장에 크게 미치지 못한다고 할 수 있구려."

"음, 저쪽의 세력이 배가 넘는군요."

"그런 셈이오."

"그럼에도 오 년을 버텨오셨으니 대단하십니다."

"다행히 숫자는 적지만 개개인의 능력이 저들보다 뛰어난 면이 있어 이렇게 녹산이라도 지키고 있었던 것이라오. 하지만 그도 이젠 힘든 지경에 처해 염치불구하고 양산종 형제들에게 도움을 청했던 것이오."

"앞으로의 계획은 어떻습니까?"

이번엔 임천이 물었다.

"임 사제도 알다시피 지금 가장 급한 것은 외부로 이어지는 길을 뚫는 것이네. 녹산을 포위하고 있는 혁가장의 고수들을 물러나게 한다면 강호에서 사람들을 불러 모을 수 있을 것이네. 그렇게 된다면 혁가장도 이 싸움에서 이기기 힘들다는 것을 알게 되겠지. 그럼 당연히 저들이 먼저 손을 내밀게 될 걸세. 기실 저들의 목적은 이 서압록의 패자 자리를 넘어 요동무림에 닿아 있네. 근 몇 년 새 요동무림이 강호사패에 대적할 만한 세력으로 뭉치려 한다는 건 알고 있을 걸세. 혁가장은 그 세력에서 중추적인 자리를 차지하려 하고 있지. 그래서 서압록의 패자가 되기 위해 본 산장을 공격한 것이고. 그런 그들이니 우리와 전면전을 치러 동패구사를 할 생각은 없을 걸세."

"일단은 이 녹산의 포위를 푸는 것이 중요하단 거군요."

"그렇다네."

"방법은 생각해 보셨습니까?"

"지금 녹산에 나와 있는 혁가장 고수들은 모두 이백에 이르는 것으로 판단되네. 그들 모두 혁가장에선 뛰어난 고수들이지. 그들은 각기 녹산에서 외부로 이어지는 세 갈래의 관도와 두 갈래의 산도를 장악하고 있네. 내 생각에 그중 두 곳만 격파한다면 그들은 물러나지 않을 수 없을 것이네."

고모수의 설명에 장내의 고수들이 고개를 끄덕였다. 그러다 문득 황종보가 입을 열었다.

"그런데 기왕 시작한 싸움, 아예 끝을 보는 게 낫지 않습니까?"

"끝을 보다니, 무슨 말인가?"

"저들이 녹산에서 물러난 후 화해를 청하면 화해를 하실 생각이라 하지 않았습니까?"

"그런데?"

"제 생각에는 일단 승기를 잡으면 혁가장을 완전히 멸절시켜야 할 것 같은데… 그런 종자들은 언제 약속을 깨고 다시 칼을 들이밀지 모르지요."

"음, 그렇게 된다면 피가 너무 많이 흐를 걸세. 난 혈겁을 원하지는 않네. 우리 양산종의 가르침에도 사람의 목숨을 중히 다루라는 말이 있지 않은가?"

"그렇긴 하지만, 들어보니 혁가장은 두고두고 문제가 될 수 있을 것 같아서 하는 말입니다."

"뭐, 그건 나중에 상황이 되는대로 대응하도록 하지."

"알겠습니다. 뭐, 사형의 생각이 그렇다면 그렇게 해야지요."

"자, 이제 모두 자리를 옮기세. 아마도 식사가 준비되어 있을 걸세."

"아, 그러고 보니 배가 고프군."

황종보가 배를 문지르며 말했다.

고월산장에는 크고 작은 것을 합쳐 도합 이십여 채의 건물이 있었다. 건물의 숫자로만 보자면 고월산장의 식솔에 비해 건물이 지나치게 많다고 할 수 있었다. 고월산장의 건물이 이렇게 많아진 이유는 고무룡이 말했듯이 애초에 녹산 동북 방면으로 치우쳐져 있던 장원의 중심을 고월산장주 고모수가 죽은 그 부인을 위해 남쪽으로 옮기면서 자연스레 건물의 숫자가 늘어났기 때문이다.

고모수는 양산종의 고수들을 고월산장의 동쪽에 치우친 건물 중 한곳으로 데려갔다. 건물은 기둥만 서 있고 벽이 없이 사방이 트여 있었는데 아마도 비무장으로 쓰이거나 혹은 연회를 베푸는 장소인 듯싶었다.

"오랜만이군."

송추월의 곁에서 걸음을 옮기고 있던 황종보가 건물을 바라보며 중얼거렸다.

"들러보셨군요."

"젊었을 때, 그러니까 고 사형이 양산종을 떠나지 않았을 때 간혹 들러서 사형과 비무를 했었지."

"비무장으로 쓰이는 곳인가 보군요."

송추월의 말에 황종보가 대답없이 손을 들어 건물 처마 아래 걸린 현판을 가리켰다.

검루(劍樓).

힘찬 기백이 느껴지는 글씨가 현판에 새겨져 있었다. 산적으로 살아 서예에 조예가 없는 송추월조차도 감탄할 만한 글씨체.

"대단하군요."

"본래 고월산장은 북명조사의 제자 중 검에 특출한 재능을 지녔던 고을루라는 분이 시조시네. 그분은 검에 있어서만은 조사께서도 자신을 능가한다고 평했던 분이라지? 그분이 쓴 현판이라고 하더군. 아마도 고월산장에서 가장 오래된 현판 중 하나일 걸세."

"그렇다면 근 삼백 년이 되었다는 말이군요."

"그렇지."

황종보가 고개를 끄덕였다.

"어제 갓 쓴 글씨 같은데……."

"고을루 그 양반의 공력을 알 수 있는 일이지."

송추월과 황종보가 현판에 쓰인 글씨에 대해 이런저런 이야기를 나누는 사이 일행은 어느새 검루 안으로 들어서고 있었다.

"준비는 모두 되었나?"

검루로 들어서며 고모수가 루 안에서 일행을 맞이하는 초로의 노고수를 보며 물었다.

"그렇습니다, 형님."

노고수의 대답에 고모수 곁을 따르던 흠무가 노고수에게 아는 척을 했다.

"사제, 오랜만이군."

흠무의 말에 노고수가 가만히 미소를 지어 보였다.

"이렇게 다시 뵙게 되는군요, 종성."

"그러게 말이야. 자네까지 발을 끊을 줄은 몰랐네."

"죄송합니다. 형님이 아니 가시는데 저만 갈 수는 없었지요. 이렇게 도와주러 와주시니 고맙습니다."

"고맙기는, 모든 오해는 결국 풀리게 마련이지."

"자, 자리에 앉으시지요."

노고수가 흠무와 양산종 고수에게 자리를 권했다. 노고수의 이름은 고흘수. 고월산장주 고모수의 아우로 고월산장에선 고모수에 이어 이인자의 자리에 있는 사람이었다.

송추월도 양산종의 고수들을 따라 한 자리를 차지하고 앉았다. 그리곤 천천히 장내를 둘러보다 눈에 이채를 떠올렸다.

'다른 사람들이 있었군.'

송추월은 뒤늦게 양산종 고수들이 자리를 잡고 앉은 맞은편에 이십여 명의 고수가 미리 자리를 잡고 앉아 있는 것을 발견했다. 그들은 남녀노소 다양한 모습을 하고 있었는데, 한 문파의 인물들은 아닌 듯 보였다.

'아마도 고월산장에서 외부에서 초빙한 강호의 고수들인 모양이군.'

송추월의 짐작은 맞았다. 양산종의 고수들이 자리를 잡고 앉자 고모수가 장내의 중앙으로 걸어나가 사람들을 둘러보며 입을 열었다.

"오늘 본 장에 새로운 분들이 이 불초한 고 모를 돕기 위해 오셨습니다. 그동안 강호의 여러 형제들을 초빙해 놓고도 변변히 대접을 해드리지 못했습니다. 해서 오늘 정성껏 음식을 준비했으니 오늘만큼은 녹산 밖 적들을 잊고 마음껏 드시기 바랍니다."

고모수의 말에 장내의 고수들이 담소를 나누며 식사를 시작했다. 송추월 역시 오랜만에 제대로 된 음식들을 맛보기 시작했다.

"음식은 입에 맞는가?"

한참 정신없이 음식을 입에 넣고 있는데 문득 송추월 앞으로 고무룡이 다가와 말을 걸었다.

"아시지 않습니까? 제가 어떻게 살았는지."

송추월이 씩 웃으며 대꾸했다.

"하긴 산중의 음식보다야 낫겠지."

"후후, 그야말로 진수성찬이지요."

"술 한잔하겠나?"

"술이라……. 제가 술은 못하는데……."

"응? 산적이 술을 못 마셔? 그것참 특이한 일이군."

"산적이라고 모두 술을 마시는 것은 아니지요. 뭐, 한잔 주
시려거든 주십시오."

송추월이 옆에 놓인 잔을 들어 올렸다. 그러자 고무룡이 술
병을 들어 송추월의 잔에 술을 따랐다.

"고월산장에 와준 것 고맙네."

"아시지 않습니까? 저도 혁가장과 풀어야 할 은원이 있다는
걸."

"어쨌든 나로선 고마운 일이지."

"그런데 언제 출행을 하게 됩니까? 녹산의 포위를 풀려면
서두르는 것이 좋지 않을까요?"

"글쎄, 그건 아버님이 결정하시겠지. 아마 오래 걸리지는 않
을 걸세."

"양산종의 사람들이 왔으니 이제 승산은 충분하겠지요?"

"전력으로는 아직 우리가 많이 밀리는 형편이네."

"하지만 이쪽엔 고수가 많지요. 양산종 사람들은 하나같이
절정고수인 듯싶고, 저기 저쪽에 있는 사람들도 대단해 보이
는데요?"

송추월이 턱으로 양산종 고수들 반대편에 앉아 음식을 먹고
있는 사람들을 가리켰다.

"저들은 우리 고월산장이 강호에서 초빙한 고수들일세."

"짐작은 하고 있었습니다."

"하나같이 뛰어난 사람들이지. 그중에서도 저기 가운데 앉아 있는 세 사람은 자네도 알아두면 좋을 걸세."

고무룡이 손으로 이십 명의 고수 중 중앙에 앉아 있는 세 명의 노고수를 가리켰다.

고무룡이 지목한 삼 인 중 두 명은 백발이 성성한 노고수였고, 다른 한 명은 오십대 초반으로 보이는 중년 사내였는데 그 옷차림이나 행동거지가 무인 같아 보이지 않았다.

"왼쪽의 두 사람은 강호에 동해쌍검으로 알려진 분들이네."

산속에서 살아 무림의 사정에 문외한인 송추월이 동해쌍검의 별호를 알 리 없었다. 당연히 송추월의 사정을 아는 고무룡의 설명이 뒤따랐다.

"동해쌍검은 앞서 녹산 입구에서 보았던 막북이흉에 비해 명성이 더 높은 분들일세. 무공이 뛰어날뿐더러 만사에 공평무사해 요동무림에선 무림군자로 불리기도 하는 분들이지. 출신은 동해 바닷가 어디라고 하더군. 하지만 그 진실한 면모는 잘 알려지지 않았네."

송추월은 고무룡의 설명을 들으며 동해쌍검을 눈여겨 살폈다. 고고해 보이는 얼굴과 날카롭게 빛나는 눈빛은 그들의 성정을 잘 드러내고 있었다.

'나완 어울리지 않을 것 같고!'

무림군자라고 불리는 사람들이 산적 출신인 자신과 어울릴 이유는 없었다.

"그 옆에 있는 분은 강호에 학사검이란 별호로 알려진 한기 대협이네. 아마도 강호에서 저분의 학식을 따라갈 사람은 없을 걸세."

"무림엔 도검이 최고지, 학문이 무슨 소용입니까?"

"후후, 그렇지도 않네. 무림이란 곳이 물론 칼 든 자들이 살아가는 곳이기는 하나 사람 사는 곳은 어디나 마찬가지네. 똑똑한 사람 하나가 칼 든 사람 열을 막아내는 법이지. 그런 면에서 요동의 여러 명문대파들의 꾸준한 관심을 받고 있는 분이 바로 저 한기 대협일세."

"그런가요? 음, 그리고 보니 내 친구 놈 하나와 닮았군요."

"그런 친구도 있었나?"

고무룡이 놀란 얼굴로 송추월을 돌아봤다.

"영 산적 같지 않은 놈이 하나 있었지요. 글도 많이 알고. 나와 다른 친구 놈들이 그 녀석에게 글을 배웠으니까요. 하지만 성격이 별로 좋지는 않았지요. 날카롭고 자존심도 강하고… 후후, 녀석, 어디서 뭘 하고 있는지."

"뛰어난 친구인가 보군."

"우리 중 머리는 가장 좋았지요. 야망도 적지 않고… 분명 뭘 해도 똑 부러지게 해낼 녀석이지요."

"그런 친구가 있었군. 언제 한번 자네 친구들에게 대해 듣고 싶군."

"별거없어요. 물론 모두 재밌는 녀석들이긴 한데… 뭐 산적이 다 그렇죠."

"비록 산적들이라고 해도 자네 친구들이라면 보통 사람들은 아니겠지."

"글쎄 그냥 산적들이라니까요."

"하하, 알겠네. 그건 그렇고, 내일 아침에 잠시 보세."

"무슨 일이 있습니까?"

"젊은 사람들을 좀 모아보려고."

"젊은 사람들을요?"

"그렇다네. 사실 나도 양산종의 형제들을 만난 것은 이번이 처음이네. 물론 양산종이 고월산장의 뿌리라는 것은 알고 있었지만 말이야. 아버님이 양산종을 떠나 있는 동안 고월산장의 누구도 양산종에 접촉하지 않았지. 해서 나 또한 양산종의 후기지수들과는 안면이 없다네."

"그렇군요."

"예전에는 비록 양산종의 후예들이 다른 곳에서 서로 다른 형태로 살고 있어도 종종 왕래가 있었다고 하더군. 황 숙부만 해도 가끔 고월산장에 들러 아버님과 비무를 했다네. 같은 문파는 아니더라도 그 인연의 끈을 끈끈하게 이어온 것이지. 아마 지금도 다른 후기지수들은 서로 친밀한 관계를 유지하고 있을 걸세. 이제 우리 고월산장도 다시 양산종과의 관계를 회복하게 되었으니 나 또한 그 후기지수들과의 관계를 잘 맺을 필요가 있지 않겠나?"

"그건 알겠습니다. 그런데 제가 왜 그 자리에……? 전 양산종과는 아무 관련이 없는 사람 아닙니까?"

"후후, 사람을 사귀는 데 어찌 종파가 중요하겠는가? 비록 자네가 양산종의 후예는 아니지만 그래도 얼추 세대가 비슷하니 어울려 보자는 말이지. 양산종 사람들이라고 같은 양산종 후예들과만 친분을 맺는 것은 아니라네."

"그건 그렇지만……."

송추월이 떨떠름한 표정으로 말을 흘렸다.

"왜, 싫은가?"

"좀 불편할 것 같군요."

"물론 낯선 사람들과 자리를 함께하는 것은 불편한 일이지. 하지만 세상을 살아가려면 그 정도 불편은 감수해야 하는 것 아니겠나? 사실 강호에서 살아가는 것도 저자에서 살아가는 것과 다를 바 없네. 서로 사귀어두고 도움을 받고 하면서 사는 거지. 그러니 양산종의 후예들을 사귀는 것이 나쁜 것은 아닐 걸세. 또 양산종의 후예들만 오는 것도 아니고."

"다른 사람들도 옵니까?"

"고월산장을 돕기 위해 모여든 사람 중에는 내 또래의 젊은 고수들도 있네. 그들도 참석할 걸세."

"음… 그렇다면 한번 가볼까요?"

"그렇게 하게. 내일 내가 숙소로 찾아감세."

"그럼 기다리지요."

송추월이 고개를 끄덕이자 고무룡이 미소를 지어 보이고는 자리에서 일어나 다른 곳으로 이동했다.

산장의 식솔에 비해 건물의 수가 많은 고월산장이었으므로 고월산장을 돕기 위해 모여든 고수들의 숙소는 걱정할 필요가 없었다. 송추월은 고월산장의 남쪽에 새로 지어진 건물 대신 예전에 사용하던 건물들이 모여 있는 동쪽 건물 중 한곳에 여장을 풀었다. 그곳에는 이미 고월산장을 돕기 위해 강호에서 모여든 고수들이 머물러 있었다.

고모수가 준비한 연회가 파했을 때는 이미 밤이 깊었으므로 송추월은 같은 숙소에 머무는 사람들과 미처 인사를 나눌 여유 없이 잠자리에 들었다.

오랜 여행 끝에 편안한 잠자리에 든 송추월의 몸은 제법 오랫동안 나른한 꿈속에 빠져 있었다. 그리곤 아침 햇살이 건물의 지붕 위까지 자란 무성한 느티나무의 그늘을 뚫고 창을 통해 송추월의 얼굴에 비쳐 들었을 때 잠에서 깨어났다.

"음……."

송추월이 눈부시게 얼굴에 비쳐 드는 햇살을 손으로 가리며 자리에서 일어났다. 어디선가 투명한 산새 소리가 들려왔다.

"산속에 있는 것 같군."

떠난 지 얼마 안 됐지만 가끔 송추월은 대호채가 그리웠다. 그런데 오늘 아침은 마치 대호채에서 깨어난 듯한 아늑함이 느껴졌다.

송추월이 잠시 아침 햇살이 만들어주는 기묘한 느낌을 즐기다가 이내 침상 위에 가부좌를 틀고 앉았다. 그리곤 순식간에 깊은 침묵 속에 빠져들었다. 아침이면 언제나 빠지지 않고 수

런하는 화수유천의 운기를 시작한 것이다.

본래 화수유천의 운기는 마효가 말했듯이 마공이라 불릴 만큼 거칠고 기혈을 들끓게 만드는 것이었지만 수련 시간이 오래되자 송추월과 그 친구들은 고요한 침묵 속에서 운기를 할 수 있는 경지에 이르렀다. 물론 여전히 단전에선 뜨거운 화기들이 무섭게 일어나고 있었지만 적어도 겉으로는 그 모든 진기의 움직임이 전혀 드러나지 않았다.

송추월이 운기에 든 지 이각, 문득 송추월의 얼굴 앞에 붉은 연무 같은 것이 머물기 시작했다. 연무는 마치 불꽃과 같아서 곧이라도 송추월의 얼굴에 화상을 남길 것 같았지만 송추월의 얼굴은 전혀 타거나 그을리지 않았다. 그리고 잠시 후 그 붉은 연무가 무서운 속도로 송추월의 콧속으로 빨려들어 갔다.

"후욱!"

운기가 끝났다. 송추월이 가볍게 숨을 내쉬었다. 그러자 온몸을 달구었던 뜨거운 열기가 순식간에 차갑게 가라앉았다.

"화정이 아직도 모두 풀리지 않은 모양이야."

송추월이 나직하게 중얼거렸다. 마효에 의해 복용한 화정의 존재는 마치 몸속의 다른 생명체처럼 확연한 느낌으로 송추월에게 자신의 존재를 알리고 있었다. 물론 처음과 달리 이젠 화정의 그 생경함에 익숙해졌지만 여전히 송추월의 몸속에서 강력한 자신만의 존재감을 드러내고 있었다. 아마도 화정의 기운이 모두 풀려 송추월의 진기로 화한다면 송추월은 절대지경을 넘볼 수 있는 공력을 얻게 될 터였다. 물론 괴노 마효의 말처럼 송추월이 그가 심어놓은 저주에서 살아날 수만 있다면.

"나가볼까."

송추월이 훌쩍 자리에서 일어났다. 그의 신형이 마치 허공에 떠오르듯 움직이더니 한순간에 문 앞에 다다랐다.

고월산장은 자신들을 돕기 위해 달려온 고수들에게 그들이 머무는 숙소에서 식사를 해결할 수 있게 모든 준비를 갖춰놓고 있었다. 송추월은 숙소 입구 쪽에 마련된 주방에서 홀로 요기를 해결하고 숙소를 나섰다. 같은 건물에 묵고 있는 사람들의 모습은 보이지 않았다. 아마도 송추월이 늦은 잠을 잤기 때문인 듯싶었다.

녹산은 어제처럼 녹음에 묻혀 있었다. 녹산은 그리 높지 않은 산이지만 기이한 산세와 짙은 녹음으로 누구라도 한 번쯤은 올라보고 싶어할 만한 산이었다.

"좋군."

십 년을 넘게 대호산에서 산 송추월은 산을 보는 눈을 가지고 있었다. 산에서 산 사람만이 느낄 수 있는 산의 진실한 모습들. 송추월은 녹산이 평범한 산이 아님을 이미 눈치채고 있었다.

"고월산장의 시조라는 그 고을루라는 양반이 산을 볼 줄 알았나 보군. 좋은 곳에 자리를 잡았어."

송추월은 건물과 건물 사이로 난 길을 따라 천천히 걷기 시작했다. 고월산장은 사람이 살기 위해 만든 장원이었지만 녹산의 자연을 거의 훼손하지 않고 지어진 장원이었다. 마치 산 속에 최소한의 공간만을 이용해 사람이 살 건물을 세운 것처럼. 그래서 고월산장을 산책하는 것은 숲 속을 산책하는 것이나 마찬가지였다.

차차창!

한동안 산장을 둘러보던 송추월의 귀에 문득 날카로운 도검의 충돌음이 들렸다.

"뭐지? 설마 혁가장 놈들이 아침부터 쳐들어온 건가?"

송추월이 고개를 갸웃하고는 재빨리 신형을 날렸다.

차창!

두 개의 검이 허공에서 아침 햇살을 받아 눈부시게 번쩍였다. 그 빛에 더해 검과 검이 충돌하면서 폭죽 같은 섬광이 터져 나왔다.

"누구지?"

처음 보는 얼굴들이었다. 지난밤 연회에서 보지 못한 젊은 이 둘이 산장 동편 아름드리나무로 둘러싸인 공터에서 비무를 펼치고 있었다. 두 사람의 무공은 한눈에 보아도 범상치 않아서 나이를 뛰어넘는 재능을 지니고 있음이 분명했다. 그리고 둘 중 한 명은 여인이었다.

"무서운 여자군."

송추월이 잠시 비무를 지켜보다 혀를 내둘렀다. 여인은 남장에 가까운 옷차림을 하고 있었다. 머리는 질끈 뒤로 동여맸

고, 옷은 남자들이 입는 무복에 가까웠다. 그녀의 눈초리는 사냥을 나선 매처럼 날카로워 그리 빠지지 않은 미모에도 불구하고 차가운 기세가 그 미모를 감추고 있었다.

검은 더 날카로웠다. 상대의 빈틈을 노리고 꽂혀드는 그녀의 검에는 인정이 없어서 비록 비무라지만 자칫하면 상대가 상할 수도 있을 만큼 치열했다.

"무슨 비무를 저렇게 살벌하게 할까?"

송추월이 허를 찼다. 그런데 그때 송추월의 등 뒤에서 문득 익숙한 목소리가 들려왔다.

"그래서 평소 나도 조마조마하다네."

송추월이 고개를 돌려보니 고무룡이 미소를 지으며 송추월을 바라보고 있었다.

"아는 사람들입니까?"

"당연히 알지. 난 고월산장의 소장주 아닌가? 그러니 고월산장에 있는 모든 사람들을 알고 있지."

"흐흐, 그렇군요. 멍청한 질문이었네요. 누굽니까?"

송추월이 호기심 어린 표정으로 물었다.

"내 동생들이네."

"네?"

송추월이 되물었다.

"내가 말하지 않았던가? 내겐 두 명의 동생이 있네. 저 둘이 바로 내 동생들이야."

"엇, 그런가요?"

송추월이 놀란 눈으로 다시금 비무를 펼치는 두 사람에게 시선을 돌렸다. 두 사람은 고무룡이 등장했음에도 눈길 한 번 돌리지 않고 여전히 비무에 열중하고 있다.

"어떤가?"

"뭐가 말입니까?"

"두 사람의 무공 말일세."

"좋군요."

"좋다……. 모호하군."

"그럼 대단하다고 하죠. 대단합니다. 그런데 고 대협의 무공과는 조금 다르군요."

"그렇게 보았나?"

"그렇습니다. 고 대협의 무공은 뭐랄까, 시원한 바람 같다면 두 사람의 무공은 살을 에는 한풍 같군요. 비슷하면서도 뭔가 다릅니다."

"역시 눈이 좋군, 그런 차이를 발견하다니."

"누구라도 알 수 있을 걸요?"

송추월의 말에 고무룡이 고개를 저었다.

"아니. 우리 형제는 같은 무공을 수련했으니 그중에서 차이를 발견하는 것은 그리 쉬운 일이 아니지. 자네의 눈이 그만큼 밝다는 이야기야."

"그런 말은 처음 들어보는군요."

"어쨌든 자네 말대로 우린 조금 다른 기풍을 가지고 있네. 성격도 성격이지만 무공만으로 보자면 비록 아버지로부터 같은 무공을 전수받기는 했으나 난 해동의 구산선문 중 일문인 수미산문에서 수련을 했네."

"알고 있습니다."

"선문의 영향을 받은 내 검과 산장에서 혁가장과의 분란 속에서 검을 익힌 동생들의 검이 같을 수는 없지 않겠는가?"

고무룡의 말에 송추월이 고개를 끄덕였다.

"그렇군요. 그런 차이가 있었군요."

"조금 걱정이 되는 것도 있네. 저 아이들의 검이 너무 날카로워서 말이야. 강호는 저렇게 날카롭기만 해서는 살아갈 수 없는 곳인데……."

"제가 보기엔 오히려 그 점이 두 사람을 더욱 강하게 만들 것 같은데요?"

"당장은 그렇겠지. 하지만 강호는 강한 것만으로는 살 수 없는 곳 아니던가."

"후후, 그런 이치야 제 나이에 알 수 없는 것이죠."

"그런가? 난 자네가 나이에 비해 무척 노련한 사람이라고 생각하고 있었는데……."

"산적질을 하다 보니 좀 철이 일찍 들기는 했지만 그래도 애죠."

"하하, 누구도 자넬 보고 어리다고 무시하지 않을 걸세."

"물론 저도 무시당하고 살고 싶은 생각은 없습니다."

송추월의 대꾸에 고무룡이 다시 기분 좋은 웃음을 흘렸다. 그리고는 정색을 한 표정으로 말했다.

"자넬 보면 난 기분이 무척 좋네."

"그렇습니까? 이상한 일이네요. 저야 그냥 산적질을 하던 사람일 뿐인데……."

"음, 자네에게선 말이야, 거칠 것 없는 분방함이 느껴져. 난 태어나면서부터 고월산장의 소장주라는 굴레를 쓰고 태어났지. 물론 그게 나쁘다는 것은 아닐세. 자네가 겪었을 어린 시절의 고난함에 비하면 난 행운아라고 할 수 있지. 하지만 고월산장의 소장주로 살아야 하는 것 또한 모두 좋은 것만은 아닐세. 생각, 행동, 말… 이 모든 것을 절제해야 하지. 조심해야 하고."

"재미있는 생활은 아니었겠네요."

"그렇지. 전혀 재미있는 삶이 아니었네. 가끔은 모든 것을 떨치고 강호로 나가 천하를 유랑하는 꿈을 꾸기도 했지. 그러나 그럴 수 없었네. 사람은 타고 태어난 업으로부터 한 걸음 비껴가기도 어려운 존재거든. 그런데 자네에게선 내가 갖지 못한 그 자유스러움, 분방함이 느껴져. 그게 좋네. 일종의 대리만족이랄까? 그래서 자네가 고월산장에 오겠다고 했을 때 무척 반가웠다네."

"고마운 일이군요. 누군가 절 보고 기분이 좋아진다니… 전 그렇게 기분 좋을 놈은 아닌데. 말 그대로 산적 아닙니까?"

"하하하, 맞아. 자넨 산적이지. 아마 나도 산적이 되고 싶었나 보네."

고무룡이 호탕한 웃음을 터뜨렸다. 그사이 두 젊은이의 비무가 끝나가고 있었다.

차차창!

맑은 검음이 연속해서 터져 나왔다. 여인의 검이 날카롭게 젊은 남자의 왼쪽 어깨를 찔렀다. 순간 젊은 남자가 재빨리 신형을 틀어 여인의 검을 피해내더니 교묘한 각도로 검을 아래서 위로 찔러 올렸다. 순간 여인의 턱이 남자의 검끝에 노출됐다. 그러나 여인의 반응 역시 빨랐다. 여인은 고개를 까딱이는 것만으로 남자의 검을 피해냈다. 여인의 귀밑으로 흘러내려왔던 머리칼 몇 올이 남자의 검에 잘려 아침 바람을 타고 흩어졌다. 그사이 여인의 검은 어느새 남자의 옆구리에 가 닿아 있었다.

"그만!"

고무룡의 입에서 낭랑한 목소리가 흘러나왔다. 그러자 비무에 열중해 있던 두 남녀가 고개를 돌렸다.

"형님!"

"오라버니!"

비무를 펼치던 두 남녀가 서둘러 검을 거두고는 고무룡을 향해 다가왔다.

"두 사람, 모두 좋더구나. 막상막하였다."

"아니죠. 제가 소요에게 진 것이지요."

젊은 남자가 고개를 저었다.

"아니에요. 작은 오라버니가 사정을 보아주었다는 걸 알아요. 만약 작은 오라버니가 공력을 모두 끌어올렸다면 훨씬 일찍 이 비무는 끝났을 거예요?"

여인이 당돌한 표정으로 말했다.

"모두 좋다. 무승은 공력의 출중함이 돋보이고 소요는 검법의 날카로움이 뛰어나다. 하지만 둘 모두 부드러움이 부족하다. 강한 것은 언제나 빈틈을 만드는 것이니 이를 명심해라."

고무룡의 지적에 두 남녀가 공손하게 고개를 숙여 보였다.

"형님의 말씀, 명심하겠습니다."

"잘 알겠어요, 오라버니."

두 사람이 고무룡을 대하는 태도는 형제를 대하는 것이 아니라 스승을 대하는 것 같았다. 그도 그럴 것이, 비록 한 형제라고는 하나 고무룡과 두 동생의 나이 차이는 제법 나 보였다.

"그런데 저희를 보러 오신 건가요?"

문득 여인이 입을 열었다. 그러자 고무룡이 미소를 지으며 대답했다.

"경사경사!"

"다른 일이 있으세요?"

"응, 이리 오너라. 소개시켜 줄 사람이 있다."

고무룡이 두 동생을 이끌고 송추월 앞으로 다가왔다. 그리고는 송추월을 가리키며 말했다.

"인사하거라. 송 소협은 이번에 우리 고월산장을 돕기 위해 온 분이란다."

고무룡의 말에 그의 두 동생이 재빨리 송추월을 살펴보더니 거의 동시에 포권을 해 보였다.

"반갑습니다. 고무숭이라고 합니다. 본 장을 도와주시러 오셨다니 감사드립니다."

"고소요라고 합니다. 감사합니다."

"폐나 끼치지 않으면 다행이지요. 송추월이라고 합니다."

송추월도 두 사람을 향해 마주 포권을 해 보였다. 그렇게 세 사람의 인사가 끝나자 고무숭이 조심스런 목소리로 고무룡에게 물었다.

"하면 송 소협께서도 양산종의……?"

"아니다. 송 소협은 양산종의 사람이 아니시다. 나와 예전에 잠시 인연이 있었는데 이번에 양산으로 가던 중 우연히 만나 내가 큰 도움을 받았단다."

"하면 어느 문파의……?"

고무숭이 재차 물었다.

"송 소협은 홀로 무공을 익힌 분이시다."

"아, 그렇군요."

고무숭의 얼굴에 얼핏 실망감이 스치고 지나갔다. 현재 고월산장에 와 있는 고수들은 저마다 깊은 내력을 지닌 고수들이었다. 특히나 젊은 축에 속하는 사람들은 더더욱 그 배경이 대단했다. 그런데 송추월이 홀로 무공을 익힌 사람이라고 하자 적지 않게 실망한 듯한 고무숭이었다.

송추월은 그런 고무숭의 내심을 눈치챘으나 아무런 내색도 하지 않았다. 그러자 고무룡이 얼른 입을 열었다.

"자, 그만 가자. 주인이 먼저 가 있어야지 않겠느냐?"

"후기지수들을 초청한 일 말입니까?"

고무승의 물음에 고무룡이 고개를 끄덕였다.

"전 가지 않겠어요."

문득 고소요가 입을 열었다.

"가지 않겠다니, 그게 무슨 말이냐?"

"그런 번거로운 일은 싫어요."

고소요가 단호하게 말했다. 그러자 고무룡이 엄한 표정으로 고소요를 꾸짖었다.

"지금이 어디 네 기분에 따라 행동할 때이더냐? 오늘 모임에 참석하는 사람들은 양산종의 후예들과 우리 고월산장의 어려움을 돕고자 강호에서 모여든 사람들이다. 그런 사람들을 접대하는 것은 주인으로서 당연한 일이다. 귀찮다고 물러나 있을 일이 아니란 말이다. 더군다나 양산종의 후예들은 우리 가문과 같은 뿌리를 둔 사람들이다. 함께 가야 한다."

고무룡이 엄한 표정으로 말하자 고소요가 샐쭉한 표정을 짓더니 이내 고개를 끄덕였다.

"알았어요. 큰 오라버니께서 그렇게 말씀하시니 빠질 수 없겠네요. 가죠."

"가서도 행동을 조심하도록 하거라. 누가 뭐래도 우린 도움을 받는 사람들이니."

"알겠어요. 조심하죠."

고소요가 건성으로 대답했다. 그런 고소요를 보며 혀를 찬 고무룡이 송추월을 돌아보며 말했다.

"송 소협, 가세. 사실은 이 두 동생의 비무를 보기 위해 온 것이 아니라 송 소협을 찾아온 길이었다네."

"그랬습니까?"

"숙소로 갔더니 없어서 이리로 온 것이네. 가세."

말을 마친 고무룡이 앞으로 나서 걸음을 옮기기 시작했다.

第八章

잠룡들

화마경

○

　허리 굵은 나무들이 원형을 이루며 서 있었다. 그 가운데 십여 장 넓이의 공간에 태양이 투명한 빛을 뿌리고 있었다. 나무들 아래에는 괴석들이 놓여 있었는데, 그것이 사람이 가져다 놓은 것인지 아니면 애초부터 그 자리의 주인이었는지 짐작하기 어려울 정도로 주변 경치와 잘 어울렸다.

　그 바위들 위에 삼삼오오 젊은이들이 앉아 있었다. 대략 십여 명쯤 되어 보이는 젊은이들은 서로들 두런두런 이야기를 나누며 누군가를 기다리고 있었다.

　그때 숲의 저쪽으로 이어진 길에서 네 사람이 나타났다. 송추월과 고무룡의 남매들이었다.

　고무룡이 나타나자 바위 위에 올라앉아 있던 젊은이들이 하나둘 자리에서 일어났다. 고무룡은 송추월 등을 데리고 장내에 도착하자 햇살 눈부신 공터 중앙으로 걸어나가 자신을 기다리고 있던 사람들을 돌아보며 입을 열었다.

"늦었습니다. 제 부족한 동생들이 아침부터 비무를 하는 바람에 그들을 데려오느라 시간을 지체했습니다. 기다리게 해서 죄송합니다."

고무룡이 손을 모아 좌중의 젊은이들에게 가볍게 포권을 해 보였다. 그러자 젊은이들 중 건장한 체구에 호방한 얼굴을 한 사내가 큰 목소리로 대답했다.

"고 대협께서 잘못한 것은 늦게 오신 것이 아니외다."

"그럼 제가 무엇을 잘못했소이까, 악 대협?"

고무룡이 빙그레 미소를 지으며 물었다.

"고 대협께서 잘못하신 것은 우릴 기다리게 한 것이 아니라 기다리는 동안 술 한 잔 내어놓지 않았다는 것이오. 본래 세상사는 기다림의 연속이니 기다리는 것 자체는 그리 큰 문제가 아니오. 문제는 어떻게 기다리느냐는 건데, 그중 가장 좋은 방법이 술 한잔 걸치며 친우들과 세상을 논하는 것 아니겠소이까?"

"하하하, 듣고 보니 이 고무룡이 실수를 했소이다. 그러나 나로선 설마 아침부터 술을 찾는 분이 계실 거란 생각은 미처 못한 것이지요."

"흐흐흐, 술 좋아하는 사람이 어찌 때와 장소를 가리겠소이까?"

"알겠습니다. 늦게나마 준비를 시키지요."

고무룡이 대답을 하고는 시선을 돌려 공터 입구 쪽을 바라 봤다. 그러자 언제나 고무룡을 따라다니는 이각과 우태 두 사람 중 이각이 얼른 일어나 자리를 벗어났다. 이각이 자리를 벗어나자 고무룡이 다시 입을 열었다.

"오늘 여러분을 이곳으로 초대한 이유 중 첫째는 우리 고월 산장을 위해 의협심을 발휘하신 여러분께 감사를 드리기 위해 서고, 둘째는 젊은 사람들끼리 안면을 트고 서로 사귀어 좋은 인연을 맺어보자는 목적에서입니다. 혁가장의 문제도 있지만 최근 들어 요동무림의 상황이 심상치 않으니 서로 인연을 맺어두는 것이 후일을 위해서도 좋을 것입니다."

"당연한 말이외다. 사내가 무공을 익혀 강호에 나서는 것은 협을 행하고 좋은 친구를 사귀는 것이 목적일 것이오. 그러니 어찌 이 기회에 친구를 아니 사귈 수 있겠소!"

술을 찾았던 사내가 호탕한 목소리로 말했다. 그러자 그 옆에 있던 여인 중 한 명이 사내를 보며 톡 쏘아붙였다.

"협을 행하고 친구 사귀는 것을 좋아하는 것이 꼭 사내들만의 일은 아니에요."

"아, 사 소저, 제가 실언을 했습니다. 사 소저와 같은 여장부를 만나는 일 또한 이 악 모는 즐겁소이다. 하하하!"

"자, 이 자리에 계신 분들은 서로 알고 계시는 분도 계시고 또 오늘이 초면인 분도 계실 겁니다. 그러니 일단 통성명부터 하는 것이 좋을 듯합니다."

고무룡의 말에 역시나 술을 찾았던 사내가 먼저 입을 열었
다.

"옳은 말이오. 서로 이름도 모른 채 술을 마실 수는 없는 일
이지요. 그럼 먼저 내 소개를 올리다. 난 악전이라고 하오.
산동악가 출신이고 창을 쓰오. 만나서 반갑소이다."

순간 그를 처음 보는 양산종 후기지수들의 눈빛이 변했다.
산동악가라면 장성 너머 중원무림을 장악하고 있다는 강호사
패 중 천추성의 스물세 문파 중 하나일뿐더러 강호에선 전통
의 명문으로 유명한 곳이었다.

"저도 제 소개를 하지요. 전 사관혜라 해요."

방금 전 악전을 향해 차가운 말을 쏘아붙였던 여인이 자신
을 소개했다. 여인은 미인이라고는 할 수 없으나 시원시원한
이목구비를 가지고 있어 호방한 성격임을 알 수 있었다.

"사 소저의 사부께서는 바로 장백옥검이십니다."

고무룡이 사관혜의 소개에 덧붙였다. 그러자 양산종의 젊은
후예들 얼굴에 다시금 놀라운 기색이 떠올랐다. 장백옥검은
요동무림의 여중제일인으로 알려진 인물이었다. 홀로 강호를
떠도는 장백옥검이 제자를 두었다는 것도 알려지지 않은 사실
인데 그 제자가 고월산장에 와 있으니 더욱 놀라운 일이 아닐
수 없었다.

"전 전욱이라 합니다. 운산문에 적을 두고 있습니다."

또 다른 사내가 자신을 소개했다. 그러자 장내의 사람들이
모두 고개를 끄덕였다. 운산문은 백두 북쪽에 있는 문파였는

데 작지만 고수들을 여럿 배출한 명문이다. 예전부터 고월산장과는 막역한 관계를 유지하고 있던 터라 운산문의 사람이 고월산장에 와 있는 것은 이상할 것이 없었다.

운산문 전욱의 소개가 끝나자 그 옆에 있던 아리따운 여인이 자리에서 일어났다.

"하백문의 유화라고 해요. 강호의 젊은 영웅들을 만나뵙게 되어 영광이에요."

여인은 한 포기 수초 같은 청초함을 지니고 있었다. 하백문은 압록 중류에 있는 문파로 예로부터 검에 출중한 고수들이 많았고, 특히 압록을 오르내리며 행하는 상행으로 재력이 풍족한 문파로 알려져 있었다.

그렇게 네 사람의 소개가 끝나자 이제 양산종의 후예들 말고 스스로를 소개하지 않은 사람은 오직 한 사람이 남았다. 그는 얼굴에 긴 자상을 지니고 있었는데, 그럼에도 불구하고 그 인상이 결코 흉하지 않았다. 만약 자상만 아니었다면 그는 강호에서 손꼽히는 미남자가 되었을지도 몰랐다. 하지만 그 눈빛은 무척 거칠어서 전체적인 분위기가 성난 늑대와 같았다.

"청 대협!"

고무룡이 입을 닫고 있는 사내를 부르며 미소를 지었다. 그러자 사내가 귀찮다는 듯 자리에서 일어나 내뱉듯이 자신을 소개했다.

"반갑소이다. 난 청송산이라 하오."

그 말을 끝으로 사내가 자리에 앉았다. 그러나 사람들은 그

짧은 사내의 소개에 모두 화들짝 놀랐다. 사내에 앞서 자신을 소개했던 사람들도 기실 사내의 진실한 면모를 모르고 있었던 듯 양산종의 후예들과 마찬가지로 놀란 표정을 지었다.

"누군데 저럽니까?"

오늘 안면을 튼 사이지만 호기심이 동한 송추월이 고무승에게 물었다. 그러자 고무승이 진지한 어투로 말했다.

"청 대협은 장백파 사람입니다."

"장백파……."

송추월이 나직하게 중얼거렸다. 장백파란 이름은 결코 가볍지 않았다.

요동에 세 개의 문파가 있다. 모용세가, 장백파, 그리고 금문. 이 세 개의 문파는 요동삼문으로 불리며 요동을 넘어 강호천하에서도 손에 꼽히는 명문이었다. 기실 서압록의 패권을 놓고 고월산장과 혁가장이 치열한 싸움을 하고 있지만 그들중 누가 서압록의 패권을 잡는다 해도 요동무림에서 요동삼문의 권위를 넘어설 수는 없었다.

근자에 들어 논의되고 있는 요동무림의 단합도 기실 이 세 문파의 심중에 그 성패가 달려 있다고 해도 과언이 아니었다. 그런데 그중 한 문파인 장백파의 고수가 고월산장에 와 있으니 이는 생각하기에 따라서는 특별한 의미를 지닐 수도 있었다.

그러나 송추월이 나중에 알게 된 사실이지만 청송산이라는 장백파의 젊은 고수가 고월산장에 와 있는 것은 장백파와는 전혀 관련이 없는 일이었다. 왜냐하면 청송산은 장백파 출신이기는 하나 장백파를 떠난 지 오래된 인물이었기 때문이다. 다시 말해 고월산장에 청송산이 있다고 해서 고월산장과 혁가장의 싸움에 장백파가 관여하고 있다는 의미는 아니었던 것이다.

"장백파가 고월산장을 돕고 있습니까?"

"그러면 얼마나 좋겠습니까?"

송추월이 나직한 목소리로 묻자 고무승이 짧게 대답하고는 입을 닫았다.

'흠, 장백파의 의중과 상관없는 행동이란 말이군. 어쨌든 모두 대단한 배경을 지닌 자들이 틀림없군. 이거 원 산적 출신이라고 말하기도 뭣하고……'

송추월이 씁쓸한 표정을 지었다. 그러는 사이 이제 양산종 후예들이 자신들의 이름을 밝히기 시작했다. 양산에서 녹산으로 오면서 양산종 후기지수들의 이름은 알고 있었지만 그들의 내력에 대해서는 자세히 알지 못하는 송추월도 그들의 말에 관심을 기울이기 시작했다.

"석정이라 합니다. 천부옹 어른께 가르침을 받았습니다."

양산종 후예 중 석정이 먼저 자신의 신분을 밝혔다. 그러자 앞서 자신들을 소개했던 사람들 사이에서 웅성거림이 일어났다. 그리고 그중 운산문의 전욱이 입을 열었다.

"천부옹이시라면 과거 북쪽 흑수에서 활동하던 마적단 흑월단을 홀로 제압하신 덕황 노사를 말씀하시는 겁니까?"

"그렇습니다."

석정이 고개를 끄덕였다.

"아, 그분의 제자가 계셨군요. 강호에선 천부옹 덕황 노사께서 모습을 보이시지 않은 이후로 그분의 무공이 절전된 것이 아닌가 하는 아쉬움들이 있었지요. 그런데 그 후인을 이렇게 만나뵙게 되니 큰 영광입니다. 그런데 천부옹께선……?"

"스승께서는 삼 년 전 유명을 달리하셨습니다."

"아! 그런 일이 있었군요. 강호의 큰 어른이 돌아가셨다니 아쉬운 일입니다."

전욱이 탄식을 흘리며 말했다.

"스승님을 기억해 주는 분이 계시니 고마운 일입니다."

"요동무림에서 어찌 천부옹 어른을 모르는 사람이 있겠습니까? 그런 사람이 있다면 그야말로 삼류무사겠지요."

'훗, 난 삼류무산가 보군.'

송추월이 전욱의 말에 내심 실소를 흘렸다. 줄곧 산에서 살아 강호의 사정에 어두운 송추월이 천부옹 덕황을 알 리 없었다.

그렇게 석정의 소개가 끝나자 이번엔 또 다른 양산종의 후예 공공이 자리에서 일어났다.

"제 이름은 공공이라고 합니다. 묘산 종유절 어른의 가르침을 받았습니다."

순간 다시금 사람들 사이에 탄성이 흘러나왔다.

"묘산 종유걸 어른이 지금 요동에 계십니까?"

산동악가 출신의 악전이 공공에게 물었다.

"스승께서는 요동을 떠나신 지 오래되셨습니다."

"아, 아쉬운 일이군요. 묘산 종유걸 어른은 강호 무림의 현자로 알려진 분이시라 꼭 한번 뵙고 싶었는데… 그럼 언제 요동으로 돌아오십니까?"

"그건 저도 알 수가 없군요. 워낙 뜬구름처럼 강호를 주유하시는 분이라."

"그렇군요. 하지만 오늘 공 대협과 친분을 갖게 되었으니 언젠가는 묘산 어른을 뵈올 날이 있겠지요?"

"기회가 되면 자리를 한번 마련해 보지요."

공공이 잔잔한 미소를 지으며 대답했다.

"그래 주신다면야 저야 영광이지요."

악전이 흡족한 표정을 지으며 고개를 끄덕였다.

석정과 공공의 스승들이 범상치 않은 인물들임이 드러나자 이제 사람들의 관심은 그들과 함께 있는 두 명의 여고수, 묘아란과 서연에게로 향했다. 사람들의 시선을 받자 둘 중 묘아란이 먼저 자리에서 일어났다.

"묘아란이라고 해요. 청불 어른의 가르침을 받았습니다."

순간 다시 장내에 작은 술렁임이 일었다.

"청불 어른이라시면… 강호의 일대 의인으로 알려지신 분인데… 아, 오늘 이곳에 오신 분들은 하나같이 대단한 분들의 후예들이시군요."

운산문의 전욱이 탄성을 흘렸다. 청불 서옥은 강호에 인자로 알려진 일대 여협이었다. 강호는 도검이 난무하고 살생이 끊이지 않는 곳이다. 그런 곳에서 청불 서옥은 힘없는 자와 부모를 잃은 고아들을 돌보는 것으로 그 의명을 얻은 인물이었다.

"청불 어른께선 지금 어디 계신지요?"

전욱이 물었다.

"사부님께선 삼 년 전 작고하셨습니다."

"아아, 그게 정말입니까? 청불 어른의 선행은 모든 강호인들의 귀감이 되는 것이었는데… 강호의 큰 별이 떨어졌음에도 그것을 모르고 있었다니. 후배로서 자기 앞가림하기 급급한 저로서는 부끄러울 따름입니다."

전욱이 탄식을 자아내자 묘아란이 가벼운 미소로 응대했다. 묘아란까지 자신의 소개를 마치자 이제 장내의 눈길은 양산종의 후기지수 중 마지막으로 남아 있는 서연에게로 향했다.

'기이한 여자야.'

송추월에게 서연은 종잡을 수 없는 여인이었다. 서연의 미모는 뛰어났다. 아마도 장내에 있는 여인 중 가장 뛰어난 미모를 지녔을 터다. 그럼에도 불구하고 사람들은 그녀가 미녀라는 사실을 잊고 있었는데 그건 그녀의 행동이 너무 엉뚱하기 때문이었다.

양산에서 녹산으로 오는 와중에도 그녀는 양산종의 후예들과 일정한 거리를 두고 생활했다. 특이하게도 그녀의 관심은 온통 그녀가 지나치는 산과 들에서 자라고 있는 약초와 독충,

그리고 머무는 곳의 물맛 같은 데 닿아 있었다. 더군다나 그녀는 그 아름다운 손으로 독충들을 만지는 것을 꺼리지 않았다. 가끔은 그것들 중 일부를 입에 넣고 씹기까지 했으니 그녀의 미모가 아무리 출중하다 하더라도 아름다움을 느끼는 것은 결코 쉬운 일이 아니었다.

"서연이라고 해요."

그녀의 말은 짧았다. 그녀는 양산종의 후기지수 중에서도 가장 나이가 어려 얼추 송추월과 비슷한 또래로 보였다. 그런 그녀가 자신의 이름만 짧게 말하자 그녀를 지켜보고 있던 강호 후기지수들의 표정이 살짝 변했다. 아마도 그녀의 태도가 너무 도도하다고 생각하는 모양이었다.

"서 소저는 어느 분의 진전을 이으셨나요?"

사관혜가 서연에게 질문을 던졌다. 그러자 서연이 조금 차가운 목소리로 대답했다.

"그런 게 중요한가요?"

서연의 차가운 응대에 사관혜의 표정도 딱딱하게 굳어졌다.

"물론 누구에게 가르침을 받았는지가 한 사람을 평가하는 모든 것은 아니지요. 하지만 그 스승을 보면 제자의 사람됨을 짐작할 수 있으니 모든 사람들이 사승의 중요함을 말하는 것 아닐까요?"

"글쎄요. 전 생각이 조금 다르군요. 아무리 좋은 스승을 만나도 결국 스스로가 노력하지 않으면 뛰어난 사람이 될 수 없지요. 오히려 자칫 좋은 스승을 얻었다고 자만에 빠지면 실력은 없으면서 스승의 이름을 등에 업고 허영을 떠는 사람이 되지 않을까요? 그래서 전 제 스승님의 이름을 함부로 말하지 않아요. 제 부족함이 스승님께 허물이 되지 않을까 해서죠."

"정말 대단한 스승을 모셨나 보군요."

사관혜가 비웃듯 말했다. 적어도 그녀의 사부 장백옥검 아화 이상 가는 인물이겠느냐 하는 비웃음이었다. 그러나 서연은 그런 사관혜의 비웃음을 아는지 모르는지 더 이상 입을 열지 않았다. 그러자 서연이 자신을 무시한다고 생각한 사관혜가 재차 입을 열려는 순간 양산종의 후예 중 가장 나이가 많은 석정이 서연 대신 재빨리 입을 열었다.

"서 소저의 사부님은 여러분께서도 모두 알고 계시는 분이지요. 혹 여러분은 원계행이란 분을 아십니까?"

석정의 말에 장내의 젊은이들이 잠시 생각에 잠겼다가 거의 동시에 탄성을 흘려내며 입을 열었다.

"아!"

"설마… 괴의(怪醫)?"

사람들의 시선이 동시에 서연에게로 향했다. 그러자 서연이 퉁명스런 말투로 석정을 타박했다.

"석 사형은 쓸데없는 말을 하시는군요."

"사매, 사람들을 사귀려면 자신의 출신에 대해 정확히 밝히는 것이 좋아."

석정의 말이 끝나기가 무섭게 악전의 질문이 이어졌다.

"정말 서 소저의 스승께서 괴의 원계행 노사가 맞습니까?"

"그런 것을 속이지는 않아요. 말을 하지 않는다면 모를까."

서연이 냉담하게 대답했다. 그러나 악전은 그런 서연의 냉담함에도 아랑곳 않고 오히려 감탄사를 흘려냈다.

"아, 정말 괴의 어른의 제자셨군요. 강호에서 괴의 어른을 뵙는 것은 하늘의 별을 따는 것만큼 어려운 일인데 그 제자 분을 뵙게 될 줄은 몰랐군요. 괴의 어른은 강녕하신지요?"

"당연히 건강하시죠. 죽은 사람도 살려내는 사람이 자기 몸 하나 살피지 않겠어요?"

서연의 대답이 여전히 퉁명하다. 그러자 악전도 더 이상 말을 꺼내기 어려운지 입을 닫았다. 그때 하백문 출신의 여검사 유화가 고개를 갸웃하며 입을 열었다.

"오늘 고 대협께서 소개해 주신 네 분은 모두가 하나같이 대단한 분들의 후예시군요. 그런데 어떻게 이렇게 일시에 고월산장을 방문하셨는지 모르겠군요."

유화의 말에 다른 사람들도 고개를 끄덕이며 고무룡을 바라봤다. 그러자 고무룡이 담담한 어조로 입을 열었다.

"본래 이번에 우리 고월산장을 돕기 위해 오신 분들은 고월산장과 오래전부터 인연이 있던 분들입니다. 마침 이번에 한곳에 모일 일이 있어 제가 가서 모시고 온 것입니다."

"그러셨군요. 아무튼 이렇게 대단한 분들이 오셨으니 혁가장과의 싸움에서 겪는 어려움은 곧 해소할 수 있겠군요."

"저도 기대가 큽니다."

고무룡이 미소를 지으며 말했다. 그런데 그때 문득 운산문

출신의 전욱이 고무승 곁에 서 있는 송추월에게 눈길을 주며
말했다.

"아직 소개를 받지 못한 사람이 있는 것 같은데……."

전욱의 말에 사람들의 시선이 송추월에게로 향했다. 갑작스
레 사람들의 관심을 받게 된 송추월이 잠시 난감한 표정을 짓
다가 어쩔 수 없다는 듯 입을 열었다.

"송추월이라고 합니다."

송추월의 말은 짧았다. 솔직히 말해 더 이상 할 말도 없었
다. 산적질하던 과거를 떠벌릴 자리도 아니었다.

"송 소협이셨구려. 그런데 송 소협의 사문은 어찌 되시오?"

장내의 인물 중 송추월의 나이가 가장 어렸으므로 전욱이
자연스레 말을 낮췄다.

"흠… 뭐, 사문이랄 것까지는 없고, 무공은 마효라는 분에게
배웠습니다."

송추월의 말에 사람들이 제각기 생각에 잠겼다. 그러나 그
들 중 누구도 괴노 마효의 이름을 아는 사람이 없었다.

'역시 별로 유명하지 않은 늙은이였어.'

내심 마효의 이름을 알고 있는 사람이 있을까 기대를 했던
송추월이 속으로 실망하고 있을 때 다시 전욱이 입을 열었다.

"마효라는 분의 이름은 들어보지 못했구려. 혹 달리 별호가
있는 분이시오?"

"글쎄요. 제가 알기로는 그런 것은 없는 것 같습니다
만……."

"본인의 스승에 대해 잘 모르시는 모양이구려?"

"워낙 말을 잘 안 하는 분이라서……."

"그렇구려. 가끔 강호에는 그런 고수 분들이 있긴 하지요."

말은 그렇게 했지만 전욱의 표정에선 송추월을 무시하고 있음이 가감없이 드러났다.

'흥, 운산문이라는 이름은 나도 오늘 처음 듣는다. 대단치도 않은 놈이.'

전욱의 표정을 읽은 송추월이 내심 전욱에게 욕지거리를 퍼부으면서 아예 전욱으로부터 시선을 돌렸다. 전욱 역시 더 이상 송추월에게 관심을 보이지 않았다.

그때 술을 가지러 사라졌던 이각이 다시 장내에 모습을 드러냈다. 떠날 때 혼자였던 그는 세 사람을 데리고 다시 나타났는데, 그를 따라온 사람들은 저마다 작은 나무 상을 들고 있었다.

"술을 드실 분이 많지 않은 것 같아 차도 함께 준비해 왔습니다."

이각이 고무룡을 보며 말했다.

"잘했네. 술상은 악 대협 앞으로 가져가고 다른 분들께는 차를 드리도록 하게."

고무룡의 말에 술상과 다과상을 들고 온 사람들이 장내의 고수들 앞에 상을 내려놓았다.

"어디 보자. 음, 향이 좋군. 혹 인삼주요?"

악전이 이각을 보며 물었다. 그러자 이각이 미소를 지으며 고개를 끄덕였다.

"그렇습니다. 해동에서 건너온 삼이지요."

"음, 해동 삼은 보약 중 보약인데… <u>흐흐흐</u>, 아침부터 보신하게 생겼네."

"흥, 술로 보신한다는 사람은 처음 보네요."

사관혜가 쌀쌀한 말투로 쏘아붙였다.

"하하, 사람마다 보신의 방법은 모두 다른 법 아니겠소, 사여협? 자, 어디 한번……."

악전이 잔을 들어 한 모금 술을 들이켰다.

"아, 좋구나, 좋아!"

악전이 눈을 지그시 감고 인삼주의 맛을 음미하며 연신 미소를 머금었다. 그 모습을 보고 있던 사람들이 낮게 웃음을 흘리며 자신들 앞에 있는 찻잔을 들어 차를 마시기 시작했다.

고월산장은 무가다. 또한 오늘 이 숲 속 공터에 모인 젊은이들도 하나같이 뛰어난 무인들이었지만 한 사람을 제외하고 모두 그윽한 차향에 빠져 있는 모습은 이곳이 혁가장과 치열한 싸움을 벌이고 있는 무가라는 사실을 잊게 만들었다.

침묵 속에 차향을 즐기는 시간이 계속되던 어느 순간 문득 전욱이 입을 열었다.

"현재 요동무림의 정세가 한 치 앞을 내다볼 수 없을 정도로 급박하다고 하더군요. 얼른 혁가장과의 분란을 종결지어야 할 터인데 큰일입니다."

"아마도 조만간 혁가장이 마지막 공세를 펼치지 않을까요?"

사관혜가 입을 열었다.

"그렇겠지요. 제가 듣기로는 모용세가와 장백파, 그리고 금문이 주도하는 요동무림의 결맹이 곧 이루어질 거라 하더군요. 본 문에도 그를 준비하고 있다는 소식이 들어왔습니다."

"음… 혁가장의 공세에 대비할 대비책은 세웠나요?"

사관혜가 고무룡을 보며 물었다. 그러자 고무룡이 고개를 끄덕였다.

"그렇습니다."

"어떻게 대처할 생각이신지요?"

"비록 어제 여러 고수 분들이 본 장을 돕기 위해 오시기는 했으나 전체적인 전력을 보자면 아직 본 장이 혁가장에 미치지 못하지요."

"그까짓 숫자가 무슨 상관이란 말이오. 싸움이 어디 사람 숫자로 하는 것이오? 내가 볼 때 혁가장에 모여든 자들은 하나같이 재물에 눈이 어두운 소인배들이니 놈들의 숫자를 두려워할 필요는 없을 것 같소이다."

악전이 호기롭게 말했다.

"그렇긴 하지만 여전히 저들의 숫자가 배 이상 되니 전면전을 할 수는 없는 일이오. 해서… 이번에는 우리가 먼저 선공을 할 생각이외다."

고무룡의 말에 악전을 비롯한 강호고수들의 눈빛이 변했다.

"선공이라고 하셨소?"

악전이 되물었다.

"그렇소이다."

"허! 거참, 듣던 중 반가운 소식이구려. 솔직히 말하자면 그동안 저들의 공격을 받아주시기만 하는 장주님의 결정이 불만이었소이다."

"아버님께서는 이 싸움을 크게 만들고 싶지 않으셨지요."

"알고 있소이다. 장주께서 피를 보고 싶어하지 않으셨다는 걸. 해서 비록 혁가장에 대응할 힘이 있음에도 스스로 녹산이 봉쇄되는 것을 지켜보고 있지 않으셨소이까? 더군다나 오 년의 싸움이면 피가 산을 이뤄야 하는데 양쪽 다 사실 인명의 손상은 거의 없었고. 하지만 장주님의 인덕이야 충분히 존경할 일이지만 싸움이란 것이 그렇게 해서는 끝이 나지 않는 법이지요."

"알고 있소이다. 해서 이번에는 선공을 하기로 결정한 것이오. 혁가장은 그동안 본 장에서 선공을 한 경우가 한 번도 없었으니 우리의 공격을 전혀 예상치 못하고 있을 것이오."

"후후, 벼락 맞은 꼴이 되겠군. 그래, 어떻게 공격을 할 생각이시오?"

"일단은 녹산의 봉쇄를 먼저 풀 생각이외다. 혁가장이 녹산의 봉쇄에 실패해 후퇴했다는 소식이 들리면 강호의 인심이 변할 테니 혁가장도 이 싸움을 더 이상 끌고 가기 어려울 것이오. 좀 전에 말씀하신 대로 요동무림의 회합이 코앞에 다가왔으니 혁가장으로서는 검을 거두지 않을 수 없겠지요."

"화친을 생각하시는 것이오?"

"서로 멸문할 때까지 싸울 수는 없지요."

"불씨가 남을 텐데……."

"나중의 일은 나중에 생각해야지요. 일단은 저들을 녹산에서 몰아내는 것이 우선이오."

"음… 그야 그리 어려울 것 같지 않고. 사실 지금까지 고월산장에서 우리를 너무 편히 쉬게 해주지 않았소이까? 싸움이라 봐야 겨우 두어 번이 전부였으니… 제대로 싸운다면 저들을 물리치지 못할 이유가 없소이다. 이 악전이 선봉에 서겠소."

악전이 자신의 애병인 쇠창을 들어 보이며 말했다.

"하하, 악 대협의 그 호기만으로도 이미 승리를 한 것 같은 느낌이외다."

고무룡도 기분 좋은 웃음을 흘렸다. 다른 사람들이 그렇게 앞으로의 정세에 대해 이런저런 이야기를 주고받는 와중에 송추월은 계속 한 사람의 시선 때문에 불편한 상황에 놓여 있었다.

'도대체 왜 날 저렇게 쳐다보는 거야?'

송추월이 속으로 투덜거리며 흘깃 눈을 돌려 양산종의 후예 중 한 명인 서연을 바라봤다. 순간 두 사람의 시선이 허공에서 부딪쳤다.

"음……."

송추월이 얼른 시선을 딴 곳으로 돌렸다. 그러나 서연은 마치 미끼를 문 물고기를 보듯 송추월을 바라보며 입을 열었다.

"송 소협께서는 혹 어디 불편한 곳이 있으신가요?"

예상치 못한 질문에 송추월이 이번엔 정면으로 서연을 바라봤다.

"나 말이오?"

"그래요. 이곳에 송 씨 성을 가진 사람이 송 소협 말고 누가 또 있나요?"

서연의 응대가 맹랑하다.

'요것 봐라? 나이도 나와 비슷한 것이.'

송추월은 슬쩍 부아가 났지만 내심을 감추며 대답했다.

"아픈 곳은 없소. 난 건강하오."

송추월의 대답에 서연이 고개를 갸웃했다.

"그래요? 이상하네."

"뭐가 이상하다는 거야, 동생?"

서연의 곁에 있던 묘아란이 호기심을 드러내며 물었다.

"아니에요, 언니. 그보다……."

서연이 다시 송추월을 바라봤다. 그러자 송추월 역시 지지 않고 서연의 시선을 받았다.

"실례가 되지 않는다면 제가 송 소협의 진맥을 해봐도 될까요?"

서연의 말에 장내의 모든 사람들이 놀랐다. 본래 일반 사람들이야 진맥을 보는 것이 큰일이 아니지만 무인들은 달랐다. 맥을 내놓는 것은 곧 자신의 혈도를 내놓는 것이나 마찬가지라서 좀체 다른 사람의 맥을 보려고 하지도 않을뿐더러 타인에게 자신의 맥을 내놓는 사람도 없었다. 그런데 서연은 그런 강호의 불문율을 무시하고 송추월의 진맥을 보겠다고 나선 것이다.

"동생!"

곁에 있던 묘아란이 송추월의 눈치를 보며 재빨리 서연을 만류했다. 다른 사람들 역시 서연의 지나친 행동에 눈살을 찌푸렸다. 자칫 훈훈하던 분위기가 서연 하나로 인해 크게 흐트러질 수도 있었다.

그런데 사람들이 미처 생각지 못하는 사실이 있었다. 기실 송추월이 괴노 마효에게서 절정의 무공을 전수받기는 했으나 얼마 전까지 산적으로 살던 사람이어서 강호의 예절을 잘 모르고 있다는 것이었다. 다시 말해 송추월은 이 젊고 특이한 여인이 왜 자신의 맥을 보려 하는지가 궁금할 뿐, 그것이 강호에서 상대에 대한 큰 실례라는 사실은 알지 못하고 있었던 것이다.

"왜 내 맥을 보려는 것이오?"

송추월이 화를 내는 대신 호기심을 드러내며 묻자 장내의 고수들 사이에서 안도의 한숨이 흘러나왔다.

"솔직히 말하자면 양산에서 이곳으로 올 때부터 줄곧 송 소협을 살폈지요."

아마도 서연은 양산에서부터 녹산으로 오는 내내 송추월에게 관심이 있었던 모양이다.

"그렇소? 난 소저가 약초나 벌레들에만 관심이 있는 줄 알 았는데… 아, 설마 날 벌레 취급하는 건 아니겠지요?"

송추월의 말에 장내의 고수들이 큰 웃음을 터뜨렸다. 그러나 서연은 미소조차 보이지 않은 채 진지하게 응대했다.

"설마 송 소협을 벌레로 보겠어요? 뭐, 물론 가끔 벌레보다 못한 사람도 있긴 하지만 송 소협은 그런 것 같지는 않아요."

"좋소, 진맥을 봐주시겠다니 나야 좋지요. 의원 만난 지도 오래됐고……."

송추월이 순순히 응낙을 하자 서연이 재빨리 자리에서 일어나 송추월의 곁으로 다가왔다. 그리고는 송추월 곁에 자세를 바르게 하고 앉았다.

송추월은 왼손의 소매를 조금 걷고 서연에게 자신의 팔목을 맡겼다. 그러자 서연이 서슴없이 송추월의 손목을 잡았다. 의원에겐 남녀가 따로 없다지만 여인의 행동치고는 과감한 면이 있는 서연이었다.

서연은 송추월의 손목을 잡고 지그시 눈을 감았다. 송추월은 팔목을 통해 전해지는 서연의 온기를 느끼며 가만히 눈을 감고 숨을 골랐다. 그렇게 얼마나 지났을까. 서연이 송추월의 손목을 놓았다. 그리곤 신기한 물건을 보듯 송추월을 바라봤다.

"왜요? 혹 제가 큰 병에 걸렸습니까?"

송추월이 되묻자 서연이 얼른 고개를 저었다.

"아뇨. 그렇지 않아요. 송 소협의 맥은 강하고 힘차요."

"다행이구려."

"그런데 너무 강한 것이 문제예요."

"무슨 말이오?"

"혹 양강지공을 익혔나요?"

"양강지공이라……. 뭐, 비슷하오."

화수유천이 양강지공이란 것은 누가 봐도 명확했다. 괴노
마효가 화기가 모여드는 동혈을 찾은 것도, 그가 화정을 다섯
산적에게 먹인 것도 모두 그들이 익힌 무공이 양강지공이란
것을 의미한다. 아마도 서연은 진맥을 통해 송추월이 양강지
공을 익힌 것을 알아챈 모양이다.

"역시 그렇군요."

서연이 고개를 끄덕였다.

"그게 무슨 문제가 있소?"

송추월이 되물었다. 그러자 서연이 잠시 생각에 잠겼다가
입을 열었다.

"혹 영약 같은 것을 복용하신 적이 있나요?"

순간 송추월의 머릿속에 마효가 먹인 화정이 떠올랐다.

"비슷한 걸 먹기는 했소."

"어떤 것이었나요?"

서연이 마치 추궁하듯 물었다.

"뭐, 그런 게 있소."

송추월이 더 이상 대답을 하지 않았다. 이러다가는 자신이
산적질을 하던 사람이란 것까지 이 자리에서 토해내야 할 것

같았다.

"좋아요. 제가 너무 많은 것을 물었군요. 어쨌든 진맥을 했으니 결과를 알려 드리죠."

"들어봅시다."

송추월이 고개를 끄덕였다.

"제가 강호의 법도를 무시하고 송 소협의 맥을 보자고 했던 것은 이곳으로 오는 도중 송 소협의 얼굴색이 계속해서 변했기 때문이에요. 그래서 송 소협에게 관심을 갖게 되었죠. 의원은 본래 가장 먼저 그 사람의 얼굴색에서 환자의 상태를 읽는 법이거든요."

"그렇군요."

"제가 판단하기에 송 소협의 기운은 너무 불안정해 보였어요. 하루가 다르게 얼굴색이 변했으니까요. 이런 경우 그대로 놓아두었다가는 기혈이 올라와 큰 위험에 처하게 되는 것이 보통이지요. 무인에게는 주화입마의 현상이 일어나게 되고요."

'젠장, 그건 아직 십 년이나 남은 일이오.'

물론 송추월은 자신의 몸에서 일어나는 일이 무엇인지 잘 알고 있었다. 서연은 마효가 말한 그 마기의 준동을 말하고 있는 것일 터였다.

"혹 이 문제에 대해 알고 계신가요?"

"뭐, 대충은……."

송추월이 고개를 끄덕였다.

"그렇다면 위험해질 수 있다는 것도 아시겠군요. 물론 좋은 점도 있지요. 송 소협의 공력은 후기지수라고 할 수 없는 정도로 높은 경지에 이르러 있으니까요. 하지만 그 기운을 잘 조절하지 못하면 위험해질 거예요."

"혹 이 문제를 해결할 방법이 있소?"

송추월이 내심 기대를 하며 물었다. 잘하면 곤륜으로 가지 않고도 괴노 마효가 심어놓은 저주의 마기에서 벗어날 수 있을지도 몰랐다. 그러나 서연은 기대와 달리 고개를 저었다.

"지금으로서는 저도 달리 방법이 없군요. 이 현상이 일어난 자세한 내용을 알기 전에는요. 단순히 양강지기에 의해 일어난 일이나면 빙정을 구하거나 다른 영약을 쓸 수도 있겠지만……."

"다른 문제가 있다는 말이오?"

"송 소협께 문제가 되는 기운은 물론 화기이긴 하지만 그 화기에 다른 기운이 뒤섞여 있어요. 어쩌면 그 기운이 화기보다도 더 큰 문제일 수 있어요. 그런데 제 실력으론 그 기운의 정체가 뭔지 알기 어렵군요. 혹 사부님이라면 아실지도 모르겠지만……."

'망할 늙은이, 과연 저주의 마기를 씨앗처럼 심어놓았군. 그런데 이 여인의 사부라면 괴의를 말함인데, 그는 과연 이 저주의 씨앗을 풀어낼 수 있을까?'

확신할 수 없는 일이었다. 시간이 지나고 무림에 대해 알아갈수록 송추월은 대호산 화동에 머물렀던 괴노 마효가 보통

사람이 아니란 걸 점점 더 확신해 가고 있었다. 문득문득 그가
정말 자신의 말처럼 천하제일인일지도 모른다는 생각까지 하
는 송추월이었다. 그런 자가 심어놓은 마기를 의원이 풀 수 있
다는 건 생각하기 어려운 일이었다.

　'곤륜에 가는 수밖에……'

　마기를 풀 수 있는 방법을 아는 확실한 인물은 마효뿐이었
다. 그렇다면 그를 만나는 것이 제일 좋은 방법이었다.

　"혹여라도 나중에 사부님을 뵙게 되면 소협의 증세에 대해
말해볼게요. 어쩌면… 사부께서 관심을 보이실지도 모르겠어
요."

　"무엇 때문에 말이오?"

　"사부님은 소협처럼 괴이한 증상을 보이는 사람에게 관심
이 많거든요. 그래서 사람들이 사부님을 괴의라 부르는 거예
요."

　"그렇구려."

　"일단 제가 몇 개의 환약을 드릴게요. 강호의 법도를 무시하
고 진맥을 보자 했으니 의원 된 도리로 그냥 물러날 수는 없지
요."

　"어떤 환약이오?"

　"제가 보기에 소협의 몸속에 일어나는 화기는 아마도 시간
에 따라 그 강도가 달라질 거예요. 사실 사람의 기운이란 시간
과 때에 따라 조금씩 변하게 마련이지요. 그런데 소협의 경우
그 변화가 지나치게 크다는 게 문제지요. 제가 드리는 환약은

화기를 다스리는 환약이에요. 혹시라도 지나치게 끓어오르는 화기로 인해 기운을 다스리기 힘들 때 복용하면 한동안 화기를 잠재울 수 있을 거예요."

"그런 영약이 있소이까?"

"호호, 영약이라뇨. 청기환은 그리 귀한 약이 아니에요. 물론 사부께서 만드셨으니 조금 특이하긴 하지만 뭐, 재료에 귀한 약재가 들어가는 것도 아니고… 지금은 가지고 있지 않으니 나중에 드릴게요."

"고맙소."

"고맙긴요. 제가 더 고맙죠."

"뭐가 고맙다는 말이오?"

"재밌는 병을 보게 되었잖아요."

"재밌는 병?"

"아, 미안해요. 병은 아니죠. 그저 재밌는 증상이라고 해야겠죠. 그나저나 정말 공력 하나는 대단하군요. 화기를 잘 다스리면 아마도 공력에 관한 한 누구에게도 뒤지지 않게 되실 거예요. 음… 이렇게 되면 미래의 절대고수를 만나게 된 것인가?"

"좋게 봐주시니 고맙소."

송추월이 퉁명스럽게 대답했다. 그런데 그때 문득 멀리 떨어져 있던 전욱이 불쑥 서연에게 말을 건넸다.

"서 소저, 송 소협의 무공이 정말 그렇게 대단하오?"

"제가 언제 무공이 대단하다 그랬나요, 공력이 대단하다 그랬지?"

"아, 그렇구려. 미안하오. 그런데 정말 그렇게 대단한 공력을 가지고 있는 것이오?"

"그래요. 제가 본 후기지수 중 제일이군요."

서연의 말에 장내의 젊은 고수들이 새삼스런 눈으로 송추월을 바라봤다. 사실 장내의 고수들은 하나같이 명사, 명문의 후예들이라 배경이 불확실한 송추월을 조금 내심 무시하고 있었다. 그런데 서연이 송추월의 공력이 후기지수 중 제일이라고 하자 놀라지 않는 사람이 없었던 것이다. 더군다나 그런 평가를 내린 사람은 괴의 원계행의 제자 서연이 아니던가.

괴의 원계행의 제자가 내린 평가에 이의를 달 사람은 없었다. 그러나 장내의 후기지수들은 스스로에 대해 무척 자신감을 가지고 있는 사람들이었다. 그들은 스스로 같은 또래의 고수 중 누구에게도 뒤질 것이 없다고 생각하고 있는 사람들이었으므로 개중에 송추월에 대한 서연의 평가에 불만을 갖는 사람이 없을 수 없었다. 전욱 역시 그런 사람 중 하나였다.

"송 소협의 공력이 그렇게 뛰어난 줄 몰랐구려. 그런데, 그럼 무공은 어떻소?"

전욱이 송추월을 보며 물었다. 그의 목소리에 깃든 우월감이 송추월에게도 느껴졌다. 전욱의 태도에 송추월의 가슴속에 잠들어 있던 오기가 슬며시 머리를 들었다.

처음부터 장내의 젊은이들이 단지 그들과 같은 좋은 배경이 없다고 은연중에 자신을 무시하는 것을 느끼고 있던 송추월이

다. 그러던 차에 전욱이 드러내 놓고 자신의 무시하려 하자 자신도 모르는 사이에 부아가 치밀었던 것이다. 본래 산적이란 성질을 참는 족속이 아니며 송추월은 그런 산적으로 잔뼈가 굵은 사람이었다.

"내 한 몸 지킬 정도는 되오."

송추월이 슬쩍 턱을 들며 말했다, 마치 너 정도는 충분히 감당할 수 있다는 듯이. 순간 전욱의 얼굴이 모욕을 당한 듯 붉어졌다. 그러나 그는 애써 심중의 화를 참으며 침착하게 입을 열었다.

"오, 그렇소이까? 최고의 공력에 자신만만한 무공이라……. 이거 오늘 이 전욱이 강호의 젊은 잠룡을 만난 것 같구려."

"내 몸 하나 지킬 정도의 무공만으로 무슨 잠룡씩이나 되겠소이까."

말과는 달리 여전히 도발적인 송추월이었다. 순간 이 모임의 주재자인 고무룡이 분위기가 이상하게 돌아가는 것을 눈치채고 재빨리 두 사람의 대화에 끼어들려는 찰나 한발 앞서 전욱이 입을 열었다.

"아니오이다. 강호에서 스스로의 무공에 자신을 갖는 사람이 얼마나 되겠소. 외람된 말이지만, 이 전욱은 강호의 친우들로부터 가르침을 받을 기회를 무척 소중하게 생각하는 사람이외다. 혹, 오늘 송 소협의 가르침을 받을 수 있겠소?"

명백한 도전이다. 말은 정중했지만 전욱의 표정과 눈빛이 송추월에게 도전하고 있었다. 순간 송추월의 눈이 가늘어졌다. 그리고는 천천히 좌중을 둘러봤다. 사람들의 시선이 전부 송추월에게 몰려 있었다. 그들은 과연 이 정체가 불분명한 사내가 어떤 결정을 할지 호기심 가득한 표정으로 송추월을 지켜보고 있었다.

"비무라…… . 못할 것도 없소."

송추월이 자리에서 일어났다.

第九章
비무

화마경

갑작스레 성사된 비무는 장내의 사람들을 당혹과 기대에 빠뜨렸다. 고무룡을 비롯한 고월산장의 세 남매는 낭패한 기색을 보이고 있었고, 양산종의 후예들과 강호의 젊은 후기지수들은 호기심 어린 시선으로 송추월을 응시했다.

그렇다고 고무룡이 이 비무를 말릴 수도 없었다. 그것이 생사결의 싸움이라면 당연히 주인 된 자로서 양쪽의 화해를 주선해야겠지만 단지 서로의 무공을 겨뤄보는 비무라면 달랐다. 비무는 강호인들 사이에 비일비재하게 일어나는 일이고, 그 비무의 대부분은 선의에 의해 이뤄지기 때문이었다.

그러나 그렇다고 송추월과 전욱의 비무가 과연 서로에게 호감을 갖고 시작된 비무일까. 그건 분명 아니었다. 전욱의 자존심으로 시작되어 송추월의 두둑한 배짱으로 이루어진 비무였다. 서로에게 단순히 무공을 겨뤄보자는 마음 외에 호승심이 잔뜩 끼어 있는 비무였던 것이다. 이런 비무는 대체로 피를 보는 경우가 많았다.

그러나 기실 장내의 고수 중 누구도 이 비무에서 누군가 피를 볼 거라고 생각하는 사람은 없었다. 그건 그들이 내심으론 이 비무의 승패가 이미 결정되었다고 생각하고 있기 때문이다.

누가 뭐래도 전욱은 요동의 명문 운산문의 후예다. 그런 그를 전욱보다 칠팔 세나 어려 보이는 근본없는 송추월이 상대하는 것은 애초부터 무리인 것이 분명했다. 단지 그들이 궁금해하는 것은 서연에 의해 또래 최고라고 평가된 송추월의 진실한 공력 정도였다. 비무를 하다 보면 당연히 송추월의 공력이 드러날 것이므로.

어쨌든 여러 사람의 시선이 한곳으로 모였다. 그런데 비무가 시작되기도 전에 사람들의 얼굴에 이채가 서렸다. 그건 전욱을 상대하는 송추월의 기수식 때문이었다.

구멍 뚫린 성벽처럼, 한겨울 헐벗은 나무처럼 송추월은 허수아비처럼 서 있었다. 그리고 그건 사람들이 기대했던 송추월의 모습이 아니었다. 사람들은 서연의 평가대로 뛰어난 공력을 바탕으로 한 강력한 기도의 송추월을 기대하고 있었다. 그런데 송추월은 마치 한 올의 공력도 지니지 않은 사람처럼 서 있었다.

고무룡의 표정도 변했다. 사실 장내에서 고무룡만큼 송추월에 대해 잘 알고 있는 사람도 없었다. 그는 오 년 전 대호산에서 무공을 익히지 않았던 송추월을 보았을 뿐 아니라 지난번 혼강 인근에서 마효의 무공을 익힌 송추월도 보았다. 그러나 그런 고무룡조차도 지금 송추월이 보이는 이 허허로운 모습은 미처 예상치 못했던 것이다.

사람들을 놀라게 한 송추월의 이 기수식은 기실 그의 검공에서 비롯된 것이다. 그가 마효에게서 전수받은 검공은 무혼검. 상례를 벗어난 검로로 이루어진 무혼검은 그 기수식부터 어떤 상황에도 적응할 수 있도록 몸에 한 올의 제약도 두지 않는 것으로부터 시작되는 검공이었던 것이다.

한겨울 삭풍 속에 서 있는 마른 나무 같은 송추월을 응시하며 전욱이 진지하게 도를 뽑아 들었다. 처음 그는 어느 정도 송추월을 무시하는 마음이 있었으나 송추월의 기수식을 보는 순간 그의 머릿속에서 송추월을 무시하는 마음은 깨끗이 사라졌다.

전욱은 고수였다. 그리고 고수는 고수를 알아본다. 적어도 전욱은 송추월의 기수식에서 그가 보통 이상의 무공을 지니고 있음을 깨달은 것이다. 그러나 그렇다고 해서 송추월에 대한 전욱의 자신감이 사라진 것은 아니었다. 전욱은 여전히 자신의 도를 믿고 있었다.

"시작하겠소."

전욱이 도를 들어 어깨 위에서 송추월을 겨누며 말했다.

"한 수 배우겠소."

송추월이 덤덤하게 고개를 끄덕였다. 실전이라면 모를까, 비무라면 대호산에서 친구들과 적지 않게 치렀던 송추월이다. 그중에서도 마효로부터 금악도를 익힌 대일과의 비무가 오늘 송추월에게 큰 도움이 되고 있었다. 도는 그에게 생소한 병기가 아니었고, 대일이 마효에게서 전수받은 금악도는 일대 절기에 해당하는 것이었다.

송추월은 단지 전욱의 자세를 보는 것만으로도 자신과 그 친구들의 무공이 그들이 생각했던 것보다 훨씬 뛰어나다는 것을 깨달았다. 그 자세와 기도에서 전욱은 도저히 대일과 비교할 수 없었던 것이다.

'망할 늙은이, 그래도 무공 하나는 정말 제대로 된 걸 가르쳐 줬다니까!'

마효가 심어놓은 마기 때문에 그에 대해 기분이 상해 있던 송추월의 입가에 한줄기 미소가 드리워졌다. 그런데 그의 내심과 달리 그 미소가 상대를 격동시켰다. 전욱은 송추월의 입가에 드리운 미소를 자신을 무시하는 의미로 받아들였다.

"조심하시오!"

전욱의 입에서 차가운 음성이 흘러나왔다. 일순 송추월은 전욱의 눈빛에서 한줄기 살기를 느꼈다.

'뭐야? 제대로 하자는 거야?'

송추월의 표정도 일변했다. 그리고 그 순간 전욱의 도가 송곳 같은 모습으로 회전하며 송추월을 향해 닥쳐들었다.

우웅!

전욱의 도에서 폭풍 같은 파공음이 일어났다. 맹렬한 그의 도법은 보통의 담력으로는 정면에서 상대하기 어려운 것이었다.

"아!"

비무를 지켜보던 사람들 중 누군가 탄성을 흘려냈다. 단 일 초의 공세로 전욱은 자신의 무공이 일류 경지에 이르렀음을 증명했다. 그리고 그 도의 맞은편에 송추월이 있었다. 전욱의 도가 송추월의 심장을 관통한 것처럼 무섭게 닥쳐드는 순간에도 송추월은 크게 동요치 않았다. 송추월이 움직인 것은 전욱의 도가 그의 심장 한 자 앞에 도달했을 때였다.

창!

내려뜨려져 있던 송추월의 검이 움직이는 순간 허공에 전광이 번쩍였다. 그 순간 태산 같던 전욱의 도초가 한순간에 흐트러졌다. 그리고 흔들리는 도초 사이를 송추월의 검이 거침없이 솟구쳐 올랐다.

"엇!"

전욱의 입에서 당혹스런 음성이 흘러나왔다. 송추월의 공력에 대한 이야기는 이미 서연의 입을 통해 들어 알고 있었고, 또한 송추월의 기수식에서 그의 무공이 범상치 않다고 생각하고 있었지만, 실제로 상대한 송추월의 검초에 실린 공력과 초식의 신묘함은 그가 생각했던 것 이상이었다. 사실 전욱은 지금까지 자신의 이 일 초의 도법을 피하지 않고 정면으로 파훼하는 사람을 만난 적이 없었다.

전욱의 당혹감은 그대로 그의 수세로 이어졌다. 전욱의 발이 재빨리 대여섯 걸음 뒤로 물러나면서 송추월의 검세에서 벗어나려 했다. 그런데 송추월은 무슨 생각인지 물러나는 전욱을 따라붙지 않았다. 대신 그는 천천히 검을 내려 처음 비무를 시작할 때의 그 자세로 돌아가는 것이었다.

순간 전욱의 얼굴이 벌겋게 물들었다. 송추월의 태도는 전욱 자신을 아래로 내려다보는 행동이었다. 고수가 하수에게 일수를 양보하는 듯이. 그러나 기실 송추월의 사정은 전혀 달랐다.

'제길, 보름이 가까워지는 건가?'

송추월은 전욱의 공격을 파훼하고 전욱의 허점이 확연하게 드러나는 순간 상대에 대한 극렬한 전의를 느꼈다. 송추월이 느낀 감정은 살의(殺意)와는 다른 감정이었다. 그것은 누군가를 죽이고 싶다는 살의가 아니라 무엇인가를 파괴하고 싶다는 순수한 파괴의 본능이었다. 하마터면 물러나는 전욱을 향해 치명적인 공격을 퍼부을 뻔한 순간 송추월은 다행스럽게도 자신의 감정을 억제하며 뒤로 물러났던 것이다. 이곳은 고월산장이고 지금은 비무를 하는 중이다. 이런 상황에서 피를 볼 수는 없었다.

그러나 전욱이 송추월의 이런 사정을 알 리 없었다. 그는 오로지 송추월이 자신을 무시한다고 생각하고 있었다. 도도한 자신감으로 강호를 살아온 전욱이 배경도 미미한 송추월의 무시를 견디기는 결코 쉽지 않았다. 그는 아직 이십대의 젊은이였다.

"핫!"

전욱의 입에서 거친 기합성이 터져 나왔다. 장내가 쩌렁하게 울리며 수목이 흔들거렸다. 전욱의 신형이 허공으로 일 장 이상 떠올랐다.

도가 숲을 이뤘다. 전욱의 도가 맹렬하게 회전하며 그의 머리 위에 거대한 도영의 숲을 만들어냈다. 한바탕 도의 폭우를 뿌릴 것 같은 도영의 구름.

"저런!"

순간 장내의 고수들 사이에서 탄식이 흘러나왔다. 지금 전욱이 보이는 도초는 절대 동도들 간의 비무에서 나올 수 없는 초식이었다. 위험하고 위태로웠다. 필시 피를 부를 도초였고, 그걸 감당할 능력이 송추월에게 있는지 의문이었다.

그러나 다른 사람들의 걱정과 달리 송추월은 자신이 아니라 전욱을 걱정하고 있었다.

'제대로 상대하면 어딘가 잘려 나가고 말 텐데…….'

상대의 공격을 파훼할 방법은 있었다. 전욱의 강력한 공세에는 분명 빈틈이 존재했다. 그러나 그 빈틈을 헤집고 들어가면 필시 전욱은 한 팔을 잃을 터였다. 상대의 한 팔을 살리며 공격을 막아낼 능력이 송추월에게는 아직 없었다.

'별수없군.'

송추월이 고개를 저으며 훌쩍 뒤로 물러났다. 순간 구름을 만들었던 전욱의 도초들이 송추월이 있던 자리에 꽂혀 내렸다.

"아!"

퍼퍼퍼퍽!

사람들 사이에서 탄성이 흘러나왔다. 수십 명의 병사가 쏘아낸 강전이 꽂히듯 송추월이 서 있던 자리가 전욱의 도초로 벌집으로 변했다. 전욱은 그 도초들의 위력이 미처 사라지기도 전에 송추월을 향해 재차 도를 휘둘렀다.

우우웅!

벌 떼들이 몰려오듯 전욱의 도가 시끄러운 파공음을 만들어 냈다. 일단 뒤로 밀린 송추월은 반격의 기회를 잡지 못하고 연신 뒤로 물러나며 검을 휘둘렀다.

차차창!

송추월과 전욱 사이에서 순식간에 수십 개의 불꽃이 만들어 졌다. 전욱의 도는 아슬아슬하게 송추월의 신형을 스치고 지나갔고, 송추월은 계속해서 뒤로 밀리며 전욱의 도를 흘려냈다.

그러나 수세에 몰리면서도 송추월의 표정은 담담했다. 시간이 지나면서 폭풍 같던 전욱의 도초들이 어느새 하나하나 송추월의 눈에 들어오기 시작했고, 마음만 먹으면 언제든 전욱의 몸에 검을 꽂아 넣을 수 있다는 자신감이 송추월에게 생겨났다.

"흐흐, 무혼검은 무서운 놈이야. 언제든 상대의 허점을 파고들어 목줄을 끊어놓지. 살기가 강한 놈이 익히면 극악한 살성이 될 수도 있는 물건이야. 차라리 무혼검의 시조인 궁파의 살행이 무척 부드러웠다고 느껴질 정도로 말이야. 그러니까 살성이 되고 싶지 않거든 살심을 죽여. 물론 네놈이 살기를 타고난 놈 같지는 않지만."

송추월이 문득 괴노 마효의 말을 떠올렸다. 그리고 깨달았다. 괴노 마효의 말처럼 자신이 익힌 무혼검이 정말 위험한 검법이란 것을. 눈에 보이느니 온통 전욱의 허점이었고, 그 허점 끝에는 영락없이 전욱의 목숨이 달려 있었다.

'적어도 비무에 적당한 검법은 아니다.'

송추월이 떫은 침을 삼켰다. 전욱을 단번에 베어버릴 수는 있지만 그에게 상처를 입히지 않고 비무를 이길 방법은 녹록지 않았다.

'에라잇!'

한순간 송추월이 무식하게 검을 휘둘렀다. 그건 그야말로 산적이 산적질할 때나 쓰는 무지막지한 검초. 검법이란 것을 전혀 수련하지 않은 사람의 검초였다.

땅!

당연히 송추월의 무식한 검초는 전욱의 빈틈을 찾지 않고 전욱의 도와 격돌했다. 순간 송추월이 자신의 공력을 모두 검에 실었다.

"읏!"

갑작스레 펼쳐진 무지막지한 검초에 당혹해하던 전욱이 그 검에 실린 공력에 두 번 놀라며 당혹성을 흘려냈다. 그러면서 송추월의 검에 밀려 그동안 유지해 왔던 공세를 포기하고 한 걸음 뒤로 물러났다.

팟!

순간 송추월의 신형이 회전하면서 발끝으로 정확하게 전욱의 오금을 걸어챘다.

"흡!"

갑작스럽게 각법을 전개하는 송추월의 행동에 놀란 전욱이 재빨리 다리를 들어 올려 피해냈다. 그 순간 송추월의 검이 움직였다. 그의 검은 기이한 각도로 꺾이더니 한 다리를 들어 올려 중심이 흐트러진 전욱의 배를 타고 올라 그의 턱밑에서 정지했다.

검이 멎자 두 사람의 움직임도 멎었다. 송추월의 검이 전욱의 턱 아래에 송곳처럼 세워져 있었다. 한 치만 더 전진하면 전욱의 머리는 아래에서 위로 꿰뚫릴 터였다.

두 사람은 그 자세 그대로 서로를 응시하며 석상처럼 굳어졌다. 송추월의 신형이 전욱에 비해 조금 아래에 있었는데 그건 신형을 조금 낮춰 검을 아래에서 위로 꽂아 올렸기 때문이다. 전욱은 턱을 든 채 당혹한 표정으로 송추월을 내려다보고 있었다.

짝짝짝!

그때 문득 고무룡이 손뼉을 치며 두 사람에게로 다가왔다.

"멋진 비무였소이다. 이 고무룡, 두 분의 무공에 정말 감탄했소."

애초부터 고무룡의 의도에 반하는 비무였다. 그리고 이 순간이 고무룡이 비무를 멈추게 할 가장 좋은 순간이었다. 다시 비무가 이어진다면 필시 피를 보게 될 상황이었다. 고무룡 같은 고수가 그런 이치를 모를 리 없었으므로 조금 무례한 행동이지만 두 사람 사이에 끼어들어 얼른 비무를 중지시키는 고무룡이었다.

고무룡이 등장하자 송추월이 검을 거둔 후 뒤로 물러났다. 그리곤 가볍게 전욱에게 고개를 숙여 보였다.

"양보해 줘서 고맙소."

그러자 전욱의 얼굴이 조금 일그러지는 듯하더니 이내 송추월을 향해 포권을 해 보였다.

"오늘 내가 강호제일의 후기지수를 만난 것 같구려. 패배를 인정하겠소. 한 수 잘 배웠소."

전욱의 표정에선 진심이 읽혔다. 그 진심을 읽은 송추월이 다시 한 번 고개를 숙여 보였다.

'자존심은 세지만 그래도 패배를 인정할 줄 아는 배포도 있군. 역시 혁가장이 아니라 고월산장에 머물고 있는 이유가 있는 건가?'

송추월은 순순히 패배를 인정하는 전욱을 보며 내심 고월산장의 저력을 확인하고 있었다.

"자자, 이거 예상치 않은 비무로 흥까지 살았으니 난 한잔 더 해야겠소."

조금은 가라앉은 분위기를 바꾸려는 듯 악전이 자신의 눈앞에 놓인 술병을 들어 아예 병째 입으로 가져갔다.

"꺼억!"

병째로 술을 한 모금 마신 악전이 소매로 입을 닦으며 트림을 했다. 그리고는 시선을 돌려 자신의 자리로 돌아간 송추월을 보며 입을 열었다.

"송 소협의 무공은 정말 대단하구려."

"운이 좋았지요."

"그렇소이까? 뭐, 어쨌든 정말 특이한 무공이기도 하오."

"막 배운 무공이라 그렇게 보였을 것이오."

"음… 그런 건가?"

악전이 고개를 갸웃했다. 악전은 산동악가 출신이다. 그가 어떻게 이 먼 서압록까지 왔는지는 알 수 없으나 산동악가의 명성은 고월산장에 비할 바가 아니었다.

전통의 명문에서 훈육받은 악전은 무공에 대한 해박한 지식을 가지고 있었다. 강호의 전통 무가에서는 가문의 비전만이 아니라 여러 무공에 대한 지식을 함께 그 후예들에게 가르치므로 악전 역시 창술뿐 아니라 도법이나 검법에도 조예가 있었다. 그런데 그런 악전의 눈에도 송추월의 검법은 도저히 이해가 되지 않는 면이 있었다.

애초에 송추월의 무혼검이 일정한 흐름이나 규칙이 없는 검법이기도 했고, 송추월이 전욱이 상할 것을 염려해 중간에 무혼검을 거뒀기 때문이기도 했다.

"혹 기회가 되면 후일 나도 한 수 부탁드리겠소."

"뭐… 그러지요."

송추월이 얼떨결에 고개를 끄덕였다. 사람들의 시선은 모두 송추월에게로 향해 있었다. 모두 무공에 대한 의욕이 넘쳐나는 후기지수들이었으므로 기이하기 이를 데 없는 송추월의 검법에 관심을 보이지 않을 수 없었던 것이다.

'괜히 비무는 해가지고…….'

송추월이 사람들의 시선을 느끼며 씁쓸한 미소를 지었다. 산속에서 산적질을 하던 자신에게 이렇게 많은 사람들의 관심은 부담스러운 일이었다.

송추월을 새삼스레 보고 있는 사람 중에는 고무룡의 아우인 고무승도 포함되어 있었다. 처음 고무승은 고무룡에게 송추월을 소개받으면서 그의 출신이 한미한 듯 보여 큰 관심을 두지 않았었다. 그런데 전욱과 비무를 펼치는 송추월의 모습을 본 이후에는 송추월의 무공에 흠뻑 빠져 버린 듯 송추월에게서 시선을 떼지 않고 있었다. 그러다 기회가 닿자 이내 송추월에게 말을 건넸다.

"대단한 비무였소이다."

"별말씀을……."

"사과드리오."

"무슨……?"

"처음 송 소협을 무시했던 것 말이오."

"아! 그랬었소?"

"아니, 이거 모르고 있었다면 괜히 말을 꺼냈구려. 하하하!"

고무승이 멋쩍은 웃음을 흘렸다. 그러자 송추월도 미소를 지으며 대답했다.

"아니오. 나야 사실 대수로운 사람이 아니지요. 이곳에 모인 사람들은 모두 명문가 출신이거나 강호의 유명한 고수의 제자들이니 나와 같은 사람이 대접받기를 기대할 수는 없는 노릇 아니겠소?"

"하지만 이젠 달라질 것이오."

"뭐가 말이오?"

"송 소협이 스스로 자신의 무공을 입증해 보였으니 오늘 이 자리에 있는 사람 중 그 누구도 송 소협을 업신여기는 이는 없을 거란 말이오."

"후후, 정말 그럴 것 같소?"

"당연한 말이오. 아마 여기 있는 사람 중 송 소협의 무공에 대적할 만한 사람은 그리 많지 않을 거요, 날 포함해서."

고무승이 미소를 지으며 말했다.

"글쎄… 나야 그저 되는대로 검을 휘두른 것뿐인데……."

"후후, 그렇다면 더욱 대단한 일일 것이오. 제대로 검을 휘두르면 누구도 당해내지 못한다는 말이 되니까."

"어, 그렇게 되나? 이것 참……."

송추월이 입맛을 다시며 실소를 흘렸다.

"어쨌든 송 소협과 같은 분을 만나게 되어 영광이오. 잘 사귀어봅시다."

"알아둬서 별로 좋을 것 없는 사람인데?"

"형님께서 아무나 장원에 들일 분은 아니지요."

"후후, 나중에 고 대협께 여쭤보시오. 그러면 나와 사귀어볼 생각이 싹 달아날지도 모르니까."

"설마 그럴 리야 있겠소?"

"하하, 그럴지 아닐지는 나중에 두고 봅시다."

송추월과 고무숭이 기분 좋게 이야기를 나누는 사이 장내의 젊은 후기지수들도 어느새 송추월에게서 관심을 거두고 서로 담소를 나누기에 여념이 없었다. 본래 강호란 곳이 스스로의 능력도 필요하지만 강호에 친구가 많은 사람이 또한 강자가 되는 곳이라 무림인들은 기회가 되면 좋은 인연을 만들기에 노력을 아끼지 않았다.

그렇게 한동안 후기지수들의 담소가 이어지던 중 문득 한 명의 무사가 장원 쪽에서 달려왔다.

"소장주님!"

"무슨 일인가?"

고무룡이 장내에 도착해 자신을 부르는 젊은 무사를 보며 물었다.

"장주께서 찾으십니다."

"아버님께서?"

"그렇습니다."

"무슨 일이 있나?"

"그런 것은 아닙니다. 아마도 앞으로의 일을 상의하실 듯……."

"알겠네. 곧 간다고 전해 드리게."

"알겠습니다, 소장주!"

무사가 고개를 숙여 보이고는 빠르게 온 길을 되돌아갔다. 그러자 고무룡이 장내의 젊은 고수들을 돌아보며 말했다.

"이 몸은 그만 가봐야겠소이다. 오늘 이렇게 본 장을 위해 달려와 주신 분들을 모실 수 있어서 영광이었소이다. 장원에 머무시는 동안 불편함이 없도록 최선을 다하겠소이다. 무승!"

"예, 형님!"

"난 아버님께 가봐야 할 것 같으니 이제 네가 손님들을 접대토록 하여라."

"알겠습니다, 형님!"

"그럼 필요한 것이 있으면 제 아우에게 말씀하시기 바랍니다. 전 이만."

고무룡이 두 손을 모아 포권을 해 보이고는 총총히 걸음을 옮겨 장원 쪽으로 사라졌다.

숲에서의 모임은 그 뒤로도 한 시진 가까이 이어졌다.

'무슨 할 말들이 저리 많을까?'

송추월은 쉬지 않고 상대를 바꿔가며 대화를 나누는 후기지수들을 지켜보며 따분한 시간을 보내다 슬그머니 홀로 자리에

서 일어났다. 고무승이 모임을 이끌어가는 순간부터 송추월은
거의 홀로 자리를 지키고 있었으므로 더 이상 이 지루한 모임
에 남아 있고 싶은 생각이 없었던 것이다.

"어디 가세요?"

그런데 송추월이 몸을 일으키는 순간, 문득 고소요의 목소
리가 송추월의 발목을 잡았다. 냉정하고 단호하며 날카로운
성정의 고소요 역시 모임이 지속되는 동안 다른 사람과 말을
섞는 경우가 극히 적었다. 특히나 그녀 스스로 먼저 입을 여는
경우는 거의 없었다. 그런 그녀가 모임을 벗어나려는 송추월
을 불러 세웠던 것이다.

"아, 그만 갈까 하고……."

"지루하죠?"

고소요가 재차 물었다.

"조금……."

"저도 그래요. 함께 가요."

고소요가 훌쩍 자리에서 일어나 송추월 곁으로 다가왔다.

"그래도……."

송추월이 장내를 돌아보며 말꼬리를 흐렸다. 자신이야 자리
에서 빠져도 별 틈이 안 나는 사람이지만 고소요는 고월산장
의 식술이었다.

"전 없어도 돼요. 작은 오라버니가 알아서 잘하실 거예요.
가요."

송추월의 걱정과는 달리 오히려 고소요가 앞서서 송추월을

이끌고 장내를 벗어났다.

"아, 이제야 조금 살 것 같네. 정말 말들 많죠?"

고소요의 말에 송추월이 미소를 지었다. 아마도 후기지수들의 입방아에 질린 것은 송추월만이 아닌 모양이었다.

"전 그런 모임은 정말 질색이에요."

"그런가요?"

"무인이라면 수다 떨 시간에 도검을 잡아야죠."

고소요가 허리춤에 매달린 날렵한 검의 손잡이를 잡으며 말했다.

"무인도 가끔 쉴 때가 있어야지요."

송추월이 웃음을 흘리며 말했다.

"하지만 너무 길잖아요. 뭐, 우리 가문을 도와주기 위해 온 사람들이니 탓할 수도 없고… 어쨌든 지루해서 죽을 뻔했어요."

"저도 좀 지루하긴 하더군요."

송추월이 고개를 끄덕였다.

"이젠 뭘 하실 생각이세요?"

"글쎄요… 숙소에 돌아가 잠이나 잘까 생각 중이었습니다."

"이 시간에요?"

"산에선 아무 때나 잠을… 음……."

송추월이 서둘러 입을 닫았다. 자신도 모르게 산에서의 생활을 입에 올렸던 것이다. 그러나 서둘러 입을 닫았음에도 고소요는 이미 송추월의 말꼬리를 붙들고 있었다.

"산이라뇨? 산에 사셨어요?"

"아, 예……."

"줄곧 심산유곡을 찾아다니며 무공을 수련하신 모양이군요. 어쩐지 대단한 무공을 지니고 있다 싶었어요. 그렇게 세상의 유혹을 떠나 산속에서 정진하셨으니 그 나이에 그런 무공을 지니고 계시겠지요."

고소요의 말에 송추월이 쓴웃음을 지었다. 산적질을 하느라 산에서 산 것을 고소요는 송추월이 수련을 위해 산에 머물렀다고 생각하고 있는 것이었다.

"에… 그런 것이 아니라……."

"그런 것이 아니라뇨?"

"정말 저에 대해 전혀 듣지 못하셨습니까?"

송추월이 되물었다.

"누구에게요?"

"고 대협께 말입니다."

"오라버니께서 돌아온 지 얼마나 되셨다고요?"

"그렇긴 한데……."

"무슨 사연이 있으신 건가요?"

고소요가 호기심을 드러냈다. 순간 송추월은 자신이 말을 잘못 꺼냈구나 하는 생각이 들었다. 그러나 이미 엎질러진 물이고 사실 언젠가는 모두 알게 될 일이었다.

'에라, 모르겠다.'

송추월이 내심 결심을 하고는 입을 열었다.

"사실 전 산적이었습니다."

"예?"

고소요가 송추월의 말을 얼른 알아듣지 못하고 되물었다.

"산적질을 하고 살던 사람이란 말입니다."

"예?"

고소요가 이번엔 놀란 얼굴로 송추월을 돌아보며 다시 물었다.

"놀라셨지요?"

"설마… 정말이세요?"

"물론 사실입니다. 고 대협께 물어보세요."

"큰 오라버니도 알고 계시는 일이라고요?"

"그럼요. 우린 인연이 제법 깊죠. 오 년 전 제가 첫 번째 산행에 나섰을 때 고 대협을 만났으니까요."

그러자 고소요가 물끄러미 송추월을 바라보다 갑자기 벼락같은 웃음을 터뜨렸다.

"핫하하!"

고소요의 웃음이 숲 멀리까지 크게 퍼져 나갔다. 평소 냉정하기 이를 데 없는 모습의 고소요를 생각하면 특별한 일이 아닐 수 없었다. 아니, 그녀의 내면에 이렇게 밝게 웃을 수 있는 마음이 있었나 싶을 정도로 지금 그녀가 터뜨리는 웃음은 밝고 밝았다.

"우습지요?"

송추월이 쓴웃음을 지으며 말했다.

"아니요. 미안해요. 송 소협을 비웃자고 웃은 것은 아니에요. 다만… 너무 뜻밖이라…….."

"저라도 산적이 고월산장에 와 있다고 하면 황당할 겁니다."

"그런 것이 아니라 큰 오라버니께서 송 소협과 같은 사람과 친분이 있다는 게 뜻밖이라는 거예요."

"그게 무슨 말입니까?"

"겪어봐서 아시겠지만 사실 큰 오라버니는 조금 샌님 같은 면이 있거든요. 옳고 그른 것이 확실한 분이죠. 그런 분이 산적과 친구라니… 하하하!"

"친구까지는 아닙니다. 단지 안면이 있는 정도지."

"어쨌거나요. 하하하, 정말 기분 좋네요."

"그건 또 무슨 말입니까?"

"평소 큰 오라버니가 너무 정인군자처럼 굴어서 거리감이 있었거든요. 그런데 이렇게 산적 친구를 두고 있다니 한편으로 큰 오라버니에 대해 정이 생기네요. 하하하!"

고소요의 웃음소리는 마치 남자와 같았다. 냉정함 속에 이런 호방함이 숨겨져 있다는 것이 송추월에게는 기이하게 느껴졌다.

"뭐, 다른 사람들에게 말해도 상관없지만 그래도 고월산장의 체면을 생각하면……."

"체면이요? 그렇죠. 체면은 지켜야죠."

고소요가 씁쓸한 표정으로 말했다. 뭔가 다시 못마땅해진 듯한 모습이었다.

'뭘 실수했나?'

송추월이 내심 걱정하며 고소요의 표정을 살폈다. 그러자 고소요가 혼잣말을 하듯 중얼거렸다.

"그 체면을 지키려다 지금 우리 가문이 이런 위급에 처한 거지요. 가문의 존립을 건 싸움에서조차 융통성이 없었으니……."

아마도 고소요는 고월산장주가 혁가장과 싸우는 모습이 마음에 들지 않았던 모양이다.

'무서운 여자야.'

송추월이 내심 실소를 흘렸다. 만약 그녀가 남자로 태어났다면 아마도 강호를 주름잡는 기협이 되었을 것 같았다. 물론 여인이라고 해서 그녀가 앞으로 강호에서 살아갈 모습이 달라질 것 같지는 않았지만.

"조금 걸으실래요? 직접 산적을 만나니 듣고 싶은 얘기가 많네요."

고소요가 그녀답지 않게 송추월을 놀리듯 말했다. 어느새 송추월이 묵고 있는 건물에 가까이 다가갔을 때의 일이다.

"뭐, 그러지요. 딱히 할 일도 없는데."

"좋아요. 그럼 제가 오늘 고월산장이 어떤 곳인지 보여 드리지요. 절 따라오세요."

고소요가 기분이 좋아졌는지 송추월을 이끌고 장원의 동북쪽을 향해 걸음을 옮기기 시작했다.

'이게 바로 고월산장이군.'

송추월은 기이한 관목 사이로 고고하게 서 있는 몇 채의 작은 오두막들을 보며 새삼스레 고월산장이 어떤 곳인지를 깨달았다. 한 채 한 채 잘 관리되어 있는 오두막들은 절벽과 계곡이 어우러진 산 능선을 따라 이어져 있었는데, 각 오두막에서 보는 녹산의 전망은 아름답기 그지없었다.

"이곳이 바로 고월산장이 시작된 곳이에요."

능선을 따라 늘어선 오두막들을 가리키며 고소요가 말했다.

"처음 조사께서 녹산에 정착하실 때는 바로 이런 모습으로 기거하셨다고 해요."

"이미 몇백 년은 되었음 직한 오두막들을 아직도 관리하고 있다니 대단하군요."

"한편으론 답답한 일이지요. 과거의 규율에서 한 걸음도 벗어나지 못하고 있으니까요."

"그런가요?"

"물론 좋은 점도 있어요. 그런 규율이 없었다면 오늘의 고월산장도 없었을 테니까요. 그리고 이 오두막들을 돌보는 일은 사실 우리 고월산장에는 무척 중요한 일이에요."

"왜입니까?"

"왜냐하면 이 오두막들은 단지 유물로서가 아니라 지금도 고월산장의 후예들이 무공을 수련하는 곳으로 쓰이니까요. 본래 고월산장에서는 십대 초반부터 스무 살까지의 아이들을 이 오두막에서 생활하게 해요. 물론 후손이 많지 않아 사용하는 오두막은 서너 채에 불과하지요. 지금은 겨우 두 명만이 저 서쪽의 오두막에 기거하고 있어요."

"아예 숙식을 하는 건가요?"

"그렇지요. 어려서부터 제 앞가림은 스스로 하게 만드는 거지요. 풍요 속에선 나태함이 깃든다는 것이 또한 조사님의 가르침이셨거든요."

"그렇군요. 그럼 고 소저께서도……?"

"그래요. 저도 어린 시절을 이 오두막 중 한곳에서 보냈지요. 바로 저곳이에요."

고소요가 손을 들어 산등성이 위쪽에 위치한 아담한 오두막을 가리켰다.

"가보실래요?"

"그러죠."

송추월이 고개를 끄덕이고는 앞서서 산길을 걷기 시작했다.

송추월과 고소요는 일각여를 걸어 고소요가 어린 시절을 보냈던 오두막 근처에 다다랐다. 그런데 그때 문득 두 사람의 걸음이 동시에 멈춰졌다. 그리곤 재빨리 나무 뒤로 몸을 숨겼다.

'저들은……?'

고소요가 어린 시절을 보냈다는 오두막에는 이미 선객이 있었다. 그것도 하나가 아니라 둘. 그리고 그 두 사람의 모습은 송추월의 눈에도 익었다.

"떠나주시오."

"왜요? 고월산장이 제가 있으면 안 되는 곳인가요?"

초로의 남자와 중년의 여인. 한 명은 고월산장주 고모수의 아우인 고흘수였고, 여인은 고무룡과 함께 양산에서 녹산으로 온 양산종의 여고수 자후였다.

'저들이 왜 이곳에서 저런 대화를 나누고 있지?'

송추월이 고개를 갸웃하며 고개를 돌렸다. 고월산장과 양산종의 일이라면 고소요가 그 내막을 알고 있을 수도 있었다. 그러나 고소요 역시 영문을 모르겠다는 듯 의혹 어린 눈으로 두 사람을 지켜보고 있었다.

'이대로 있어도 되는 건가?'

남의 이야기를 숨어서 듣는 것은 강호의 법칙에 크게 어긋나는 일이다. 더군다나 고흘수와 자후는 고월산장과 양산종에서 웃어른에 속하는 배분이었다. 그러나 송추월의 내심을 아는지 모르는지 고소요는 전혀 자리를 떠날 생각이 없어 보였다. 특히 연이어 들려온 고흘수의 말을 들은 후에는 더더욱.

"당신이 어찌 이곳에 있을 수 있단 말이오?"

"왜 제가 이곳에 머물 수 없나요?"

"소요 그 아이를 눈앞에 두고도 아무런 죄책감도 없단 말이오?"

고흘수가 노한 목소리로 물었다. 순간 송추월이 고소요를 바라봤다. 고소요 역시 자신의 이름이 두 사람 입에서 흘러나오자 눈빛이 변했다. 그동안은 단순히 호기심이나 의혹을 드러내는 정도였으나 이제 그녀의 눈빛은 얼음장을 쏟아내듯 차가워졌다.

"제가 제 딸을 왜 못 보나요?"

연이어 들려온 목소리에 고소요가 부르르 몸을 떨었다.

"당신, 당신이 어찌……!"

고흘수의 눈에 노기가 번졌다. 말아 쥔 그의 두 손에 핏줄이 섰다.

"왜요? 제가 못할 말을 했나요? 소요 그 아이는 분명 내 딸이에요!"

"아, 당신은 아직도 오직 자신만을 생각하는 그 버릇을 고치지 못했군. 형님께선 당신도 이제 나이가 들었으니 생각과 행동이 예전 같지 않으실 거라 말씀하셨건만……."

"흥! 정인군자입네 하는 당신 형님의 가식은 여전하군요."

"형님을 모욕하지 마시오."

"당신은 여전히 당신 형님이 천신이라도 되는 듯 생각하는군요. 당신은 결국 죽을 때까지 그의 그늘에서 벗어날 수 없을 거예요."

"맞소. 난 죽을 때까지 형님을 떠나는 일이 없을 거요. 당신의 간교함 때문에 잠시 형님을 오해했던 시절도 있었으나 이젠 형님이 어떤 분이란 걸 누구보다 잘 알고 있기 때문이오. 내가 형님의 아우로 태어난 것은 내게 큰 복일 뿐이오."

"흥, 그래서 내가 당신을 떠난 거예요. 야망이 없고, 자존심도 없고……."

"아, 자후 당신은 여전히 다른 사람 탓만 하는구려. 솔직히 말해 당신이 날 떠난 것은 나 때문이 아니라 당신 자신 때문이 아니오."

"그게 무슨 말이지요?"

"내가 몰랐을 것 같소? 애초부터 당신 마음속에 들어 있는 사람이 내가 아니라 형님이었다는 사실을 말이오!"

순간 여고수 자후의 말이 뚝 끊겼다. 그녀의 눈이 새파란 분노로 일렁이며 고흘수를 노려봤다. 고흘수 역시 지지 않고 자후의 시선을 받아냈다.

"그걸… 알고 있었다고요?"

자후가 또박또박 끊어지는 말투로 물었다.

"물론 알고 있었소."

"언제부터 알고 있었죠?"

"처음부터… 당신이 내게 접근한 그 순간부터."

"그런데 왜 날 받아들였죠?"

"당신의 마음을 바꿀 수 있을 거라 생각했으니… 또 바뀌었다고 생각했고. 당신이 소요를 버리고 떠나는 그 순간까지."

"당신… 그렇다면 그날 밤 우연히 내 방에 들어온 것이 아니었군요."

"아니, 그건 분명 우연이었소. 당신이 형님을 유혹하려 몽혼향을 피웠다는 걸 형님과 나 누구도 몰랐지. 그날 형님이 당신을 만나러 갔다면 소요의 아버지는 내가 아니라 형님이 되었겠지. 그렇게 되었다면 당신은 고월산장의 안주인이 되기 위해 또 다른 음모를 꾸몄을 테고. 그런 당신이 과연 고월산장에 머물 자격이 있소? 형님은 이제 시간이 지났으니 모든 일을 잊고 다시 시작하라 하시지만 난… 당신이 한 일을 잊을 수 없소. 당신은… 당신은, 아! 형님은 당신의 일로 인해 양산종까지 떠났단 말이오."

"당신 형님이 양산종을 떠난 것이 모두 내 탓이라는 건가요? 당시 당신 형님은 양산종의 다른 고수들과도 뜻이 맞지 않았어요."

그러자 고흘수가 자후를 노려보며 말했다.

"그만하시오. 형님과 내가 모르는 줄 아시오? 양산종의 형제들이 형님을 멀리하고 그 진심을 거부한 것이 당신이 형님에 대한 원망으로 양산종 형제들에게 형님을 모략해서 일어난 일이라는 것을! 형님은 그걸 알면서도 당신이 소요의 어머니란 이유로 형제들의 원망을 참았던 것이오."

순간 자후의 얼굴이 딱딱하게 굳어졌다. 그리고 긴 침묵이 이어졌다. 고흘수도 자후도 그들을 지켜보고 있던 송추월과 고소요도 침묵에 빠져들었다. 그렇게 얼마의 시간이 흘렀을까. 문득 고소요가 조용히 신형을 돌렸다. 고흘수와 자후는 여전히 오두막 그늘 아래 서 있었다. 그 둘을 흘깃 바라본 송추월이 빠른 걸음으로 고소요를 쫓았다. 그녀는 오늘 새로운 운명에 부딪쳤고, 어쩌면 누군가의 위로가 필요할지도 몰랐다.

第十章
시작된 싸움

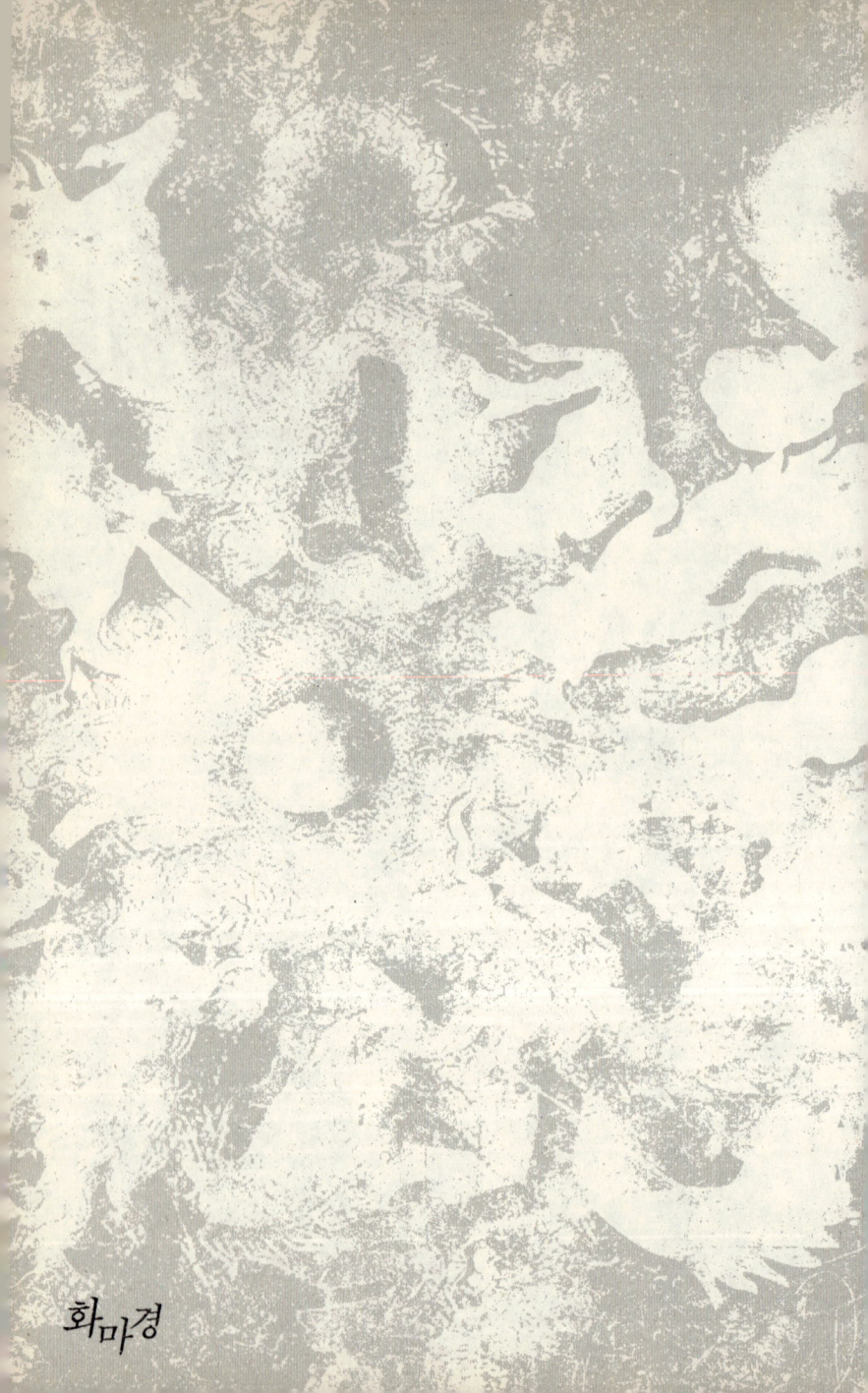

화마경

"뭘 그렇게 봐요? 정신 나간 사람처럼!"

송추월이 뒤에서 들려오는 목소리에 고개를 돌렸다. 아무 말 없이 자신의 거처로 돌아가는 고소요의 모습을 물끄러미 바라보고 있던 순간이다. 고소요는 송추월의 위로를 필요로 하지 않았다. 아니, 위로할 기회조차 주지 않았다. 오두막들이 들어선 능선에서 내려온 고소요는 얼음장 같은 얼굴을 한 채 송추월에게 눈길 한 번 주지 않고 자신의 숙소로 향했다. 아니, 한마디 말은 남겼다.

"누구에게도 오늘 일을 발설치 마세요."

그녀는 그 말만 남기고 대답도 듣지 않은 채 송추월로부터 멀어졌다. 그런 고소요를 바라보고 있던 송추월을 돌려 세운 목소리의 주인공은 양산종의 후예 중 한 명인 서연이었다.

"서 여협이셨군요. 모임은 끝났습니까?"

"그래요. 좀 전에 파했어요. 그런데… 둘이 어딜 다녀오는 길인가요?"

서연이 막 건물들 사이로 사라지는 고소요를 흘깃 보며 물었다.

"그저 잠시 산책을 했지요."

"산책이라……. 무공만 뛰어난 줄 알았는데 다른 재주도 좋군요."

"그게 무슨 말입니까?"

"젊은 남녀가 단둘이 산책을 한다는 것은 서로에게 호감이 있다는 말 아닌가요? 송 소협이 이곳에 도착한 지 겨우 하루. 그런데 벌써 고월산장 따님의 마음을 얻었군요. 그래서 재주가 좋다고 한 말이에요."

"농을 잘하시는군요."

"농이라고요?"

"어딜 봐서 고 소저가 나 같은 사람에게 마음을 줄 것 같습니까?"

"저런, 자신에 대해 잘 모르시나 봐요?"

"제 주제는 잘 알고 있습니다."

"호호호, 아뇨. 제가 보기엔 모르는 것 같아요. 좀 전 모임에서 전 대협과 비무가 끝난 이후 그곳에 있던 여인들의 시선이 모두 송 소협에게 가 있었다는 걸 모르셨어요?"

"그야 호기심이 일었겠지요."

"호호호, 호기심이 곧 관심의 시작이지요. 이봐요, 강호에서 제일 중요한 게 뭔지 알아요?"

"뭡니까?"

"바로 강한 무공이죠. 강호란 곳은 강한 무공을 지닌 자가 최고예요. 강한 자는 부와 명예, 그리고 아름다운 여인을 얻지요. 송 소협이 전 대협과의 비무에서 보여준 무공은 젊은 여인들의 관심을 끌기에 충분한 것이었어요."

"서 여협도 내게 관심이 있습니까?"

송추월이 서연을 빤히 바라보며 물었다.

"그렇다면요?"

"저야 영광이지요."

"호호호, 이제 보니 정말 재밌는 분이군요. 좋아요. 뭐, 저도 관심이 전혀 없는 것은 아니에요. 일단 송 소협의 몸 자체가 내 관심을 끌고 있으니까요. 따라오세요."

"어딜 말입니까?"

"제가 환약을 드린다고 했잖아요. 화기가 승할 때 복용하면 화기를 다스리는 데 도움이 되는 약 말이에요."

"정말 주시는 겁니까?"

"전 환자 두고 농은 안 해요."

서연이 똑 부러지게 말하고는 앞서서 걸음을 옮기기 시작했다.

'휴, 무림의 여인들은 하나같이 강단이 있구나.'

고소요도 그렇고 서연도 그렇고 모두 도도한 구석이 있는 여인들이었다. 송추월로서는 산속에서 살다 보니 무림의 여인은커녕 저자의 여인들과도 말을 섞을 기회가 없었는데, 특이한 성정의 두 여인을 만나보니 감당하기가 그리 쉽지 않았다.

서연은 송추월을 자신의 숙소로 데려갔다.

"잠시 기다리세요."

서연이 송추월을 숙소 밖에 머물게 하고는 숙소 안으로 들어갔다. 그리고는 일각 정도 흐른 후 손에 그윽한 향기가 흘러나오는 작은 전낭을 들고 나왔다.

"받아요."

서연이 송추월에게 전낭을 넘겼다.

"이거 고마워서……."

송추월이 값을 치러야 하는 게 아닌가 하는 표정으로 말을 흘렸다.

"사부님과 전 사람을 고쳐 주고 금자를 받지 않아요."

"그런가요?"

"대신 제게 신세 한 번 졌다고 생각하세요. 누가 아나요? 곧 혁가장과 싸움이 있을 텐데 그때 송 소협이 제 목숨을 구해줄지도."

"그럴 일이 있다면 당연히 그러지요."

"호호, 오늘 난 선업을 쌓았으니 후일 그에 대한 대가를 받겠지요. 그럼 전 좀 쉬겠어요. 아! 그 약의 이름은 청기환이라고 하는데 한 번에 두 알 이상 드시면 안 돼요. 그러면 오히려 맥이 약해져서 힘을 쓰지 못할 거예요."

"그런 약도 있습니까?"

"어설픈 의원이 보면 독약이라고 할 걸요."

"위험한 약이군요."

"본래 독과 약은 종이 한 장 차이예요. 어떻게 쓰냐에 따라 다른 거지요. 그럼."

서연이 가볍게 고개를 숙여 보이고는 자신의 숙소로 들어갔다. 서연의 모습을 바라보고 있던 송추월이 그녀가 문 안으로 사라지자 혼잣말로 중얼거렸다.

"이거 먹어도 되는 건가? 젠장, 의원이란 여자가 스스로 독이라고 말을 하다니⋯⋯."

송추월이 손에 든 전낭을 물끄러미 바라보다 이내 신형을 돌려 자신의 숙소로 향했다.

송추월은 이틀 동안 자신의 숙소에 머물러 있었다. 가끔 숙소 밖으로 나가 산책을 하기도 했지만 거의 대부분의 시간을 자신의 방에 머물면서 이 생각 저 생각을 하며 소일했다. 그사이 고무승이 두 번 찾아왔고, 또 한 번은 서연이 찾아와 송추월의 방을 샅샅이 살피고는 사라졌다. 가끔 후기지수들의 모임에서 보았던 사람들이 삼삼오오 송추월의 숙소 쪽을 바라보며 송추월을 화제에 올리곤 했으나 고무승과 서연 외에 송추월을 찾아오는 사람은 없었다.

그렇게 이틀이 지난 후 오랜만엔 고무룡이 찾아왔다. 늦은 저녁이었고, 고무룡의 표정은 무거웠다.

"들어가도 되겠나?"

송추월의 방문을 두드린 고무룡이 방문 밖에서 물었다.

"그러시지요."

송추월이 선선히 문을 열었다.

"고맙네."

방 안으로 들어선 고무룡을 송추월이 작은 탁자로 이끌었다. 고무룡은 여전히 무거운 표정으로 송추월이 권하는 대로 자리에 앉더니 가벼운 한숨을 내쉬었다.

"무슨 일이 있습니까?"

평소와 다른 고무룡의 모습에 송추월이 조심스럽게 물었다.

"소요의 일… 들었다지?"

고무룡이 송추월을 보며 물었다.

"어쩌다 보니……. 고 소저는 어떻습니까?"

"음… 본래부터 성정이 밝지 않은 아이라… 그 속을 모르겠군. 그저 내게 사실을 확인하러 한 번 들렀을 뿐이네. 그리곤 줄곧 자기 방에 처박혀 밖으로 나오지 않는군."

"고 대협께서는 알고 계신 일이었습니까?"

"양산으로 가기 전 아버님께 들었네."

"어찌 된 일입니까?"

"음… 뭐, 자네가 들은 그대로일세. 그 자후라는 분이 소요의 생모시고 숙부께서 소요의 친부일세."

"그런데 왜 지금까지 그 사실을 숨기고 고 소저를 장주님의 따님으로 키우신 겁니까?"

"음… 그건, 아버님이 소요를 배려하셨기 때문일세. 그 자후라는 분은 사실 우리 고월산장에 적지 않은 피해를 끼쳤을 뿐아니라 아버님이 양산종의 형제들로부터 따돌림을 받는 데 앞장섰던 분이지."

"왜 그런 일을……?"

"모든 건 정해의 바다에서 헤어나지 못했기 때문에 벌어진일이네."

고무룡이 침울한 표정으로 말했다. 송추월은 고무룡의 표정이 너무 무거웠기에 더 이상 질문을 던지지 않았다. 대신 그는 고무룡이 스스로 입을 열 때까지 기다렸다.

"사실 오늘 자네를 찾아온 것은 한 가지 부탁이 있어서네."

"말씀하시지요."

"오늘 밤 늦게 우린 장원을 떠날 생각이네."

"시작이군요."

"그렇다네. 지금 녹산을 포위하고 있는 혁가장의 고수들은 세 개의 관도와 두 개의 산길을 장악하고 있네. 우린 그중 두개의 산길을 뚫을 생각이네."

"산길을 선택한 특별한 이유가 있습니까?"

"일단 관도에 비해 상대의 눈을 피해 접근하기가 쉽고, 둘째는 한 번 빼앗으면 방어가 용이하니 다시 빼앗길 위험이 적기때문일세."

"그렇군요. 한데 부탁이라시면……?"

"두 곳을 치자면 당연히 사람들을 둘로 나눌 걸세. 산장 내에 있는 고수 중 절반이 동원될 걸세."

고월산장에 있는 고수 절반이 출정하는 것이면 고월산장은 오늘의 기습에 산장의 운명을 걸었다는 말이 된다. 만약 이 기습이 실패한다면 고월산장은 혁가장과의 싸움에서 굴욕적인 패배를 인정할 수밖에 없을 터였다.

"난 녹산 남쪽 능선을 따라 내려가 혼강으로 이어지는 산길을 노릴 걸세. 반면에 숙부께서 이끄는 사람들은 산 서쪽 능선으로 갈 것이네. 그런데……."

고무룡이 잠시 말을 끊었다. 송추월은 여전히 고무룡의 말이 이어질 때까지 침묵을 지켰다.

"소요가 서쪽 길로 가겠다고 고집을 피우는군."

"고 소저가요?"

송추월이 놀란 얼굴로 되물었다.

"그렇다네. 내 생각에 지금 소요의 상태로 싸움에 나서는 것은 극히 위험한 일이네. 더군다나 숙부와 함께라면 더더욱……."

"그분께서는……?"

"자 여협 말인가?"

"예."

"무슨 생각인지 함께 가겠다고 하더군."

"문제군요."

"그래서 자넬 찾아왔네."

고무룡의 다음 말은 듣지 않아도 알 수 있었다. 아마도 고무룡은 고소요의 안위를 송추월에게 부탁하려는 것일 터였다.

"고 소저의 곁에 있지요."

"고맙네. 어려운 부탁을 해서 미안하네. 하지만 소요의 사정을 아는 사람이 자네밖에 없으니……."

"걱정 마십시오."

"자넬 믿겠네."

"후후, 산적에게 동생을 맡기다니 배포가 좋으시군요."

송추월이 짐짓 농을 던졌다. 그러자 굳어져 있던 고무룡의 표정에도 미소가 드리웠다.

"보통 산적이 아니니까."

"좋게 봐주셔서 고맙습니다."

"아닐세. 고맙기는 내가 고맙지. 잘 부탁하네."

"알겠습니다."

"자시에 본청 앞으로 오시게."

"그리하지요."

송추월의 대답이 끝나자 고무룡이 자리에서 일어났다. 그리고는 서둘러 송추월의 방을 벗어났다.

푸른 달빛이 고월산장의 오래된 건물 지붕들을 고즈넉이 비추고 있었다. 보름이 되려면 아직 칠팔 일이 남아 있었지만 구름 한 점 없이 맑은 밤이라 달빛은 밝았다.

'보름이 아닌 게 다행이군.'

고월산장주가 머무는 본청으로 향하며 송추월이 고개를 들어 달을 봤다. 그런데 그때 서연의 목소리가 들려왔다.

"싸우러 가는 사람이 달구경을 하세요?"

"나오셨군요."

"오늘이 밥 값 하는 날이라고 하더군요."

"어느 쪽으로 가십니까?"

"서쪽으로요."

"동행하게 되었군요."

"후후, 사실은 송 소협이 서쪽으로 가신다는 소리를 듣고 서쪽을 택한 거예요."

서연의 말에 송추월이 탐색하듯 서연을 바라보며 물었다.

"정말 왜 나에게 그렇게 관심이 많은 겁니까?"

"말했잖아요. 사부님과 나는 특이한 체질의 사람에게 관심이 많다고."

"단지 그 이웁니까?"

"그럼 뭘 바라세요? 설마 내가 송 소협을 연모한다든지 뭐 그런 말을 듣고 싶은 거예요?"

"전 여자에게 관심없습니다."

"오호? 정말 그래요?"

"귀찮은 것은 질색이라……."

"여인이 귀찮다……. 정을 못 받고 크셨나 보군요."

순간 송추월의 눈에 한기가 스치고 지나갔다. 어린 시절의 기억은 송추월로서는 별로 떠올리고 싶지 않은 기억이었다. 복수를 끝냈음에도 불구하고.

"잘 보셨소이다. 난 막살아온 놈이요."

송추월의 말이 거칠어졌다. 산적 특유의 야성이 그의 표정과 말에서 흘러나왔다. 순간 서연이 낯선 사람을 보듯 송추월을 바라봤다.

"제가 실수를 한 건가요?"

"아니오. 실수까지야. 본성이 거친 놈이라 그동안 예를 차리느라 힘들었는데 이제 본성을 드러냈다고 생각하시면 될 거요."

"그런가요? 그것도 나쁘지는 않네요."

"뭐가 나쁘지 않다는 거요?"

"얼굴에 한 겹 가식을 뒤집어쓴 모습보다 송 소협 본래의 모습을 보는 것도 좋다는 말이에요. 자, 가요. 이러다 늦겠네요."

서연이 자신이 할 말을 다 하고는 송추월을 스쳐 지나 먼저 걸음을 옮기기 시작했다. 그 모습을 본 송추월이 고개를 저으며 중얼거렸다.

"정말 상대하기 곤란한 존재군."

고월산장의 중심부에는 다른 건물보다 두 배쯤 큰 거대한 전각이 있었다. 고월산장주 고모수의 거처로 고월산장의 모든 일이 결정되는 곳이었다.

송추월과 서연이 본청 앞에 도착했을 때는 이미 적지 않은 사람들이 본 청의 커다란 마당 위를 서성이고 있었다.

'오십 명쯤 되겠군.'

송추월이 얼추 마당 위에 서 있는 사람들의 숫자를 헤아렸다. 그때 문득 고무룡이 송추월과 서연을 발견하고는 얼른 두 사람 앞으로 다가왔다.

"어서 오시게."

"늦은 겁니까?"

"아닐세. 때 맞춰 잘 오셨네. 서 사매도 어서 와."

어느새 고월산장의 후예들과 양산종의 후예들은 서로의 나이에 맞춰 사형제의 관계를 형성하고 있었다.

"출행하기엔 좋은 날이에요, 사형."

"그런가? 난 달이 너무 밝다고 생각했는데……."

"산에 들어가면 달빛은 나무에 가리는 법이지요."

"그렇군."

"어디로 가면 되죠?"

"왼쪽에 모인 사람들이 서쪽으로 갈 사람들이네."

"알겠어요."

서연이 짧게 대답하고는 두 무리의 고수 중 왼쪽에 모여 있는 고수들 쪽으로 걸어갔다.

"잘 부탁하네."

서연이 멀어지자 고무룡이 송추월을 보며 말했다.

"노력하지요."

"믿겠네."

고무룡이 송추월의 손을 굳게 잡았다 놓고는 앞쪽으로 이동했다. 고무룡이 떠나자 송추월이 느린 걸음으로 왼쪽에 모여 있는 사람들 사이로 들어갔다. 그리고는 우연처럼 고소요 곁에 섰다. 고소요는 송추월이 다가섰음에도 시선조차 주지 않았다. 그녀의 시선은 왼쪽에 늘어선 고수들의 가장 앞쪽에 서 있는 사람, 그녀의 친부 고흘수에게 고정되어 있었다.

'서리가 내리는구나.'

고소요의 냉기에 흠칫 몸을 떤 송추월이 시선을 돌렸다. 그러자 그의 눈에 본청을 벗어나는 고모수의 모습이 보였다. 그의 곁에는 양산종의 종성 흠무를 비롯해 세 명의 노고수가 함께 걸음을 옮기고 있었다.

본청을 벗어난 고모수는 두 패로 나뉜 고수들 중앙에 이르러 걸음을 멈췄다.

"깊은 밤에 이렇게 모여주셔서 감사합니다. 또한 본가를 위해 목숨을 건 싸움에 서슴없이 나서주신 점 깊이 감사드립니다. 오늘의 출행은 아마도 혁가장과의 오 년 싸움에 분수령이 될 겁니다. 모든 분이 무사히 돌아오시길 바랍니다. 추후 이 고모수뿐 아니라 고월산장의 후손들은 오늘 이 싸움에 참여하신 모든 분들을 본가의 은인으로 영원히 모실 것입니다. 다시 한 번 무사히 돌아오시길 바랍니다."

고모수의 말은 생각보다 짧았다. 이미 이번 출행의 계획은 좌우의 고수들을 이끌고 있는 고흘수와 고무룡에게 세세히 전해진 상황이었기에 더 이상의 설명은 필요치 않았다.

"그럼 출발하지."

고모수가 고흘수와 고무룡을 보며 말을 건네자 두 사람이 고모수를 향해 고개를 숙여 보이고는 이내 사람들을 이끌고 장내를 벗어나기 시작했다.

　　"또 동행하게 되었군."

　　고소요에게서 시선을 떼지 않은 채 걸음을 옮기고 있던 송추월 곁에 어느새 양산종의 고수 황종보가 다가섰다.

　　"잘 지내셨습니까?"

　　"나야 잘 지냈지. 자네는?"

　　"뭐, 별일있을 게 있습니까?"

　　"흐흠, 젊은 사람들끼리 따로 모였다는 소문은 들었네만."

　　"그랬지요."

　　송추월이 고개를 끄덕였다.

　　"거기서 본때를 한번 보여줬다면서?"

　　"비무를 말씀하시는 겁니까?"

　　"그렇다네."

　　"그저 비무였을 뿐인데요."

　　"아니, 아니… 양산종의 후배들이 말하는 것을 들으니 그저 비무가 아니었다고 하더군. 자네의 무공이 모두를 놀래켰다고 난리들이었어."

　　"그랬나요?"

　　"무룡 그 아이가 자네에게 무척 극진하게 대하는 게 의아했는데 이젠 이해가 간다고들 하더군."

"역시 강호란 곳은 실력을 보여야 되는 곳이군요."

"흐흐흐, 강호에서 자신의 가치를 높이는 데 그보다 좋은 방법은 없지. 그나저나… 오늘도 한번 제대로 실력 좀 보여주게."

"앞으로 나서란 말입니까?"

"그것도 좋지. 자네 이름을 강호에 알릴 수 있는 좋은 기회가 될 수도 있으니까."

"그러고 싶은 생각 없습니다."

"오호? 명예에 초월하신 분이라……?"

"그런 뜻이 아니라 모난 돌이 정 맞는다고, 앞으로 나섰다가 괜히 횡액을 당할까 그러지요."

"저런, 생각보다 겁이 많군."

"목숨은 하나지요."

"제법 처세를 할 줄 아는군. 아무튼 그래서 뒤에 있겠다?"

"도망가진 않을 겁니다."

"훗, 좋은 생각이군. 보자, 그럼 나도 자네 곁에 붙어 있어야겠군."

"그러시겠습니까?"

"뭐, 내가 자네보다 나이도 많은데 젊은 사람이 나서지 않는 싸움에 늙은이가 먼저 나설 필요야 있겠나? 그리고 어디까지나 이 싸움은 고월산장의 싸움이야. 고월산장의 고수들이 주도해야지."

황종보가 고개를 들어 앞서서 길을 열고 있는 고흘수와 고월산장의 고수들을 바라봤다.

일행은 고월산장의 고수 열다섯과 강호에서 고월산장을 돕기 위해 모여든 고수 십여 명으로 이루어져 있었다. 모두 스물다섯 명의 고수는 강호에 나가면 일류고수 소리를 들을 수 있는 사람들이라 발걸음이 무척 가벼웠다.

또한 어둠 속에서도 길을 잃지 않은 것은 고월산장이 이 일을 무척 세심하게 준비했다는 의미이다. 더불어 고월산장 고수들 사기가 높다는 것은 그들에게 오늘 일을 성사시킬 자신이 있다는 의미였다.

송추월의 시선은 여전히 고소요에게 머물러 있었다. 고무룡의 부탁도 부탁이지만 송추월의 눈에도 고소요는 위태로워 보였다. 목적지에 도착하면 그녀가 무슨 일을 벌이지 않을까 하는 불안감도 있었다.

'하필이면 이곳으로 올 게 뭐람!'

송추월의 시선이 고월산장의 고수들의 뒤를 따라 묵묵히 걸음을 옮기고 있는 강호 고수들 중 한 여인에게로 향했다. 자후였다. 보통 사람이라면 고흘수나 고요소와 함께 길을 나서는 것을 꺼려할 것이지만 여고수 자후는 무슨 생각인지 그들 두 사람을 따라 서쪽 능선으로 향하고 있었다.

'하여간 속내를 알 수 없는 여인이야.'

송추월이 고개를 저었다. 자후가 일행에 포함되어 있다는 것은 그만큼 고소요를 자극할 가능성이 컸다. 물론 겉으로는 냉정한 기운을 흘리고 있는 고소요지만 그녀는 이제 겨우 스물을 갓 넘긴 젊은이였다. 그런 그녀가 자신에게 갑작스레 벌어진 출생의 비밀을 덤덤하게 받아 넘길 수는 없었다, 그것도 자신의 생모와 생부를 옆에 두고.

'어쨌든 잘 지켜봐야겠어.'

송추월이 조금 빠르게 걸음을 옮겨 고소요의 바로 뒤로 다가섰다.

녹산에서 서쪽 능선을 타고 내려가면 장백에서 심양으로 향하는 관도를 만나게 된다. 물론 심양까지는 먼 길이었지만 어쨌든 요동의 대도 심양으로 향하는 길이 있다는 것은 녹산 서쪽 능선 길이 고월산장에게 있어 요로임을 말해주는 것이다.

녹산의 서쪽 능선로의 길이는 빠른 걸음으로 대략 하룻길. 그 중간에 노두령이라는 고개가 있다. 노두령은 녹산 서쪽 능선로와 남북으로 이어지는 소로가 열십자로 교차하는 요지였다. 그곳에 혁가장의 고수들이 진을 치고 있었다.

"저곳이군."

문득 황종보의 목소리가 들려왔다. 송추월의 시선이 오랜만에 고소요에게서 벗어나 일백여 장 밖에 희미하게 보이는 불빛들을 응시했다. 완만한 능선 위에 혹이 난 듯 불쑥 솟아 있는 봉우리. 사방을 환히 내려다볼 수 있는 시야가 확보된 지점에 혁가장의 고수들이 있었다.

"밤이니 근처 숲을 지키며 망을 보는 자들이 있겠지요?"

"아마도 그렇겠지."

"그럼 어떻게 혁가장의 진영까지 접근하죠?"

"그야 흘수 저 사람이 결정하겠지. 하지만 방법이 그리 많은 것은 아니야. 방법은 두 가지지. 그대로 폭풍처럼 몰아쳐 가거나, 혹은 일부 고수가 앞으로 나가 번을 서는 자들을 제거하며 은밀히 들어가거나. 하지만……."

"……?"

송추월이 황종보의 다음 말을 기다렸다. 그러자 황종보가 미소를 지으며 말했다.

"내 생각에는 두 번째 방법을 쓸 것 같아."

"왜요?"

"흘수 저 사람은 예전부터 조심스런 면이 있었지. 좋게 말하면 세심한 거고 나쁘게 말하면 소심한 건데, 저 사람의 성격상 첫 번째 방법은 맞지 않아. 아마 사람을 뽑아 번을 서는 자들을 제거하며 이동하려 할 거야."

"하지만 소리를 내지 않고 번을 서는 자들을 제거하는 일은 쉽지 않을 텐데요?"

"뭐, 들키면 어쩔 수 없는 일이지만 일단 시도는 할 거란 말이지. 그리고 솔직히 말해 밤에 잠을 자지 않고 번을 서는 자들이야 당연히 혁가장의 하류무사들일 테니 그들의 실력이 그리 뛰어나진 않을 것이고."

황종보의 말은 이내 현실이 됐다. 혁가장의 숙영지가 내려 다보이는 능선 위에서 고흘수는 걸음을 멈췄다. 달빛은 짙은 숲의 그늘을 뚫지 못했다. 어둠 속에서 사람들의 시선이 고흘수에게로 향했다.

"그동안 살펴본 바로는 저들은 밤이 되면 숙영지를 중심으로 사방에 다섯 조의 경비무사들로 하여금 번을 서게 하는 것으로 밝혀졌소이다. 진지에 머무는 인원은 대략 서른 명 정도인데, 아마도 서쪽 관도로 이어지는 산길이라 다른 곳에 비해 사람들을 많이 둔 것 같소이다. 녹산에 구축한 저들의 진지 중 이곳에 두 번째로 많은 고수들이 머물러 있으니 쉽지 않은 곳이외다."

"우두머리는 누군가?"

송추월 옆에서 황종보가 물었다.

"눈여겨볼 만한 고수는 제법 여럿 있는데, 그중에서 혁가장의 오랜 가신인 양광, 그리고 요동제일의 권왕으로 알려진 장정이 아무래도 저들 중 가장 강한 자라고 할 수 있을 겁니다. 물론 우리 눈에 띄지 않은 고수가 더 있을 수도 있지만 지금으로선 이 세 명의 고수가 가장 눈에 띄는 자들입니다."

"요동권왕 장정이라……. 의외군. 그자가 혁가장에 머물고 있다니."

"혹 사형께선 그자를 만나보셨습니까?"

"뭐, 같은 권각술을 익힌 자라 몇 번 만나긴 했네."

"황 사형께 부탁드려도 되겠습니까?"

"내가?"

"지금 이곳에서 황 사형만 한 고수가 없으니……."

"아니, 난……."

황종보가 당황한 기색으로 송추월을 바라봤다. 그 역시 송추월과 마찬가지로 이번 싸움에선 앞으로 나서지 않을 생각이었는데 갑자기 고흘수로부터 요동권왕 장정을 맡아달라는 부탁을 받자 난감해졌던 것이다.

"지금 저들의 진영에 있는 고수 중 제일은 아마도 그 요동권왕 장정일 겁니다. 우리 쪽에선 역시 황 사형만이 그를 상대할 수 있을 겁니다."

"아, 이거 참… 뭐, 그를 상대하라면 해야겠지만 쩝, 알겠네."

"감사합니다."

"아니, 뭐, 싸우러 왔으니 싸움을 하는 것이야 당연한 일인데……."

황종보의 말에 송추월이 실소를 흘렸다. 그러는 사이 다시 고흘수의 말이 이어졌다.

"일단 저들의 숫자가 많으니 진지까지 가능하면 조용하게 접근할 생각이외다. 그러자면 진지 밖으로 나와 번을 서는 자들을 은밀히 제거해야 하는데… 어느 분께서 그 일을 맡아주시겠소이까?"

고흘수의 말에 사람들이 잠시 침묵을 지켰다. 장내의 고수들이 싸움을 두려워할 사람들은 아니지만 그렇다고 선뜻 나서 싸움을 주도할 만큼 호전적인 사람도 별로 없었다. 그런데,

"제가 가겠어요."

목소리가 들려오는 순간 송추월의 표정이 일그러졌다.

'제길, 결국 일을 내는군.'

입을 열어 적의 경비무사들을 제거하겠다고 나선 사람은 고소요였다. 그런데 그런 고소요의 말에 얼굴색이 변한 사람은

송추월만이 아니었다. 장내의 고수들을 이끌고 있는 고흘수 역시 표정이 차갑게 변했고, 그를 바라보는 양산종의 여고수 자후 역시 걱정스런 눈으로 고소요를 바라봤다. 고소요는 마치 고집을 부리는 어린아이처럼 고흘수를 응시하고 있었다.

"소요야, 네가 나설 일이 아니다."

고흘수가 고개를 저었다. 그러나 고소요는 전혀 뒤로 물러날 기색이 없어 보였다.

"숙부께선 걱정 마세요. 반드시 제가 그 일을 해낼 테니까요. 더군다나 이 싸움은 우리 고월산장의 싸움인데 위험한 일을 손님들께 맡길 수도 없잖아요?"

고소요의 대답이 가문의 존장에게 하는 말치고는 지나치게 냉랭하다. 고흘수는 문득 기이한 시선으로 고소요를 바라봤다. 물론 고소요가 평소에도 싹싹한 성정의 여인은 아니었지만 그렇다고 이렇게 자신을 차갑게 대하는 아이도 아니었다. 그러나 지금 이 자리에서 고소요의 말과 행동에 대해 타박하고 있을 여유는 없었다.

'아마도 그는 아직 고 소저가 자신의 출생의 비밀을 알았다는 것을 모르나 보군.'

고흘수의 표정을 보며 송추월이 내심 생각했다. 고무룡이 미처 고흘수와 자후에게 고소요가 그들의 이야기를 들었다는 사실을 말하지 않은 모양이었다.

"저도 함께 가지요."

고소요가 고집을 꺾지 않자 초로의 노고수가 앞으로 나섰다. 고월산장의 오래된 가신 추부경이었다. 그의 무공은 고월산장에서 다섯 손가락 안에 드는 것으로 알려졌고, 묵묵히 고월산장주의 곁을 지켜온 충직한 인물로 산장 내에서 신망이 높은 사람이었다.

"괜찮다면 저도 가겠습니다."

모든 사람의 예상을 깨고 송추월이 입을 열었다. 물론 그렇게 자원을 하면서도 송추월은 떨떠름한 표정이었다. 고소요가 자원하지 않았다면 절대 따라나설 길이 아니었다.

"송 소협도 함께 가시겠다고?"

고흘수가 의아한 표정으로 물었다.

"그렇습니다. 제가 어려서부터 산에서 자라 산을 타는 데 능숙합니다. 도움이 될 겁니다."

산적 생활을 한 것이 혁가장 경비무사들의 위치를 찾고 기습을 하는 데 도움이 될 것은 사실이다.

"저도 가겠어요."

역시 사람들의 예상을 벗어난 인물이 다시 자원을 했다. 자후였다. 순간 고흘수의 눈빛이 차가워졌다.

"사매까지 나설 일은 아닐 듯하네."

고흘수가 차갑게 말했다.

"아뇨. 고월산장을 도우러 왔는데 손을 놓고 있을 수는 없지요. 저도 가겠어요."

"나도 가지."

갑자기 황종보도 앞으로 나섰다. 그러자 어둡던 고흘수의 얼굴에 한줄기 안도의 빛이 감돌았다.

"황 사형께서 가주신다면 안심이지요."

"뭐, 남아 있어봐야 지루할 것 같고… 대충 이 정도면 될 것 같은데? 너무 많이 가면 기습이 아니지?"

황종보의 말에 고흘수가 고개를 끄덕였다.

"그럼 부탁들 드리겠습니다. 소요, 넌 어른들께 폐가 되지 않도록 조심하거라."

"제 걱정은 마세요."

여전히 고소요의 대답이 싸늘하다. 그런 고소요를 걱정스런 표정으로 바라본 고흘수가 추부경을 보며 말했다.

"난 삼십여 장 뒤에서 따를 것이네. 부탁하네."

"너무 걱정 마십시오."

추부경이 고개를 끄덕이고는 일행 앞으로 나섰다. 그러자 번을 서는 혁가장 무사들을 기습하는 데 자원했던 사람들이 일제히 추부경 곁으로 모여들었다.

"그럼!"

추부경이 고흘수에게 고개를 숙여 보이고는 서둘러 사람들을 이끌고 어두운 숲으로 스며들었다.

'제길!'

송추월이 곁눈으로 고소요를 살피며 속으로 투덜거렸다. 고소요는 움직이는 동안 단 한 번도 송추월에게 시선을 주지 않았다. 그런 고소요의 모습이 송추월을 더욱 불안하게 만들었다.

기습에 나선 사람들은 느리게 앞으로 전진했다. 무성한 숲과 어둠이 적의 시야에서 일행을 보호해 주고 있었지만 그들이 내는 소리는 언제나 적에게 들킬 위험을 내포하고 있었다.

혁가장의 진지가 가까워질수록 일행은 걸음 하나, 손짓 하나에 조심하며 전진했다. 그리고 어느 순간 문득 선두에 서 있던 추부경의 움직임이 정지했다.

'저곳이군.'

산에서 산적으로 살아온 송추월은 무공을 떠나서 밤눈이 무척 밝았다. 그런 그의 눈에 한 그루 전나무에 올라 있는 두 명의 사내가 들어왔다. 혁가장의 경비무사들이었다.

적을 발견한 고월산장의 고수들이 잠시 호흡을 골랐다. 그동안 혁가장과의 싸움이 없었던 것은 아니지만 이렇게 선공에 나서는 것은, 그것도 어둠을 틈타 기습을 하는 것은 오늘이 처음이다.

고월산장의 고수 추부경이 천천히 검을 빼 들었다. 달빛이 들어오지 않아 검신은 빛을 내지 못했다. 그런데 그 순간 갑자기 고소요가 앞으로 튀어나갔다.

'헉!'

송추월이 갑작스런 고소요의 행동에 내심 당혹했다. 설마하니 고소요가 이렇게까지 무모하게 움직일 것이라곤 전혀 예상치 못하고 있었던 것이다.

당황하기는 다른 사람들도 마찬가지였다. 검을 빼 들고 있던 추부경은 물론 양산종의 여고수 자후 역시 당혹한 빛이 역력했다. 그러나 그들은 노련한 노고수들이었다. 고소요의 행동이 의외이긴 했지만 이미 벌어진 일, 언제까지 놀라고 있을 수만은 없었다.

팟!

거의 동시에 추부경과 자후가 신형을 날렸다. 그사이 고소요는 어느새 두 명의 혁가장 경비무사가 올라 있는 전나무를 타고 오르고 있었다.

"우리도 가지."

황종보가 여전히 놀란 표정으로 고소요의 움직임을 쫓고 있던 송추월의 어깨를 툭 쳤다. 그러자 송추월이 얼른 정신을 차리고 전나무를 향해 움직이기 시작했다.

번을 서는 혁가장 무사들은 방심하고 있었다. 혁가장이 녹산을 봉쇄한 지 벌써 두어 달여. 그동안 녹산 고월산장의 고수들이 혁가장의 고수들을 공격한 경우는 한 번도 없었다. 지난번 고월산장의 소장주 고무룡이 일단의 인물들을 데리고 녹산을 벗어났다가 돌아왔지만, 그래서 최근 혁가장의 수뇌들이 경계를 강화하라고 아랫사람들을 닦달하고 있었지만, 그래도 오래된 평온은 사람을 방심하게 만들게 마련이었다.

전나무 위에 올라 있던 두 명의 경비무사 중 한 명은 졸고 있었고, 다른 한 명은 멍한 표정으로 나뭇가지를 통해 바라보이는 달을 보고 있었다.

"언제까지 이 산속에 있어야 하는 건지……."

달을 보고 있던 사내가 투덜거렸다. 그러나 졸고 있는 그의 동료가 대답을 할 리 없었다. 그런 동료를 보며 사내가 혀를 찼다.

"쯧쯧, 아무리 고월산장의 고수들이 공격을 하지 않는다 하더라도 번을 서면서 졸고 있다니. 이 친구는 무사 될 자격이 없다니까. 이봐, 부명!"

사내가 졸고 있는 동료의 어깨를 흔들어 깨웠다.

"왜? 무슨 일이야?"

졸고 있던 사내가 화들짝 놀라며 소리쳤다. 그의 손은 어느새 허리춤의 검을 잡고 있었다.

"무슨 일이긴, 그렇게 졸고 있다가 적이라도 오면 어쩌려고 그래?"

"제길, 적은 무슨… 고월산장 놈들이 언제 먼저 공격해 오는 것 봤어? 이건 다 쓸데없는 짓이라고!"

"그렇다고 졸고 있으면 어떻게 해! 요즘 웃어른들이 수시로 순찰을 도는 걸 몰라?"

"흐흐, 그건 알고 있지. 하지만 난 걱정 안 해."

"왜, 누구 뒤를 봐주는 사람이라도 있나?"

"흐흐, 있지."

"정말? 누군데?"

"자네!"

"무슨 헛소리야?"

"흐흐, 자네가 자지 않고 이렇게 번을 잘 서주고 있는데 내가 걱정할 게 뭐가 있느냔 말일세."

"이 사람이 정말!"

그런데 그 순간 동료의 말에 화를 내려던 사내가 화등잔처럼 눈을 뜨며 말문을 닫았다.

"왜? 큭!"

맞은편에 있던 그의 동료가 사내의 행동에 의아한 표정을 지으며 입을 여는 순간 그의 입에서 말 대신 신음성이 흘러나왔다. 어느새 그의 가슴 앞으로 삐죽 삐져 나와 있는 한 자루 검, 그 검을 타고 느리게 붉은 피가 흘러내렸다.

"웬 놈이냐?"

한순간에 동료를 잃은 사내가 번개처럼 검을 빼 들어 동료의 등에서 가슴 쪽으로 검을 꽂아 넣은 불청객을 향해 검을 휘두르며 소리쳤다. 혁가장 무사의 검이 향하는 곳, 어둠 속에 마치 귀신이라도 되는 듯 파란 얼굴이 희미한 달빛 아래 모습을 드러냈다. 고소요였다.

고소요는 자신을 향해 다가오는 혁가장 무사의 검을 피할 생각도 않고 응시하고 있었다. 마치 죽기를 결심한 사람처럼 그렇게 고소요는 아무런 저항 없이 상대의 검을 받아들였다. 그리하여 막 상대의 검이 고소요의 흰 목을 꿰뚫으려는 찰나, 문득 굵은 전나무 기둥 왼쪽에서 한 자루 검이 나타나더니 번개처럼 고소요의 목을 향하는 사내의 검을 쳐냈다.

쩡!

짧고 강렬한 충돌음이 어둠을 뚫고 사방으로 퍼져 나갔다.

"적이다!"

고소요를 베는 데 실패한 사내의 입에서 고함 소리가 터져 나왔다. 그 순간 다시 한 자루 검이 어둠 속에서 튀어나와 사내의 몸을 번개처럼 베어 넘겼다. 추부경의 검이었다.

추부경의 검에 당한 사내의 몸이 나뭇가지 위에서 기우뚱하더니 이내 힘없이 아래로 떨어져 내렸다.

쿵!

땅 위로 떨어져 내린 사내의 몸뚱이가 둔탁한 소음을 만들었다.

송추월과 황종보가 난감한 표정으로 자신들의 발아래 떨어진 혁가장 무사의 시신을 바라봤다.

"적이다!"

멀리서 혁가장 무사들의 고함 소리가 들려왔다.

"기습은 끝났군."

황종보가 혀를 찼다. 송추월이 고개를 돌렸다. 혁가장의 숙영지에서 일단의 사람들이 뛰어나오는 것이 보였다. 송추월이 절레절레 고개를 저으며 시선을 나무 위로 돌렸다. 무표정한 고소요의 얼굴이 송추월의 시선에 들어왔다.

『화마경(火魔經)』 2권 끝

기적
Miracle

홀로선별 퓨전 판타지 소설

무공을 익힐 수 없는 비운의 천재 제갈수.
공작가의 망나니 공자 슈.

운명을 벗어나려는 제갈수의 노력은 망나니 공자의 죽음과 만나 비상한다.

제갈수의 영혼과 슈의 신체를 이어받은 새로운 슈 부르셸라 폰 레비안또 가누비엔
그것은 하나의 위대한 기적!

홀로선별 퓨전 판타지의 신기원!

『기적!』

따뜻한 그의 이야기가 지금 시작된다.

유행이 아닌 자유추구 ~
WWW.chungeoram.com
Book Publishing CHUNGEORAM

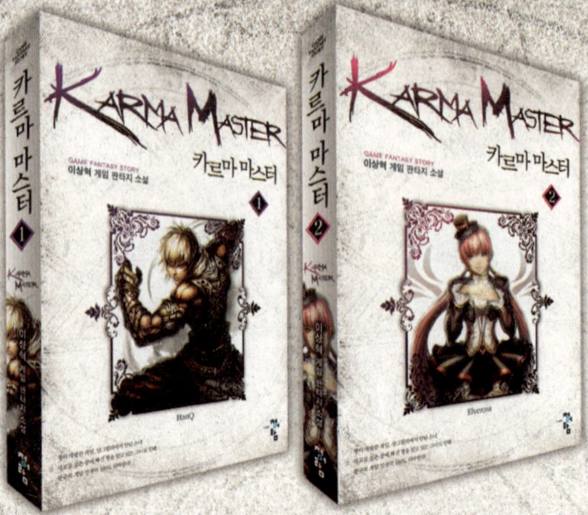

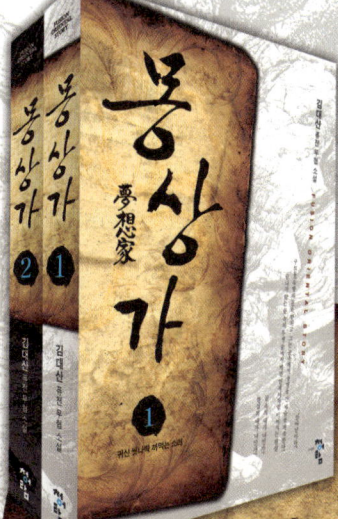